古典文獻研究輯刊

四 編

曾 永 義 主編

第32冊

情欲與社會
——《白雪遺音》的時代背景及情欲文化研究

林 麗 菁 著

國家圖書館出版品預行編目資料

情欲與社會——《白雪遺音》的時代背景及情欲文化研究／
林麗菁 著 — 初版 — 新北市：花木蘭文化出版社，2012〔民
101〕
目 2+152 面；19×26 公分
（古典文學研究輯刊　四編：第 32 冊）
ISBN：978-986-254-781-6（精裝）
1. 清代戲曲　2. 戲曲評論
820.8   101001755

ISBN-978-986-254-781-6

古典文學研究輯刊
四　編　第三二冊   ISBN：978-986-254-781-6

情欲與社會——《白雪遺音》的時代背景及情欲文化研究

作　　者　林麗菁
主　　編　曾永義
總 編 輯　杜潔祥
出　　版　花木蘭文化出版社
發 行 所　花木蘭文化出版社
發 行 人　高小娟
聯絡地址　新北市永和區中正路五九五號七樓
　　　　　電話：02-2923-1455／傳眞：02-2923-1452
網　　址　http://www.huamulan.tw 信箱 sut81518@ms59.hinet.net
印　　刷　普羅文化出版廣告事業
初　　版　2012 年 3 月
定　　價　四編 32 冊（精裝）新台幣 52,000 元

情欲與社會——
《白雪遺音》的時代背景及情欲文化研究

林麗菁　著

作者簡介

林麗菁，1981 年生，彰化人。東海大學中文系學士，彰化師範大學國文所碩士。現職為高中教師。

提　　要

　　十七世紀以來情欲論述、禮教反省為文化的兩大走向，而作為情欲論述之一的小曲，其內容亦反映出禮教反省，呈現出與時代緊密相關的情欲文化。流行於明清市井的小曲，為市民的集體創作，其內容反映了市民的社會文化；又因為小曲的主要傳唱者為妓女、優童，故文詞多涉色情。本文從時代背景與情欲文化兩方面，對《白雪遺音》進行考察。

　　本文分六章：首章為緒論，分為五節說明研究動機、研究概況、研究方法、小曲源流、《白雪遺音》版本與作者等，作為本文研究導論。第二章概述時代背景，從政治、法律、社會、經濟等方面分別論述。第三章則從思想轉型方面入手，從晚明尚情思潮開始，中國自形上走入形下思維，並兼論清代思想與小曲相合之處。第四章論其所反映的社會，擬從情、欲、名利以及對社會權力的批判四方面論述。第五章則論小曲所反映的情欲，擬自情欲與道德的衝突與消融、情欲性的諧謔趣味兩方面論述，藉此發現小曲的趣味，以及情欲與道德的關係。第六章為結論，總結小曲所呈現的的情欲文化為商品化、人情化、趣味化。

目

次

第一章　緒　論

何謂情欲？情欲係指情感與欲望，荀子嘗言「性之好、惡、喜、怒、哀、樂謂之情」，〔註1〕便是將情解釋爲人的各種情感，《禮記·禮運》：「何謂人情？喜、怒、哀、懼、愛、惡、欲，七者弗學而能。」〔註2〕人的各種情感是與生俱來，不學而能的。「性者，天之就也；情者，性之質也；欲者，情之應也。」〔註3〕而欲作爲情的反應，人的情感即表現於欲之好惡，「人生而有欲，欲而不得，則不能無求。」〔註4〕故欲望實爲人的生理本能。

十七世紀以降的文化走向，可分爲兩大潮流：一是情欲論述，一是禮教反省。情欲論述無疑是明清各類文學書寫之大宗，同時也作爲一種新成分刺激思想界；禮教反省則針對當時的禮教文化和律法，提出批判，進而在正視情欲下，重新排列儒學思想的理論架構。〔註5〕而堪稱明代一絕的小曲，流行於市井之間，其內容表達出市井百姓的各種情感與欲望，呈現出有別於上層社會的情欲文化，同時影響思想界，使中國儒學由形上轉向形下思潮。小曲隸屬於大眾文化，爲明清情欲論述之一，並刺激情欲思潮；其內容亦對當時不合情理的禮教提出批判，刺激清儒對情與理作出符合時代需求的新詮釋。

〔註1〕〔周〕荀況，〔清〕王先謙集解：《荀子集解·正名》（台北：廣文書局，1972），頁81。

〔註2〕〔唐〕孔穎達，〔清〕阮元審定：《禮記正義·禮運》，《十三經注疏》（台北：新文豐出版，1977），頁431。

〔註3〕〔周〕荀況，〔清〕王先謙集解：《荀子集解·正名》，頁84。

〔註4〕〔周〕荀況，〔清〕王先謙集解：《荀子集解·禮論》，頁68。

〔註5〕張壽安：〈我欲立情教，教誨諸眾生——跨越時空論「達情」〉，《情欲明清——達情篇》（台北：麥田出版，2004），頁10。

第一節　研究動機

　　詩歌一向與言志傳統並行，皆以作者中心為主要研究，然而，流行於明清時期的小曲，其作者不知為誰？係為廣大市民的集體創作，透過市民娛樂場所傳播，小曲內容反映市民百態，可以諷刺，可以訴情，可以戲謔，可以遊戲，是為市民文化的縮影。在通俗文學逐漸獲得重視的今日，如小說、戲曲之流，已被廣泛的研究，然而小曲卻依然沉寂，僅有少數有心人士從事研究而已。不管晚明或現在，馮夢龍所輯小曲均備受關注，相較之下，清代小曲則較受冷落，清代小曲為明代小曲的延伸，故筆者在明清小曲之中，選擇清代小曲為研究基礎。進入清代以後，統治階層的改變，致使整個社會文化逐漸與晚明相異，故筆者在清代小曲集中，挑選內容較為全面、廣泛的《白雪遺音》作為研究對象，擬從時代背景與情欲文化兩方面進行探究。

第二節　研究概況

　　台灣目前的小曲研究，在學位論文方面有民國七十四年鹿憶鹿先生《馮夢龍所輯民歌研究》、民國七十六年張繼光先生《霓裳續譜研究》、民國八十年黃志良先生《白雪遺音研究》、民國八十一年張繼光先生《明清小曲研究》、民國八十八年賴慧眞先生《馮夢龍所輯民歌之風俗研究》、民國八十九年鄭義雨先生《明清民歌研究》、民國九十二年劉淑娟先生《馮夢龍纂評時調民歌美學研究》、民國九十三年洪佩榕先生《明清詠歷史人物之小曲研究》、民國九十四年陳怡伶先生《清代小曲研究》、民國九十六年蔡谷英先生《明代小曲研究》等，大陸地區則有周玉波先生《明代民歌研究》、徐元勇先生《明清俗曲研究》。〔註6〕兩岸對於小曲的研究多著重在以專書、時代為研究對象，其中

〔註6〕鹿憶鹿：《馮夢龍所輯民歌研究》（台北：學海出版社，1986）。張繼光：《霓裳續譜研究》（台北：文津出版社，1989）。黃志良：《白雪遺音研究》（台北：東吳大學中國文學研究所碩士論文，1991）。張繼光：《明清小曲研究》（台北：中國文化大學中國文學研究所博士論文，1993）。賴慧眞：《馮夢龍所輯民歌之風俗研究》（台北：東吳大學中國文學研究所碩士論文，1999）。鄭義雨：《明清民歌研究》（台北：台灣師範大學國文研究所碩士論文，2000）。劉淑娟：《馮夢龍纂評時調民歌美學研究》（台北：台灣師範大學國文研究所碩士論文，2003）。洪佩榕：《明清詠歷史人物之小曲研究》（嘉義：中正大學中國文學研究所碩士論文，2004）。陳怡伶《清代小曲研究》（台北：中國文化大學中國文學研究所碩士論文，2005）。周玉波：《明代民歌研究》（南京：南京師範大學博士論文，2004）。徐元勇《明清俗曲研究》未見收錄於「中國博士學位論

又以馮夢龍所輯小曲最受關注，例如鹿憶鹿先生、賴慧眞先生、劉淑娟先生均以其爲研究對象；其研究方法多以歸納分析研究，其研究內容多從曲詞、曲調兩大方面入手。鹿憶鹿先生在《馮夢龍所輯民歌研究》一書中，對馮夢龍不僅只是褒揚而已，有較爲中肯的評價，並指出馮夢龍對妓女的諸多嘲諷，可能是源自於對名妓侯慧卿的愛情落空；張繼光先生《霓裳續譜研究》則奠立小曲的基本研究模式，從曲牌與曲詞兩大方面分別論述；《明清小曲研究》一書則以七百餘頁對明清小曲做一全面性研究；黃志良先生《白雪遺音研究》則承襲張繼光先生，從曲牌、曲詞進行研究；賴慧眞先生《馮夢龍所輯民歌之風俗研究》則著重在風俗研究，從生活、社會、信仰、游藝等風俗觀論述；鄭義雨先生《明清民歌研究》則從形式與內容、價值進行研究；劉淑娟先生《馮夢龍纂評時調民歌美學研究》則從美學方面對小曲進行研究；洪佩榕先生《明清詠歷史人物之小曲研究》則是透過小曲所詠歷史人物與文人述史之異同，呈現小曲所反映的社會風貌；陳怡伶先生《清代小曲研究》則著重於小曲與戲曲關係，及曲牌研究；蔡谷英先生《明代小曲研究》則透過內容與寫作技巧來探討；周玉波先生《明代民歌研究》則透過「跳槽」一詞，對小曲中的男女關係有較爲深入的論述。

在台灣期刊論文方面，則有張啓超先生〈天眞爛漫、快意人情——明代文人小曲的創作與運用〉；張繼光先生〈〈馬頭調〉之名稱及其流衍考〉、〈清代小曲〈九連環〉曲牌考述〉、〈明清小曲〈剪靛花〉考述〉、〈明清小曲〈銀紐絲〉曲牌考述〉、〈明清小曲〈劈破玉〉曲牌探述〉、〈小曲〈跌落金錢〉曲牌探述〉、〈台灣北管細曲與明清小曲關係初探〉、〈小曲〈銀紐絲〉在台灣的流變——〈乞食調〉曲調淵源及其同宗曲調試探〉、〈明清俗曲在台灣北管細曲之發展暨傳播過程試探〉、〈明清小曲曲文傳衍之類型及原因析探〉、〈明清小曲在戲曲中之運用功能初探——以片段採入小曲型爲例〉；車錫倫先生〈明清民間教派寶卷中的小曲〉；洪惟助先生〈台灣幼曲〈大小牌〉與崑曲、明清小曲的關係〉等相關論述。〔註7〕

文全文數據庫」（1999 至今）。

〔註7〕 張啓超：〈天眞爛漫、快意人情——明代文人小曲的創作與運用〉，《古典文學》第 15 期（2000 年 9 月），頁 497〜522。張繼光：〈〈馬頭調〉之名稱及其流衍考〉，《中華文化復興月刊》第 21 卷 12 期（1988 年 12 月），頁 49〜53。〈清代小曲〈九連環〉曲牌考述〉，《文化大學中文學報》創刊號（1993 年 2 月），頁 303〜322。〈明清小曲〈剪靛花〉考述〉，《民俗曲藝》第 86 期（1993 年 11 月），頁 71〜96。〈明清小曲〈銀紐絲〉曲牌考述〉，《嘉義師院學報》第 8 期

　　大陸地區有趙福蓮先生〈《掛枝兒》的歷史背景和現實意義〉；翁敏華先生〈明清小曲的流變及其他〉；梁生安先生〈俗曲〈滿江紅〉研究〉；管謹義先生〈明清小曲散論〉；朱植先生〈北雁南飛——雜談〈打棗竿〉〉；謝桃坊先生〈論明清時調小曲的藝術價值〉；佟茜先生〈一部有音樂史價值的俗曲集——《霓裳續譜》〉；車錫倫先生〈寶卷中的俗曲及其與聊齋俚曲的比較〉；徐元勇先生〈界說「明清俗曲」〉、〈論民歌與明清俗曲之異同〉、〈明清俗曲作品名稱小考〉、〈明清俗曲與日本「明清樂」的比較研究〉、〈馮夢龍及其明代俗曲〉、〈論明清時代的情歌——明清俗曲〉、〈明清俗曲在說唱音樂中的流變〉、〈論明清俗曲興盛發展之原由〉、〈清代俗曲鉤沉〉；馮光鈺先生〈明清俗曲〈銀紐絲〉調、〈繡荷包〉調、〈對花調〉考略〉；劉曉靜先生〈清代小曲與日本的「清樂」——介紹幾部日本清樂集〉、〈明代的「小唱」——從《金瓶梅詞話》中唱曲牌的曲藝談起〉、〈「南北曲」、明清小曲和聊齋俚曲——從聊齋俚曲「南北合套」曲的唱腔說起〉；趙一鶴先生〈任性而發　風情萬種——《掛枝兒》、《山歌》初探〉；劉海莉先生〈俚曲悠悠三百年——從通俗性中淺談「明清俗曲」之遺音年〉；板俊榮先生〈〈馬頭調〉（連板）的藝術特征與曲譜破譯〉；趙義山先生〈論清代文人的小曲創作〉；丁永忠先生〈明代俗曲的色情「特徵」與晚明「奢靡」及其負面影響〉；李榮新先生〈論明清時調小曲的淵源與發展——以「鳳陽花鼓戲」的生成為研究個案〉、〈論明清小曲的審美藝術特征〉；聞克先生〈《白雪遺音》〉；楊姿楚先生〈淺析明清時期民歌與小曲的藝術形態〉等。〔註8〕

　　　　（1994 年 11 月），頁 251～272。〈明清小曲〈劈破玉〉曲牌探述〉，《嘉義師院學報》第 9 期（1995 年 11 月），頁 373～410。〈小曲〈跌落金錢〉曲牌探述〉，《嘉義師院學報》第 10 期（1996 年 11 月），頁 297～340。〈台灣北管細曲與明清小曲關係初探〉，《嘉義大學人文藝術學院學報》創刊號（2002 年 3 月），頁 29～54。〈小曲〈銀紐絲〉在台灣的流變——〈乞食調〉曲調淵源及其同宗曲調試探〉，《成大中文學報》第 11 期（2003 年 11 月），頁 201～218。〈明清俗曲在台灣北管細曲之發展暨傳播過程試探〉，《靜宜人文社會學報》第 1 卷第 1 期（2006 年 3 月），頁 203～228。〈明清小曲曲文傳衍之類型及原因析探〉，《興大人文學報》第 37 期（2006 年 9 月），頁 1～46。〈明清小曲在戲曲中之運用功能初探——以片段採入小曲型為例〉，《南台科技大學學報》第 32 期（2007 年 12 月），頁 119～129。車錫倫：〈明清民間教派寶卷中的小曲〉，《漢學研究》第 20 卷第 1 期（2002 年 6 月），頁 189～220。洪惟助：〈台灣幼曲〈大小牌〉與崑曲、明清小曲的關係〉，《國立中央大學人文學報》第 30 期（2006 年 12 月），頁 1～40。

〔註 8〕趙福蓮：〈《掛枝兒》的歷史背景和現實意義〉，《杭州師範學院學報‧社會科

學版》1995 年第 1 期，頁 44～48。翁敏華：〈明清小曲的流變及其他〉，《上海師範學院學報》1995 年第 1 期，頁 29～32。梁生安：〈俗曲〈滿江紅〉研究〉，《南京藝術學院學報・音樂及表演版》1995 年第 2 期，頁 37～38。管謹義：〈明清小曲散論〉，《星海音樂學院學報・社會科學版》1995 年第 3、4 期，頁 44～47。朱植：〈北雁南飛——雜談〈打棗竿〉〉，《民俗藝術研究》1996 年第 3 期，頁 18～20。謝桃坊：〈論明清時調小曲的藝術價值〉，《貴州社會科學》1996 年第 5 期，頁 70～76。佟茜：〈一部有音樂史價值的俗曲集——《霓裳續譜》〉，《黃鐘——武漢音樂學院學報》1997 年第 3 期，頁 85～88。車錫倫：〈寶卷中的俗曲及其與聊齋俚曲的比較〉，《蒲松齡研究》2000 年紀念專號，頁 370～378。徐元勇：〈界說「明清俗曲」〉，《交響——西安音樂學院學報》第 19 卷第 3 期（2000 年 9 月），頁 38～42。〈論民歌與明清俗曲之異同〉，《交響——西安音樂學院學報》第 20 卷第 1 期（2001 年 3 月），頁 18～23。〈明清俗曲作品名稱小考〉，《交響——西安音樂學院學報》第 20 卷第 4 期（2001 年 12 月），頁 15～19。〈明清俗曲與日本「明清樂」的比較研究〉，《音樂藝術——上海音樂學院學報》2002 年第 2 期，頁 87～92。〈馮夢龍及其明代俗曲〉，《交響——西安音樂學院學報》第 21 卷第 2 期（2002 年 6 月），頁 8～12。〈論明清時代的情歌——明清俗曲〉，《南京藝術學院學報・音樂及表演版》2002 年第 4 期，頁 17～20。〈明清俗曲在說唱音樂中的流變〉，《中國音樂學》2003 年第 4 期，頁 49～62。〈論明清俗曲興盛發展之原由〉，《交響——西安音樂學院學報》第 22 卷第 2 期（2003 年 6 月），頁 13～17。〈清代俗曲鈎沉〉，《交響——西安音樂學院學報》第 25 卷第 1 期（2006 年 3 月），頁 16～20。馮光鈺：〈明清俗曲〈銀紐絲〉調、〈繡荷包〉調、〈對花調〉考略〉，《星海音樂學院學報・社會科學版》2001 年第 4 期（2001 年 12 月），頁 32～36。劉曉靜：〈清代小曲與日本的「清樂」——介紹幾部日本清樂集〉，《文獻》2005 年第 3 期（2005 年 7 月），頁 281～287。〈明代的「小唱」——從《金瓶梅詞話》中唱曲牌的曲藝談起〉，《中國音樂學》2005 年第 3 期，頁 81～83。〈「南北曲」、明清小曲和聊齋俚曲——從聊齋俚曲「南北合套」曲的唱腔說起〉，《文藝研究》2005 年第 3 期，頁 84～91。趙一鶴：〈任性而發 風情萬種——《掛枝兒》、《山歌》初探〉，《九江師專學報》2004 年第 1 期，頁 42～45。劉海莉：〈俚曲悠悠三百年——從通俗性中淺談「明清俗曲」之遺音年〉，《蒲松齡研究》2005 年第 4 期，頁 210～214。板俊榮：〈〈馬頭調〉〈連板〉的藝術特征與曲譜破譯〉，《徐州師範大學學報・哲學社會科學版》第 31 卷第 6 期（2005 年 11 月），頁 133～135。趙義山：〈論清代文人的小曲創作〉，《河南大學學報・社會科學版》第 45 卷第 6 期（2005 年 11 月），頁 15～20。丁永忠：〈明代俗曲的色情「特徵」與晚明「奢靡」及其負面影響〉，《重慶教育學院學報》第 19 卷第 5 期（2006 年 9 月），頁 46～54。李榮新：〈論明清時調小曲的淵源與發展——以「鳳陽花鼓戲」的生成爲研究個案〉，《北方論叢》2007 年第 3 期，頁 19～21。〈論明清小曲的審美藝術特征〉，《河南大學學報・社會科學版》第 45 卷第 6 期（2005 年 11 月），頁 15～20。聞克：〈《白雪遺音》〉，《曲藝》2007 年第 4 期，頁 53。；楊姿楚：〈淺析明清時期民歌與小曲的藝術形態〉，《科技諮詢導報》2007 年第 23 期，頁 199～200。

第三節　研究方法

　　本文研究方法採歸納與分析方法，先對明清時代背景進行考察，再結合巴赫金（Mikhail M. Bakhtin，1895～1975）的「狂歡節」、傅柯（Michel Foucault，1926～1984）對「快感」及「權力」的論述，對《白雪遺音》中的笑謔性、情欲與道德關係進行論述。

　　小曲主要流行於市井之間，主要傳唱者為妓女、優童，所以內容多涉情色，呈現出「情欲」與「道德」間看似矛盾的狀態，從傅柯對「快感」與「權力」的論述可知，他反對用壓抑來說明性與權力的關係，認為性與權力彼此相生相成，「在權力與快感之間形成的不是不可踰越的分界線，而是永恆的螺旋線。」〔註9〕從傅柯對性與權力的論述觀點，回過頭來看明清時期，便能發現為何在當時會產生大量的色情文藝。本文則透過傅柯此一觀點，對小曲中既宣淫又勸戒的現象做一論述。筆者同時以「斷章取義」的方式，僅引用了巴赫金「狂歡」的概念，〔註10〕對小曲的戲謔作一闡述，呈現出小曲中對上下顛覆、易位、降格，以達到笑的作用。

　　小曲既是市民的集體創作，其內容反映了市民的社會文化，社會文化的形成，當不止於單一原因而已，其必然與當時的政治、社會、經濟、思想相關。小曲多為妓女、優童所傳唱，故淫靡輕薄者逾半。然而，導致小曲多靡靡之音原因何在？考察明清思想轉變，可發現晚明係一時代轉折點，在眾多情色文學大放異采的時候，小曲亦隨之風靡全國。晚明之後，進入清代的小曲又如何？在官府推崇程朱理學，學界大興考據之際，清代小曲是否與晚明一致？是否發生了何種變化？本文試以當代社會文化理論重新審視小曲，試從有別於前人的視野審視小曲，並與社會、文化相聯結，探究小曲所呈現的情欲文化樣貌，以及為什麼小曲會呈現此種情欲文化？

　　本文擬分六章：首章為緒論，擬分為五節說明研究動機、研究概況、研

─────────────

〔註9〕　〔法國〕米歇爾・傅柯（Michel Foucault），余碧平譯：《性經驗史》（上海：上海人民出版社，2005），頁30。大陸地區譯 Michel Foucault 為「米歇爾・福柯」，本文為求統一，一律以台灣譯本為主，稱為「米歇爾・傅柯」。

〔註10〕〔俄國〕巴赫金（Mikhail M. Bakhtin）著，李兆林、夏忠憲等譯：《拉伯雷研究》說到：「狂歡節語言的一切形式和象徵都洋溢著交替和更新的激情，充溢著對占統治地位的真理和權力的可笑的相對性的意識。獨特的『逆向』、『相反』、『顛倒』的邏輯，上下不斷易位、面部和臀部不斷易位的邏輯，各種形式的戲仿和滑稽改編、降格、褻瀆、打諢式的加冕和脫冕，對狂歡節語言說來，是很有代表性的。」（石家庄：河北教育出版社，1998），頁13。

究方法、小曲源流、《白雪遺音》版本與作者等，作為本文研究導論。第二章概述時代背景，擬從政治、法律、社會、經濟等方面分別論述。第三章則從思想轉型方面入手，從晚明尚情思潮開始，中國自形上走入形下思維，並兼論清代思想與小曲相合之處。第四章論其所反映的社會，擬從情、欲、名利以及對社會權力的批判四方面論述。第五章則論小曲所反映的情欲，擬自情欲與道德的衝突與消融、情欲性的諧謔趣味兩方面論述，藉此發現小曲的趣味，以及情欲與道德的關係。第六章為結論，總結小曲所呈現的情欲文化在社會占有何種地位，並予以評價。

第四節　小曲源流

一、名　義

小曲又稱為「小令」、「時曲」、「時調」、「俗曲」、「俚曲」、「雜曲」、「小詞」、「小調」，以下就各名稱分述之：

（一）小曲

「小曲」一詞見於宋郭茂倩《樂府詩集・舞曲歌辭》：「晉傅玄又有十餘小曲，名為舞曲。」〔註 11〕《太平御覽》：「凡鼓小曲五終則止，大曲三終則止。」〔註 12〕由此可知，小曲係相對於大曲而言，大曲係指音樂結構龐大而言，而唐宋所謂小曲是指歌舞音樂，與明清時期的小曲不同。劉廷璣《在園雜志》：「小曲者，別於崑弋大曲也，在南則始於〈掛枝兒〉……始而字少句短，今則累數百字矣；在北始于〈邊關調〉……今則盡兒女之私，靡靡之音矣。」〔註 13〕而崑曲、弋陽腔都是當時盛行的戲曲，所以明清小曲的「小」，與結構大小無關，在形式上不一定短小，它是指表演形式較為簡單而言，所以，明清的小曲則是與戲曲相對的名稱。〔註 14〕因此，小曲並不一定曲子短小，而是相對於結構複雜的戲曲，其形式較為簡單的曲子，而它的內容多寫男女之情、兒女之私。

〔註 11〕〔宋〕郭茂倩：《樂府詩集・舞曲歌辭》（北京：中華書局，1979），頁 753。
〔註 12〕〔宋〕李昉：《太平御覽・卷五百七十七》，《景印文淵閣四庫全書》第 898 冊（台北：台灣商務，1983），頁 898～368。
〔註 13〕〔清〕劉廷璣：《在園雜志》，《續修四庫全書》第 1139 冊（上海：上海古籍出版社，2002），頁 55。
〔註 14〕楊陰瀏：《中國古代音樂史稿》（下）（台北：大鴻圖書，1997），頁 4～16。

（二）小　令

周德清《中原音韻》：「前輩云：街市小令，唱尖新茜意、成文章曰樂府是也。樂府、小令兩途，樂府語可入小令，小令語不可入樂府。」〔註15〕王驥德則加以解釋：「渠所謂小令，蓋市井所唱小曲也。」〔註16〕顧起元《客座贅語》亦稱市井流行小曲為小令：「里衖童孺婦媼之所喜聞者，舊惟有〈傍妝臺〉、〈駐雲飛〉、〈耍孩兒〉、〈皂羅袍〉、〈醉太平〉、〈西江月〉諸小令。」〔註17〕然而小令尚且包含了詞、曲的體式，所以小曲可稱之為小令，但小令卻不等於小曲。

（三）時曲或時調

楊蔭瀏《中國俗文學概論》：「『俗曲』就是通俗的歌曲。普遍又稱為『小曲』、『小調』，或『時曲』、『時調』。因為牠（它）都是平民作的，故稱為『小』，牠（它）又是隨時隨地在產生的，舊的過去了，新的又起來了，故稱為『時』。」〔註18〕關德棟在《明清民歌時調集・掛枝兒序》裡稱〈掛枝兒〉是明萬曆後逐漸流行的民間時調小曲，〔註19〕所以「時曲」、「時調」有當時流行之意思。小曲可稱為時曲、時調，但時曲、時調還包含當時流行的戲曲、曲藝、散曲，所以時曲、時調不等於小曲。

（四）俗　曲

劉復、李家瑞《中國俗曲總目稿・序》：「歌謠與俗曲的分別，在於有沒有附帶樂曲。……所以俗曲的範圍是很廣的：從最簡單的三句五句的小曲起，到長篇整本，連說帶唱的大鼓書，以至於許多人合同扮演的硼硼（蹦蹦）戲，中間有不少的種類和階級。」〔註20〕這裡所謂的俗曲範圍較廣，至楊蔭瀏則將俗曲當作小曲的別稱。

〔註15〕〔元〕周德清，任中敏疏證：《中原音韻作詞十法疏證》（台北：西南書局，1972），頁16。

〔註16〕〔明〕王驥德：《曲律・論小令第二十五》，《歷代詩史長編二輯》（四）（台北：鼎文書局，1974），頁133。

〔註17〕〔明〕顧起元：《客座贅語・卷九・俚曲》，《元明史料筆記叢刊》（北京：中華書局，1997），頁302。

〔註18〕楊蔭深：《中國俗文學概論》（台北：世界書局，1974），頁18。

〔註19〕關德棟：《明清民歌時調集・掛枝兒序》（上海：上海古籍出版社，1999），頁3。

〔註20〕劉復、李家瑞等編：《中國俗曲總目稿》（台北：中央研究院歷史語言研究所，1932），頁1。

（五）俚 曲

俚曲也叫俗曲。民間傳唱的歌曲，相當于民間小曲。戲曲、曲藝界稱之為時調，文人仿效的作品，稱為「俚曲」，如《聊齋俚曲》。〔註 21〕可知「俚曲」可稱之為文人仿作的小曲。

（六）雜 曲

宋郭茂倩《樂府詩集·雜曲歌辭》：「雜曲者，歷代有之。或心志之所存；或情思之所感；或宴游歡樂之所發；或憂愁憤怨之所興；或敘離別悲傷之懷；或言征戰行役之苦；或緣於佛老；或出自夷虜。兼收備載，故總謂之雜曲。」〔註 22〕這裡的「雜曲」指的是雜收各類曲調內容，《霓裳續譜》卷四至卷八雜收各種曲調，目錄稱之為「雜曲」，而《北平俗曲略》與《中國俗曲總目稿》亦有「雜曲之屬」一類，大致為小曲之範疇。

（七）小 詞

張岱《陶庵夢憶·二十四橋風月》：「而諸妓釀錢向茶博士買燭寸許，以待遲客。或發嬌聲唱〈劈破玉〉等小詞。」〔註 23〕可知〈劈破玉〉等當時流行小曲亦稱之為小詞。

（八）小 調

錢泳《履園叢話·醉鄉》：「妓之工於一藝者，如琵琶、鼓板、崑曲、小調，莫不童而習之。」〔註 24〕而小調指的是流行於城鎮集市的民間歌舞小曲，是晚近才通用的一種統稱。〔註 25〕

張繼光以明清時人談及此類作品，多稱為「小曲」，而且今存此類曲集文獻中，有許多冠有「小曲」名稱，如《萬花小曲》、《絲絃小曲》等，所以稱此類作品為「小曲」。〔註 26〕

〔註 21〕 上海藝術研究所、中國戲劇家協會上海分會編：《中國戲曲曲藝詞典》（上海：上海辭書出版社，1981），頁 41。

〔註 22〕 〔宋〕郭茂倩：《樂府詩集·雜曲歌辭》，頁 885。

〔註 23〕 〔明〕張岱：《陶庵夢憶》，《零玉碎金集刊》（台北：新文豐出版，1982），頁 32。

〔註 24〕 〔清〕錢泳：《履園叢話·醉鄉》，《清代史料筆記叢刊》（北京：中華書局，2006），頁 532。

〔註 25〕 中國大百科全書總編輯委員會：《中國大百科全書·音樂舞蹈卷》（北京：中國大百科全書出版社，1981），頁 746。

〔註 26〕 關於「小曲」一詞的同名、異名，可見張繼光《明清小曲研究》，頁 8～21。

　　小曲與民歌有何不同？朱自清《中國歌謠》引用 Frank Kidson《英國民歌論》對民歌的定義，認為民歌即與現在的歌謠切合，而「口唱及合樂的歌則是中國歌謠二字舊日的解釋」。〔註27〕楊蔭深也說：「民歌是指民間所唱的徒歌，牠（它）不是帶樂曲的，與俗曲不同。」〔註28〕明清時期還沒有「民歌」的名稱，相當於今天的民歌的，只有「山歌」，而山歌有了進一步發展，有時用樂器伴奏，加了過門，就成為小曲。〔註29〕中國舊時對歌謠的解釋，自《詩經・園有桃・毛傳》：「合樂曰歌，徒歌曰謠。」〔註30〕可看出，歌與謠的分別在於合樂與不合樂。而杜文瀾《古謠諺》亦對歌、謠二者做出進一步的解釋：「謠與歌相對，則有徒歌合樂之分，而歌字究係總名，凡單言之，則徒歌亦為歌，故謠可聯歌以言之。」〔註31〕所以，歌謠一詞可作合樂與徒歌之總名。而流行於明清兩代的小曲與歌謠又有何不同之處？劉復、李家瑞《中國俗曲總目稿・序》：「歌謠與俗曲的分別，在於有沒有附帶樂曲：不附樂曲的如『張打鐵，李打鐵』，就叫做歌謠；附樂曲的如『五更調』，就叫做俗曲。」〔註32〕單就附樂曲與不附樂曲來區別俗曲與歌謠，似乎太過籠統。朱介凡在《中國歌謠論》中對俗曲與歌謠的區別則列有三點：

> 一、就大體上說，俗曲是有音樂伴奏的，歌謠則為徒歌。二、俗曲是有底本的，歌謠多為即興。三、俗曲的字句，可看出文筆修飾的痕跡，歌謠則一味率真。總之，俗曲多在市井、烟花中傳唱，文人為之潤色，言情細膩，流於纖巧，而且輕薄放蕩。歌謠生活於山野中，老百姓群體的口耳相傳，始終保持其樸素本色。〔註33〕

而小曲既是有音樂伴奏的，其所用的樂器，則可以自《揚州畫舫錄》看出：「小唱以琵琶、絃子、月琴、檀板合動而謌（歌）。最先有〈銀鈕絲〉、〈四大景〉、〈倒扳槳〉、〈剪靛花〉、〈吉祥草〉、〈倒花藍〉諸調，以〈劈破玉〉為最佳。」〔註34〕

〔註27〕 朱自清：《中國歌謠》（上海：復旦大學出版社，2005），頁7。
〔註28〕 楊蔭深：《中國俗文學概論》，頁11。
〔註29〕 楊蔭瀏：《中國古代音樂史稿》（下），頁4～16。
〔註30〕 〔唐〕孔穎達，〔清〕阮元審定：《毛詩正義》，《十三經注疏》（台北：新文豐出版，1977），頁208。
〔註31〕 〔清〕杜文瀾：《古謠諺・凡例》，《續修四庫全書》第1601冊（上海：上海古籍出版社，2002），頁4。
〔註32〕 劉復、李家瑞等編：《中國俗曲總目稿》，頁1。
〔註33〕 朱介凡：《中國歌謠論》（台北：中華書局，1984），頁428。
〔註34〕 〔清〕李斗：《揚州畫舫錄》，《清代史料筆記叢刊》（北京：中華書局，1997），頁257。

所以，小曲是入樂的，其伴奏樂器有琵琶、絃子、月琴、檀板；歌謠是可以隨意哼唱的，而俗曲卻有一定的曲調工尺譜；〔註35〕小曲是在市井、烟花中傳唱的，帶有文人修飾的痕跡。根據上述眾多資料，張繼光則從曲詞、體式、演唱、曲牌四方面對明清流行「小曲」界定其範圍：

（一）在曲詞上，只要此一曲詞能流傳於民間，不論其是否文人作品或其他身分者所作，都應歸入小曲。不過要能流行於各階層間，其曲詞就必須雅俗合宜，其內容也必須能反映實際民眾生活。因此，雖偶有較趨於文人化的作品，由於其亦流傳於民間，也應歸入「小曲」範疇。

（二）在體式上，與戲曲、曲藝相較，大體上小曲體式皆較短小。但也有衍為長篇，朝曲藝、戲曲發展者。此類作品只要還未達到曲藝、戲曲的形成要件，則仍應歸為小曲。

（三）在演唱上，小曲是一種娛樂方式，也是城市的特產品。城市裡的娛樂，最主要的就是秦樓、戲園、茶館等聲色場所。這些場所的顧客三教九流無所不有，在此等場所演唱，除戲曲、曲藝外，凡能投合各類人口味的曲詞曲調，都應是小曲的範疇。而其職業性演唱者則以妓女、優童為主。此外，由於在此等場所演唱，所唱皆已入樂，因此小曲所指絕大部分應為已入樂作品，與仍流行於鄉野的徒歌有別。

（四）在曲牌上，雖然只要在市坊間流行的曲詞皆可歸入小曲，但在長久獨立發展下，除了衍自南北曲的曲牌外，小曲也繁衍產生出許多新的曲牌，由於文人廟堂作品取用這些曲牌的並不多，因此絕大部分形成民間專用的曲牌。由這些曲牌的取用與曲詞是否淺顯俚俗，大致可據以判斷是否為小曲。〔註36〕

綜合朱介凡與張繼光對小曲的界定：其一，小曲是有音樂伴奏的；其二，小曲是有底本的；其三，小曲相對於戲曲、曲藝是結構較簡單的；其四，小曲是流行於城市的，大多由妓女、優童演唱；其五，小曲的內容多涉男女之私，輕薄放蕩。

〔註35〕朱介凡、婁子匡：《五十年來的中國俗文學》（台北：正中書局，1962），頁199～200。
〔註36〕張繼光：《明清小曲研究》，頁7～8。

二、發展與流行

　　詩歌是人們直抒胸懷的表現，〈詩大序〉：「詩者，志之所之也，在心為志，發言為詩。情動於中，而形於言，言之不足，故嗟歎之，嗟歎之不足，故永歌之，永歌之不足，不知手之舞之足之蹈之也。情發於聲，聲成文謂之音。」
〔註37〕詩歌係為抒發情感的載體，而人民則透過歌謠抒發情感，民間詩歌包括了「民歌、民謠、初期的詞曲等等。從《詩經》中的一部分民歌直到清代的《粵風》、《粵謳》、《白雪遺音》等等。」〔註38〕是故，小曲為中國民間歌謠發展的一環，而其近源，則可追溯自元人小令，明沈德符說：

> 元人小令，行於燕趙，後浸淫日盛。自宣正至成弘後，中原又行〈鎖南枝〉、〈傍粧臺〉、〈山坡羊〉之屬。李崆峒先生初自慶陽徙居汴梁，聞之以為可繼〈國風〉之後。何大復繼至，亦酷愛之。今所傳〈泥捏人〉及〈鞋打卦〉、〈熬鬏髻〉三闋，為三牌名之冠，故不虛也。自茲以後，又有〈要孩兒〉、〈駐雲飛〉、〈醉太平〉諸曲，然不如三曲之盛。嘉隆間，乃與〈鬧五更〉、〈寄生草〉、〈羅江怨〉、〈哭皇天〉、〈乾荷葉〉、〈粉紅蓮〉、〈桐城歌〉、〈銀紐絲〉之屬。自兩淮以至江南，漸與詞曲相遠，不過寫淫媟情態，略具抑揚而已。比年以來，又有〈打棗竿〉、〈掛枝兒〉二曲，其腔調約略相似，則不問南北，不問男女，不問老幼良賤，人人習之，亦人人喜聽之，以至刊布成帙，舉世傳誦，沁人心腑。其譜不知從何來，真可駭歎！又〈山坡羊〉者，李、何二公所喜，今南北詞俱有此名，但北方惟盛愛〈數落山坡羊〉，其曲自宣、大、遼東三鎮傳來，今京師技（妓）女，慣以此充絃索北調，其語穢褻鄙淺，并桑濮之音亦離去已遠。〔註39〕

由此可知，小曲源自元人小令，最初起於北方，後來才漸漸由北而南，風行一時。〔註40〕自宣德、正統年間（1426～1449）到成化、弘治年間（1464～1505）〈鎖南枝〉、〈傍粧臺〉、〈山坡羊〉在中原頗為盛行，至嘉靖、隆慶年間（1521～1572）則盛行〈鬧五更〉、〈寄生草〉、〈羅江怨〉、〈哭皇天〉、〈乾荷

〔註37〕〔唐〕孔穎達，〔清〕阮元審定：《毛詩正義》，《十三經注疏》，頁13。
〔註38〕鄭振鐸：《中國俗文學史》（上）（台北：台灣商務印書館，1999），頁7。
〔註39〕〔明〕沈德符：《萬曆野獲編·卷二十五·時尚小令》，《元明史料筆記叢刊》（北京：中華書局，1997），頁647。
〔註40〕羅錦堂：〈明清兩代小曲之流變〉，《錦堂論曲》（台北：聯經出版，1979），頁579。

葉〉、〈粉紅蓮〉、〈桐城歌〉、〈銀紐絲〉，直至萬曆（1573～1620）年間，〈掛枝兒〉、〈打棗竿〉蔚爲流行。然而，小曲自北而南，在其流行期間，漸漸與詞曲相遠，多爲桑濮之音。這些多寫男女之情的桑濮之音亦受到婦孺的喜愛：「里衖童孺婦媼之所喜聞者，舊惟有〈傍妝臺〉、〈駐雲飛〉、〈耍孩兒〉、〈皂羅袍〉、〈醉太平〉、〈西江月〉諸小令，其後益以〈河西六娘子〉、〈鬧五更〉、〈羅江怨〉、〈山坡羊〉。〈山坡羊〉有沉水調，有數落，已爲淫靡矣。後又有〈桐城歌〉、〈掛枝兒〉、〈乾荷葉〉、〈打棗干〉等，雖音節皆倣前譜，而其語益爲淫靡，其音亦如之。」〔註41〕小曲之所以受到廣大的歡迎與喜愛，不僅是它結構簡單易於傳唱，其內容多男女情詞，輕薄直率亦是原因之一。

小曲在萬曆年間極爲流行，王驥德《曲律》對於小曲亦有記載：

> 小曲〈掛枝兒〉，即〈打棗竿〉，是北人長技，南人每不能及。昨毛允遂貽我吳中新刻一帙，中如〈噴嚏〉、〈枕頭〉等曲，皆吳人所擬，即韻稍出入，然措意俊妙，雖北人無以加之，故知人情原不相遠也。〔註42〕

> 北人尚餘天巧，今所流傳〈打棗竿〉諸小曲，有妙入神品者；南人苦學之，決不能入。蓋北之〈打棗竿〉，與吳人之〈山歌〉，不必文士，皆北里之俠或閨閫之秀，以無意得之，猶《詩》〈鄭〉、〈衛〉諸風，修〈大雅〉者反不能作也。〔註43〕

馮夢龍所編《掛枝兒》一書在當時造成轟動，「浮薄子弟，靡然傾動，致有覆家破產者，其父兄群起攻訐之，事不可解。」〔註44〕馮夢龍輯評小曲引起社會不少波瀾，使得浮薄子弟傾家盪產，而遭受眾多子弟的家人攻擊批評。故王驥德所得「吳中新刻一帙」極有可能是馮夢龍編輯的《掛枝兒》。而源自北方的〈打棗竿〉受到大眾的歡迎，迅速流傳開來，在傳唱的過程中，曲調開始揉進南方小曲腔調，與北方〈打棗竿〉區別開來，名之爲〈掛枝兒〉。〔註45〕而這些小曲是繼〈國風〉之後，真情流露的作品，所以袁宏道（1568

〔註41〕〔明〕顧起元：《客座贅語・卷九・俚曲》，《元明史料筆記叢刊》，頁181。

〔註42〕〔明〕王驥德：《曲律・雜論第三十九下》，《歷代詩史長編二輯》（四），頁181。

〔註43〕〔明〕王驥德：《曲律・雜論第三十九上》，《歷代詩史長編二輯》（四），頁149。

〔註44〕〔清〕鈕琇：《觚賸續編卷二・人觚・英雄舉動》，《四庫全書存目叢書》子部250冊（台南：莊嚴文化，1995），頁115。

〔註45〕聶付生：《馮夢龍研究》引沈德符《萬曆野獲編・卷二十五・時尚小令》：「〈打棗竿〉、〈掛枝兒〉二曲，其腔調約略相似」爲證，並以顧起元《客座贅語・卷九・俚曲》：「後又有〈桐城歌〉、〈掛枝兒〉、〈乾荷葉〉、〈打棗干〉等」、陳

～1610）稱之爲眞聲：「故吾謂今之詩文不傳矣。其萬一傳者，或今閭閻婦人孺子，所唱〈劈破玉〉、〈打草竿〉之類，猶是無聞、無識眞人所作，故多眞聲。不效顰於漢魏，不學步於盛唐，任性而發，尚能通于人之喜怒哀樂嗜好情欲，是可喜也。」〔註46〕相對於當時的復古風潮，小曲成爲反復古文人推崇的明代一絕。陳宏緒云：「友人卓珂月曰：我明詩讓唐，詞讓宋，曲又讓元，庶幾吳歌〈掛枝兒〉、〈羅江怨〉、〈打棗竿〉、〈銀絞（紐）絲〉之類，爲我明一絕耳。」〔註47〕

及至清代，小曲魅力依舊不減，可從《揚州畫舫錄》、《夢華瑣簿》窺知：

> 小唱以琵琶、絃子、月琴、檀板合動而謌……以〈劈破玉〉爲最佳。
> 有于蘇州虎邱唱是調者，蘇人奇之，聽者數百人，明日來聽者益多，唱者改唱大曲，群一嘷而散。〔註48〕

> 京城極重〈馬頭調〉，游俠子弟必習之，硜硜然，斷斷然。幾與南北曲同其傳授，其調以三絃爲主，琵琶佐之。〔註49〕

小曲在當時的流行程度可見一斑，一唱便有聽眾數百人之多，而次日來聽小曲的人則更多，唱者改唱崑腔、弋陽等大曲以討好聽眾，聽眾反而一哄而散，可見當時大曲的日漸僵化，流於案頭的情形嚴重，而清新、直率，多述男女之情的小曲則廣爲流行。直至清中葉時期，小曲流行曲調轉爲〈馬頭調〉，而游俠子弟們必習唱，爲京城最流行的小曲。小曲爲何可以風靡全國？楊民康《中國民歌與鄉土社會》說：

> 小調的通俗性具體表現在兩個方面。一個是它的音樂、內容、語言和風格特徵突破以往的區域文化局限，向跨階層與跨地域兩個方向的共性化發展；另一個是它與純粹的文人音樂相比，有著音樂、文學語言簡潔流暢、明白易懂的特徵，以致不同階層、不同文化程度

弘緒《寒夜錄·卷上》引卓人月語：「庶幾吳歌〈掛枝兒〉、〈羅江怨〉、〈打棗竿〉、〈銀絞絲〉之類」爲旁證，認爲〈打棗竿〉、〈掛枝兒〉應爲兩支不同的曲調，駁斥王驥德〈掛枝兒〉即〈打棗竿〉之說。（上海：學林出版社，2002），頁 275～278。

〔註46〕〔明〕袁宏道：《袁中郎全集·敘小修詩》（台北：清流出版社，1976），頁 3。

〔註47〕〔清〕陳弘緒：《寒夜錄·卷上》，《續修四庫全書》第 1134 冊（上海：上海古籍出版社，2002），頁 700。據張繼光：《明清小曲研究》：「（〈銀紐絲〉）在南方慣稱作〈銀絞絲〉。」頁 594。

〔註48〕〔清〕李斗：《揚州畫舫錄》，《清代史料筆記叢刊》，頁 257。

〔註49〕〔清〕楊掌生：《夢華瑣簿》，《筆記小說大觀》四編（台北：新興書局，1974），頁 6130。

的人都能接受，可雅俗共賞。〔註50〕

因爲小曲跨階層、跨地域的特性，使文人、百姓皆喜聞樂見，並且快速地流行傳播，使小曲成爲明清時期的流行歌曲。

三、傳　唱

關於小曲的演唱者，朱介凡、婁子匡列有十八種情況：

1. 算命瞎子夜間唱小曲。
2. 盲女以唱曲爲專業。
3. 專門唱小曲，走江湖的人。
4. 「打花鼓」、「跑旱船」的演唱。
5. 舞臺戲劇的演唱，像〈小放牛〉。
6. 唱野臺戲的插曲。
7. 妓院中的歌唱。
8. 鄉間市集的演唱。
9. 迎神賽會的演唱。
10. 賣解、賣草藥、賣糖、賣舊衣者……的歌唱。
11. 工人的夯歌，農民的秧歌。
12. 正月玩燈時節踩高蹺的演唱。
13. 茶樓酒館中的歌唱。
14. 「唱新聞」的歌唱。
15. 「說相聲」的歌唱。
16. 家庭婦女的日常歌唱。
17. 僧道做法事中的演唱。
18. 廣播電臺中的歌唱。〔註51〕

朱介凡、婁子匡的分類未免太過繁雜，而且屬民國時的小曲演唱。就明清小曲內容觀之，詞多輕薄，多述男女情詞，故當以張繼光所言較爲中肯，小曲係城市產物，多在秦樓、茶館、戲園等聲色場所演唱，故小曲的傳播，主要靠妓女、曲師與優童。〔註52〕自沈德符《萬曆野獲編・時尚小令》可知，京師妓女將北方小曲，充作絃索北調。自沈德符《萬曆野獲編》、汪啓淑《水

〔註50〕楊民康：《中國民歌與鄉土社會》（長春：吉林教育出版社，1992），頁274。
〔註51〕朱介凡、婁子匡：《五十年來的中國俗文學》，頁205～207。
〔註52〕張繼光：《明清小曲研究》，頁112。

曹清暇錄》、楊掌生《夢華瑣簿》諸書記載可知，除妓女的大量演唱小曲外，
優童亦是其主要演唱者：

> 京師自宣德顧佐疏後，嚴禁官妓，縉紳無以爲娛，於是小唱盛行，
> 至今日幾如西晉太康矣。……大抵此輩俱浙之寧波人……近日又有
> 臨清、汴城以至眞定、保定兒童，無聊賴亦承之充歌兒，然必僞稱
> 浙人。〔註53〕

> 曩年最行擋（檔）子，蓋選十一二齡淸童，教以淫詞小曲，學本京
> 婦人妝束，人家宴客呼之即至。〔註54〕

> 嘉慶初年開戲甚遲，散戲甚早。大軸子散後，別有淸音小隊，曰檔
> 子班。登樓賣笑，浮梁子弟，迷離若狂，金錢亂飛，所費不貲。今
> 日雖有檔子班，但赴第宅淸唱，如打輭包之例，不復赴園般演矣。
> 〔註55〕

小唱即指歌童所唱，演爲淸代盛行的檔子班，因明淸兩代官員禁狎妓之故，
於是小唱盛行。《大明律‧刑律‧犯姦》：「凡官吏宿娼者，杖六十。媒合人，
減一等○若官員子孫宿娼者，罪亦如之。」〔註56〕而《大淸律》承《大明
律》：「凡文武官吏宿娼者，杖六十。挾妓飲酒，亦坐此律。媒合人，減一等
○若官員子孫宿娼者，罪亦如之。」〔註57〕明淸律法嚴禁官吏宿娼、狎妓
飲酒，於是宴席侑酒改由小唱代之，而小唱的盛行，致使男色風靡，「宇內
男色有出於不得已者數家……至於習尚成俗，如京中小唱，閩中契弟之外，
則得志士人致孌童爲廝役，鍾情年少狎麗曁若友昆，盛於江南而漸染於中
原。」〔註58〕小唱之風起於江南，其後山東一帶亦興歌童小唱，其工作以
唱曲侑酒爲主，及其末流，衍爲男色。

　　而除了職業性演唱者外，小曲的演唱者還有游俠，《雲間據目鈔》便有

〔註53〕〔明〕沈德符：《萬曆野獲編‧卷二十五‧小唱》，《元明史料筆記叢刊》，頁
　　　　621。
〔註54〕〔淸〕汪啓淑：《水曹淸暇錄‧卷八》，《續修四庫全書》第 1138 冊（上海：
　　　　上海古籍出版社，2002），頁226。
〔註55〕〔淸〕楊掌生：《夢華瑣簿》，《筆記小說大觀》四編，頁6129。
〔註56〕黃健彰編：《明代律例彙編》（上）（台北：中央研究院歷史語言研究所，1979），
　　　　頁944。
〔註57〕〔淸〕李瀚章：《大淸律例彙輯便覽》（12），（台北：成文出版，1975），頁4649。
〔註58〕〔明〕沈德符：《萬曆野獲編‧卷二十五‧男色之靡》，《元明史料筆記叢刊》，
　　　　頁622。

游俠惡少唱小曲的記載：「歌謠詞曲，自古有之，惟吾松近年特甚。凡朋輩諧謔，及府縣士夫舉措，稍有乖張，即綴成歌謠之類，傳播人口，而七字件（句）尤多，至欺詆人處，必曰風雲。而里中惡少燕閒，必群唱〈銀絞（紐）絲〉、〈乾荷葉〉、〈打棗竿〉，竟不知此風從何而起也。」〔註59〕里中惡少唱小曲多以諧謔為主，及至清代中葉，流行於碼頭的曲調，成為大眾的新寵，是游俠歌妓必唱的小曲，亦是客商們喜愛的曲調。〔註60〕妓女、優童與曲師是小曲主要的傳唱者，他們為了投合演出時客人的需求，不但要蒐集各類本地及他處舊有小曲，還要不斷廣泛蒐集各類歌曲加以改編以作入樂演唱之用。而里巷謳歌、鄉野徒歌及各類曲藝都在其蒐集範圍，但因曲師、優童、妓女幾乎都在城市，其主要顧客也是市民，里巷謳歌就成為其最重要的蒐取對象，甚至自己創作或改編小曲。〔註61〕職業性演唱者如曲師、妓女、優童等，蒐集里巷、村野歌謠，或自曲藝、戲曲中加以改編、創作，在城市中廣為傳唱，成為風靡一時的流行時調小曲。而文人如晚明馮夢龍，或自里巷、村野聽之，〔註62〕或自妓女、優童處聞之，〔註63〕蒐集整理，稍加潤飾，輯而成《掛枝兒》、《山歌》；清代華廣生則「多方搜羅，曠日持久，積少成多，費盡心力而後成者。」〔註64〕《白雪遺音》一書，係經華廣生搜羅整理，付梓出版。

〔註59〕〔明〕范濂：《雲間據目鈔·卷二》，《筆記小說大觀》二十二編（台北：新興書局，1988），頁2635。

〔註60〕曾永義：〈馬頭調：游俠歌妓之詞〉，《說俗文學》（台北：聯經出版，1980），頁43。

〔註61〕張繼光：《明清小曲研究》，頁234～235。

〔註62〕〔明〕馮夢龍：《山歌五·雜歌四句·鄉下人》尾批：「余猶記丙申年間，一鄉人棹小船放歌而回，暮夜誤觸某節推舟，節推曰：『汝能即事作歌當釋汝。』鄉人放聲歌曰：『天昏日落黑湫湫，小船頭矴子大船頭。小人是鄉下麥嘴弗知世事了撞子箇樣無頭禍，求箇青天爺爺千萬沒落子我箇頭。』」及《山歌五·雜歌四句·月子彎彎》尾批：「一秀才歲考三等，其僕作歌嘲之云。」由此可知，馮氏小曲或取自舟夫、僕人。魏同賢主編：《馮夢龍全集》(42)（上海：上海古籍出版社，1993），頁98～99。

〔註63〕〔明〕馮夢龍：《掛枝兒·想部三卷·帳》尾批：「琵琶婦阿圓能為新聲，兼善清謳，余所極賞。聞余廣《掛枝兒》刻，詢余請之，亦出此篇贈余。」、《掛枝兒·別部四卷·送別》尾批：「後一篇，名妓馮喜生所傳也。」、《掛枝兒·詠部八卷·船》尾批：「此篇聞之舊院董四。」魏同賢主編：《馮夢龍全集》(42)（上海：上海古籍出版社，1993），頁65、94、246。

〔註64〕〔清〕華廣生：《白雪遺音·序》（上海：上海古籍出版，2002），頁9。

第五節　版本與作者

一、版　本

就目前所知，《白雪遺音》的版本有：

1. 清道光八年（1828）玉慶堂刻本。
2. 清道光八年刊本，引自《西諦書目》。
3. 民國十五年（1926）上海開明書店排印、十六年再版鄭振鐸選本。
4. 民國十九年（1930）上海北新書局汪靜之續選本。
5. 1959年上海中華書局《明清民歌時調叢書》。
6. 民國五十九年（1970）台北新陸書局鄭振鐸、汪靜之兩選本合編選印本。
7. 民國五十九年（1970）台北東方文化出版《國立北京大學中國民俗學會民俗叢書》第六十九冊，鄭振鐸選本。
8. 民國六十四年（1975）西南書局鄭振鐸、汪靜之兩選本合編選印本。
9. 民國七十一年（1982）學海書局鄭振鐸、汪靜之兩選本合編選印本。
10. 民國七十三年（1984）台北丹青出版社「中國古豔稀品叢刊」第三輯鄭振鐸、汪靜之兩選本影印本。
11. 1987年上海古籍出版社據「明清民歌時調叢書」重印排版，與《掛枝兒》、《山歌》、《夾竹桃》、《霓裳續譜》合輯為《明清民歌時調集》。
12. 民國七十六年（1987）台北金楓出版鄭振鐸、汪靜之兩選本合編選印本。鹿憶鹿導讀，附《墨憨齋歌》。
13. 2002年上海古籍出版《續修四庫全書》第1745冊，據清道光八年玉慶堂刻本影印。

就上述版本看來，《白雪遺音》的版本系統大致可分為全本及鄭、汪選本合編本兩種，目前台灣通行版本為鄭、汪選本合編本。而鄭振鐸之所以將《白雪遺音》以選本付印，係因「第一，原書中猥褻的情歌，我們沒有勇氣去印；第二，許多故事詩，許多滑稽詩，許多小劇本，在考證上儘有許多用處，然卻沒有什麼文藝的價值。所以為了欲此書流行的廣遠，只能就這樣的選本的式樣付印了。」〔註65〕而汪靜之又將鄭振鐸未選的的小曲

〔註65〕鄭振鐸：〈白雪遺音選序〉，《鄭振鐸全集》第六卷（石家庄市：花山文藝出版社，1998），頁197。

加以續選出版。選本與全本的主要差異在於，選本將較爲猥褻的小曲略而
不選，較之全本則不易看出小曲原貌。鄭、汪選本係依鄭振鐸藏本所選，
故《白雪遺音》的版本有：道光八年玉慶堂刻本、道光八年刊本（鄭振鐸
藏本）、《明清民歌時調叢書》本，而鄭振鐸藏本與玉慶堂刻本同爲道光八
年刊本，因未見鄭振鐸藏本，故是否爲同一本，尚不可知。就目前所見全
本：上海古籍出版社所出版的玉慶堂刻本影印及《明清民歌時調集》本來
看，兩本內容大致相同，僅卷一略有出入，玉慶堂刻本卷一目錄註〈獨占
二首〉、〈淒涼二字〉，內文標註爲〈獨占花魁〉、〈淒涼兩字〉；目錄註〈久
聞大名二首〉，然內文收〈久聞大名〉一首，並於〈開繡戶〉後再置〈又久
聞大名〉一首，兩首〈久聞大名〉並未如目錄所標置於同一處。而《明清
民歌時調集》本則於卷一目錄註〈獨占花魁二首〉、〈淒涼兩字〉，兩首〈久
聞大名〉依內文順序註於目錄。《明清民歌時調集・出版說明》：「此次重印，
改正了其中個別明顯錯誤，并重新編排了頁碼和目錄。」〔註66〕由此可知，
《明清民歌時調集》本已改正錯誤，並重新編排目錄，故自玉慶堂影本與
《明清民歌時調集》本的高度相似看來，《明清民歌時調集》本或依玉慶堂
影本重新編訂而來。

　　本文依續修四庫本爲底本，其版本係據北京圖書館藏清道光八年玉慶堂
刻本影印，原書版框高一六七毫米，寬二六六毫米。凡書四卷：卷一收有〈馬
頭調・帶把〉〔註67〕二百一十一首，〈嶺兒調〉三十四首；卷二收有〈馬頭
調〉三百零四首，〈滿江紅・並岔曲及湖廣調〉二十一首，〈銀紐絲・並岔曲
及湖廣調〉八首；卷三收有〈南詞〉一百零六首，〈八角鼓〉四十九首，〈剪
靛花〉、〈起字呀呀喲〉各三十五首，〈小郎兒〉四首，〈九連環〉、〈七香車〉
各一首；卷四收有〈南詞〉二十一首，及〈玉蜻蜓〉九回。全書四卷共八百
三十九首，卷首依序有高文德序、常琴泉序、陳燕序、吳淳序、華廣生自序，
及〈馬頭調〉工尺譜。每卷卷首冠以目錄，卷一目錄之後附有華廣生自行擬
作〈馬頭調・借書人〉，並在小曲之前附註撰曲原由。

　　《白雪遺音》一書所用曲調大多以小曲爲主，如〈馬頭調〉、〈馬頭調・帶
把〉、〈嶺兒調〉、〈滿江紅〉、〈銀紐絲〉、〈剪靛花〉、〈起字呀呀喲〉、〈小郎兒〉、

〔註66〕上海古籍出版社：《明清民歌時調集》（上），頁1。
〔註67〕李家瑞：《北平俗曲略》：「帶把者，帶白也。」（台北：文史哲出版社，1974），
　　　　頁78。楊陰瀏《中國古代音樂史稿》則認爲：「『帶把』可能就是幫腔。」頁
　　　　4～31。

〈九連環〉、〈七香車〉等，或為單曲，或為連接數曲的〈牌子曲〉，〔註68〕以及少數〈南詞〉、〔註69〕〈八角鼓〉等曲藝之屬。

北京圖書館藏本《白雪遺音》雖題為「道光八年刊」，但收有吳淳序，其序文末尾「己丑燕九大雪盈庭，遂援筆而為之序。」（頁4）推算之，「己丑」或為乾隆三十四年（1769）？或為道光九年（1829）？而就首篇序文高文德記年為嘉慶己未（1799），並於文中寫道：「（華廣生）且暮握管，凡一年有餘，始成大略。」（頁1）可知，華廣生輯成《白雪遺音》大致應為嘉慶二年至三年間（1797～1798），由此推知，吳淳絕不可能於乾隆三十四年收到華廣生郵寄的《白雪遺音》，故吳淳序文當寫於道光九年，所以北京圖書館藏本是否為道光八年所刊，又或為再版，實有待商榷。

《白雪遺音》至今可知最早版為為清道光八年（1828），但印行以後，卻未見相關評論與記載，「可能只在少數文人間傳閱，也可能因為原書內有部分涉及色情猥褻的情歌，遭到官府禁止發賣或劈版的緣故。」〔註70〕《白雪遺音》是否因為只在少數文人間傳閱，致使少見其相關評論？其實就《白雪遺音》幾篇序文看來，序文的四位作者：高文德、常琴泉、陳燕、吳淳都與華廣生相識，華廣生親自交付或透過郵驛給四位友人，請他們代為寫序，高文德等四人則成為《白雪遺音》的第一批讀者，並透過序文給予批評，此時華廣生他們五人自成一個小眾讀者團體。然而，華廣生親自交付或郵寄《白雪遺音》給友人時，是一對一、私人的交流，一旦出版，《白雪遺音》即成為大眾讀物，不再只限於小眾讀者群。〔註71〕所以，圖書一經出版，就有一定的傳播圈，不可能只在少數文人間傳閱而已。但是，《白雪遺音》為何未見其相關評論與記載，這可能與官方禁令有關，《大清律‧刑律‧賊盜上》：

> 凡各處坊肆有將淫詞小說及一切搆訟之書，違禁撰造、刊刻售賣者，
> 係（繫）官，革職。買看者，係（繫）官，罰俸一年。俱私罪。如

〔註68〕楊蔭瀏：《中國古代音樂史稿》（下）：「明清以來，利用當時民間流行的小調，以一定形式聯接起來，成為套曲，用以演唱故事，稱為〈牌子曲〉。」頁4～98。

〔註69〕李家瑞：《北平俗曲略》：「南詞即是浙江的〈平湖調〉，也是說唱故事的一種。」頁18。

〔註70〕黃志良：《白雪遺音研究》，頁42。

〔註71〕楊玉成：〈小眾讀者：康熙時期的文學傳播與文學批評〉：「就文學媒介而言，書信必然是書寫的，透過一個物質性載體，經過郵驛送達數信人手中，最後轉寄給書商，出版後成為大眾讀物。」《中國文哲研究集刊》第19期（2001年9月），頁60。

該地方官不行查出銷毀，每次罰俸六個月。公罪。若明知故縱者，
降二級調用。私罪。

凡坊肆市賣一應淫詞小說，在內交與八旗都統、都察院、順天府，
在外交督撫等，轉行所屬官弁嚴禁，務搜板書，盡行銷毀。有仍行
造作刻印者，係官革職，軍民杖一百，流三千里；市賣者，杖一百，
徒三年；買看者，杖一百。該管官弁，不行查出者，交與該部，按
次數分別議處，仍不准借端出首訛詐。〔註72〕

官府的嚴行禁止，從中央到地方的禁毀淫詞小說，如〈雍正二年禁市賣淫辭
小說〉、〈禁擋子演唱淫詞小曲〉、〈江蘇巡撫湯斌嚴禁私刻淫邪小說戲文告
諭〉、〈蘇郡設局收燬淫書公啓〉等禁令一再聲明嚴禁及銷毀書板，〔註73〕可
能是《白雪遺音》流通不廣的主要原因。對於「淫詞小說」的禁毀，最初只
是官方敏感到這些通俗文藝擾亂治安的作用，在明代社會對淫書一直通過輿
論的壓力，以及人們對「淫」這個惡諡的畏懼來限制淫穢品的傳播，直到清
代才開始強調它誘人墮落的惡果，〔註74〕在法律中明定禁止，並予以刻印、
販賣、買看者處罰。加之華廣生不若編《掛枝兒》、《山歌》的馮夢龍有名及
點訂《霓裳續譜》的王廷紹具有功名，〔註75〕致使《白雪遺音》一書未著錄
於其他書籍之中。

二、作　者

華廣生（其年譜簡表見附錄），其生平不見於當時其他書錄，趙景深《明
清民歌時調集·序》：「《白雪遺音》的編者是華廣生。他是一個不知名的人，
我們很少知道他的生平，只知道他字春田，山東歷城人，生於清乾、嘉間，
如此而已。」〔註76〕因爲華廣生的生平不見於當時其他著錄，故其生平資料

〔註72〕〔清〕李瀚章：《大清律例彙輯便覽》（8），頁2903、2906～2907。
〔註73〕王曉傳：《元明清三代禁毀小說戲曲史料》（北京：作家出版社，1958），頁29、
　　　　46、90、113。
〔註74〕康正果：《重審風月鑑》（台北：麥田出版，1998），頁305～307。
〔註75〕張繼光《霓裳續譜研究》對《霓裳續譜》的點訂者王廷紹有不少論述，「王廷
　　　　紹於嘉慶年間參與會試，名列三甲第二十八名，並經朝考，被選入翰林院庶
　　　　常館，官至刑部員外郎。」（台北：文津出版社，1989），頁14～15。
〔註76〕趙景深：《明清民歌時調集·序》寫於1959年8月。頁455。趙景深謂華廣生
　　　　爲山東歷城人，所據資料爲何，並未說明，在陳燕序文中僅述及「緣事入都，
　　　　聞歷山之勝，遂至止……歲丙寅，幸識春田華君。」（頁2）陳燕係在山東歷
　　　　城與華廣生相識，但序文並未談及華廣生籍貫；在常琴泉序文中有「與平陵

僅有卷首五篇序文可供參考，自高文德序文可知，華廣生約在嘉慶二年至三年間（1797～1798）大略成書，而華廣生自序記年爲嘉慶甲子孟冬（1804），可知嘉慶九年十月時，《白雪遺音》應已大致完成。自陳燕序文可知，陳燕於嘉慶辛酉年（1801）到山東歷山（千佛山）遊歷，嘉慶丙寅年（1806），與華廣生相識，華廣生「出自集《白雪遺音》全譜屬予記」，從「自集」看來，《白雪遺音》應仍屬抄本。〔註77〕從《白雪遺音》收有〈李毓昌案〉（此案發生於嘉慶十四年，1809）一曲看來，可知華廣生大略成書以後，還陸續蒐集小曲，嘉慶十四年後是否曾付梓出版，尚未可知。而吳淳於道光九年收到華廣生郵寄《白雪遺音》，應當爲道光八年出版之《白雪遺音》，故自《白雪遺音》編輯大略完成至出版，歷時約三十年之久。以華廣生大致蒐輯成書爲嘉慶二年至三年，是時華廣生應已成年，故華廣生應生於乾隆年間，又華廣生於道光九年郵寄《白雪遺音》予吳淳，故華廣生應卒於道光九年之後。

華春田二兄曾於平昌官舍」句，及吳淳序文開頭有「平陵華君春田，顏所著傳奇一部曰：《白雪遺音》。」由吳淳序文看來，「平陵」二字應非人名，可能爲華廣生籍貫，「平陵」所指可能是：一、春秋齊邑，漢置東平陵縣，以右扶風有平陵，故此加東也。濟南郡治焉。晉永嘉後移郡治歷城，去東字，北周省。故城在今山東歷城縣東。二、春秋晉邑。在今山西文水縣東二十五里。三、漢置。三國魏改爲始平。故城在今陝西咸陽縣西北十五里。漢昭帝平陵，在今陝西咸陽縣東北十三里。四、東晉分永世縣置。南朝宋省。其地在今江蘇溧陽縣西北。五、隋置。唐省。故治在今湖北均縣北。參之以陳燕與華廣生相識於山東歷城，《白雪遺音》卷一開篇首收〈濟南八景〉，所收小曲又常有「濟南」、「東昌」等山東地名，及「俺」等山東方言，可知趙景深係據陳燕序文與吳淳序文推斷「平陵」一詞爲山東濟南歷城。

〔註77〕黃志良：《白雪遺音研究》，頁46。

第二章　時代背景

　　明中葉以後，隨著商品經濟的發達，農業商品化、手工業的繁盛，促使商人階級的興起。人民所得提高，國家實施賦役徵銀，白銀逐漸貨幣化，社會進入貨幣經濟，人民從對人的依附轉爲對物的依賴，風氣逐漸走向奢靡，百姓開始追求感官娛樂，倡優盛行，出版業出版眾多廣受市民喜好的通俗文學。然而，在政權改朝換代以後，清代延續明律禁止官吏狎妓，並且廢除官妓制度，甚至禁毀淫詞小說，眾多廣受市民喜好的通俗文學成爲違禁品，不管中央或是地方，即使一再的禁止出版、買看淫詞小說，但市面上仍舊流傳，出版商在民眾樂於買看，總是有利可圖的情況下，不畏禁令一再出版。在社會經濟逐漸商品化、城市化的情況下，即使政府一再要求崇儉黜奢，一再禁止淫詞小說，社會依舊在商品、貨幣經濟的推動下，逐漸走向奢華。

第一節　政治背景

一、禁官吏狎妓

　　明初設官妓，「太祖立富樂院於乾道橋，……令禮房典吏王迪管領，此人熟知音律，又能作樂府。禁文武官及舍人，不許入院，止容商賈出入院內。」〔註1〕顯然，明代雖設官妓，但對於官吏卻是禁止狎妓的，〔註2〕其中所謂「只

〔註1〕　〔明〕劉辰：《國初事蹟》，《四庫全書存目叢書》史部 46 冊（台南：莊嚴文化，1996），史 46～12。

〔註2〕　黃健彰編：《明代律例彙編・刑律・犯姦》：「凡官吏宿娼者，杖六十。媒合人，減一等○若官員子孫宿娼者，罪亦如之。」（台北：中央研究院歷史語言研究所，1979），頁 944。

容商賈出入院內」，主要是為了「兩京教坊，官收其稅，謂之脂粉錢。」〔註3〕
明太祖一方面讓妓女、娼夫居其中，專門使派禮房王迪管理；一方面又禁止
官吏入院，只許賈商出入，便是為了利用娼妓來增加國庫收入，並透過注籍
收稅對娼妓進行管理，南京與北京都設司鈐轄，其他城鎮由各地方官府鈐轄，
妓家由鴇母或龜奴自主，妓女由龜鴇直接監控和支配，龜鴇向政府注籍納稅。
〔註4〕官方雖然禁止官吏狎妓，但仍有不少官員以身犯法，例如沈德符《萬曆
野獲編》便記錄守土吏狎妓：「今上辛巳壬午間，聊城傅金沙令吳縣，以文采
風流為政，守亦廉潔，與吳士王百穀厚善。時過其齋中小飲，王因匿名妓于
曲室，酒酣出以薦枕，遂以為恆。」〔註5〕晚明禁令稍弛，江南名妓頗富豔名，
士庶商賈以狎妓為風流。

　　《大清律》承《大明律》：「凡文武官吏宿娼者，杖六十。挾（狎）妓飲
酒，亦坐此律。媒合人，減一等○若官員子孫宿娼者，罪亦如之。」〔註6〕一
樣在法律上嚴禁官吏狎妓，但仍不乏犯禁者，〔註7〕清代廢除官妓，致使狎男
優之風頗盛，徐珂（1869～1928）《清稗類鈔》云：「道光（1821～1850）以
前，京師最重像姑，絕少妓寮。金魚池等處，特輿隸溷集之地耳。咸豐（1851
～1861）時，妓風大熾。」〔註8〕面對王公貴族狎優之風，開始禁止八旗官兵
出入戲園酒館，「八旗當差人等，漸改舊習，不守本分，嬉遊於前門外戲園酒
館。仍照舊例交八旗大臣步軍統領衙門不時稽查，遇有違禁之人，一經拿獲，
官員參處，兵丁責革。並令都察院、五城、順天府各衙門出示曉諭，實貼各
戲園酒館，禁止旗人出入。」〔註9〕直至鴉片戰爭之後，內外交困，京師法令

〔註3〕　〔明〕謝肇淛：《五雜俎·卷八·人部四》（瀋陽：遼寧教育出版社，2001），
　　　　頁163。
〔註4〕　蕭國亮：《中國娼妓史》（台北：文津出版社，1996），頁186。
〔註5〕　〔明〕沈德符：《萬曆野獲編·卷二十八·守土吏狎妓》（北京：中華書局，
　　　　1997），頁713。
〔註6〕　〔清〕李瀚章：《大清律例彙輯便覽》（12）（台北：成文出版，1975），頁4649。
〔註7〕　如《白雪遺音》便收錄〈窩娼〉一曲，描述冒充衙役的妓女，讓衙役窩藏在
　　　　衙門，最後被發現只好出家的狀況：「冒充頭役在歷城縣，從不到堂前。所使
　　　　著窩娼，蒙吃蒙穿，何日消閒。與那些，得時的二爺們把帖換，威風凜嚴。
　　　　有一位吳太爺，一到就把堂客斷，刑法兒新鮮。妓女兒，剃去了頭髮，包家
　　　　子，削去了眉尖，鬍子剃半邊。從今後，無依無靠無侶伴，離了濟南。只見
　　　　他，望影而逃一溜線，隱遁千佛山。」《續修四庫全書》第1745冊（上海：
　　　　上海古籍出版社，2002），頁25～26。
〔註8〕　徐珂：《清稗類鈔·娼妓類·京師之妓》（北京：中華書局，2003），頁5155。
〔註9〕　王曉傳：《元明清三代禁毀小說戲曲史料·禁八旗官兵出入戲園酒館》（北京：

鬆弛，妓風開始大熾。

二、官妓的設立與廢除

明初設官妓，「洪武初年，建十六樓，以處官妓，淡煙輕粉，重譯來賓，稱一時之盛事。」〔註10〕而官妓的主要來源：一是戰俘，一是籍沒。《三風十愆記‧記色荒》：「明滅元，凡蒙古部落子孫流寓中國者，令所在編入戶籍。其在京省，謂之樂戶；在州邑，謂之丐戶。」〔註11〕籍沒，是指官府將罪犯女性家屬收為妓女，〔註12〕明代不只官妓興盛，私妓亦然，謝肇淛（1567～1624）《五雜俎》便記載了明代娼妓之盛：

> 今時娼妓布滿天下，其大都會之地，動以千百計。其他窮州僻邑，
> 在在有之。終日倚門獻笑，賣淫為活，生計至此，亦可憐矣！兩京
> 教坊，官收其稅，謂之脂粉錢。隸郡縣者，則為樂戶，聽使令而已。
> 唐、宋皆以官妓佐酒，國初猶然。至宣德初始有禁，而縉紳家居者，
> 不論也。故雖絕跡公庭，而常充牣里閈。又有不隸於官，家居而賣
> 姦者，謂之土妓，俗謂之「私窠子」，蓋不勝數矣！〔註13〕

由此可知，明代娼妓大抵情況為：一，官妓以外有私娼；二，國家收娼妓稅號「脂粉錢」，有如民初之「花捐」；三，京師有「教坊」，郡縣有「樂戶」，無形中恢復唐宋官妓制度；官吏狎娼有禁，而縉紳家居為例外。〔註14〕

進入清代以後，順治年間以太監替代教坊女樂。《康熙會典‧禮部》：「順治初，俱作丹陛大樂，用領樂官妻四名，領女樂二十四名。隨鐘鼓司引進，在宮門內排立作樂。八年，改用太監四十八名。十二年，復用女樂四十八名。十六年，添設慈寧宮中和韶樂，俱用太監演習。」同書亦記載：「十二年，定

作家出版社，1958），頁 17～18。

〔註10〕〔清〕余懷：《板橋雜記‧序》，《叢書集成初編》（北京：中華書局，1985），頁 1。

〔註11〕〔清〕陳鼎：《三風十愆記‧記色荒》，《筆記小說大觀》五編（台北：新興書局，1974），頁 3193。

〔註12〕〔清〕章學誠《婦學》對籍沒曾予以議論：「前朝虐政，凡搢（縉）紳籍沒，波及妻孥，以致詩禮之家，多淪北里。」《叢書集成初編》（北京：中華書局，1985），頁 11。因為明代官妓多出自詩書之家，所以多以賣藝為主；與清代俱私妓相比，因為私妓多為貧家子女，所以沒有特殊技藝，多淪為下等妓女，以賣身換取金錢。

〔註13〕〔明〕謝肇淛：《五雜俎‧卷八‧人部四》，頁 163。

〔註14〕王書奴：《娼妓史》（台北：代表作國際圖書，2006），頁 204。

女樂四十八名。……十六年停止，改用太監。」〔註15〕經過順治年間兩次女樂的革除，清代北京的官妓已基本消滅。雍正年間更實行了「除賤為良」的政策，《雍正實錄・卷六》雍正元年四月：「除山西、陝西教坊樂籍，改業為良民。」〔註16〕事亦載於《皇朝文獻通考・王禮考・泰陵聖德神功碑》：「自明初紹興有惰民，靖難後諸臣有抗命者，子女多發山西為樂戶，數百年相沿未革，一旦去籍為良，令下之日，人皆流涕。」〔註17〕同時，清代承襲明代，在法律上明文禁止買良為娼：「若有私買良之之女為娼，及設計誘買良家之子為優者，俱枷號三個月，杖一百，徒三年。」〔註18〕清代以法律形式廢除了延續一千多年的官妓樂籍制度，但清初統治者只廢官妓，不禁私妓，而且未給除籍為民的娼妓安排出路，致使他們可能因生計而再度重操舊業。

　　清代廢除官妓以後，娼妓業進入私人經營時代，開始由龜奴、鴇母私自經營，私營娼妓業目的是為了賺錢牟利，嫖客、鴇母、妓女三者之間是純粹的買賣關係，嫖客買色，妓女賣肉，鴇母從中提成。私營妓業妓女表演技藝，成為招徠嫖客的手段，一旦嫖客只需填慾，那就脫去「伎藝」，賣色即可，〔註19〕於是妓女來源主要來自「販賣」，主要是由於家貧，或因天災、人禍造成饑饉之年，在失去生存條件下，被迫將妻女賣與妓院或富家為妓女。〔註20〕然而，娼妓私營時代，在進入晚清以後產生了變化，《清稗類鈔・公娼私娼》：「古有官妓，今無之，然有公娼、私娼之分。納捐於官中，略如營業稅，得公然懸牌，可以出而侑酒、設宴於家者為公，反是則私。」〔註21〕清光緒三十一年（1905）設巡警部後，復設內外域巡警廳，抽收妓捐，月繳妓捐者為官妓，反是者為私妓。〔註22〕甚至在宣統年間廣州設立筵席捐，普通筵席加一成收費，妓院

〔註15〕〔清〕伊桑阿等：《康熙會典・卷七十一》（台北：文海出版社，1992），頁3645～3646、3649。
〔註16〕《清實錄・世宗實錄・卷六》雍正元年四月（北京：中華書局，1985），頁136。
〔註17〕〔清〕嵇璜等：《皇朝文獻通考・卷一百五十二》，《文淵閣四庫全書電子版》（香港：迪志文志，1999）。
〔註18〕〔清〕李瀚章：《大清律例彙輯便覽》（12），頁4658～4659。清律承明律，禁買良為娼，《明代律例・刑律八・犯姦》買良為娼條：「凡娼優樂人，買良人子女為娼優，及娶為妻妾，或乞養為子女者，杖一百。知情嫁賣者，同罪。媒合人，減一等。財禮入官。子女歸宗。」頁946。
〔註19〕蕭國亮：《中國娼妓史》，頁98～100。
〔註20〕徐君、楊海：《妓女史》（台北：華成圖書，2004），頁109。
〔註21〕徐珂：《清稗類鈔・娼妓類・公娼私娼》，頁5149。
〔註22〕王書奴：《娼妓史》，頁285。

擺酒，則要加收二成花筵捐。〔註 23〕官妓雖已廢除，但政府透過稅捐變相地重新恢復官妓制度。

三、禁淫詞小說

在對書籍的禁毀上，在明代以前，主要針對的並不是「誨淫」的問題，而是政治思想方面，〔註 24〕直到清代，才開始明令禁毀淫詞小說，《大清律例・刑律賊盜上》：「凡各處坊肆有將淫詞小說及一切搆訟之書，違禁撰造、刊刻售賣者，係官，革職。買看者，係官，罰俸一年。俱私罪。如該地方官不行查出銷毀，每次罰俸六個月。公罪。若明知故縱者，降二級調用。私罪。」〔註 25〕清代從中央到地方，從未放鬆對淫詞小說的禁毀。

在中央法令上，對淫詞小說的禁毀，自順治年間便已開始，自魏晉錫《學政全書》、《大清聖祖仁皇帝實錄》、延煦《臺規》均載有相關禁令：

> 順治九年題准，坊間書賈，止許刊行理學政治有益文業諸書；其他瑣語淫詞，及一切濫刻窗藝社稿，通行嚴禁。違者從重究治。〔註 26〕

> 康熙五十三年，甲午，夏，四月，乙亥，諭禮部，……凡坊肆市賣一應小說淫詞，在內交與八旗都統、都察院、順天府，在外交與督撫，轉行所屬文武官弁，嚴查禁絕，將板與書，一并盡行銷毀。如仍行造作刻印者，係官革職，軍民杖一百，流三千里，市賣者杖一百，徒三年。該管官不行查出者，初次罰俸六個月，二次罰俸一年，三次降一級調用。從之。〔註 27〕

> 雍正二年又奏准，凡坊肆市賣一應淫辭小說，在內奕與都察院等衙門，轉行所屬官弁嚴禁，務搜版書，盡行銷毀；有仍行造作刻印者，係官革職，軍民杖一百，流三千里，市賣者杖一百，徒三年，買看者杖一百；該管官弁，不行查出，按次數分別議處；仍不許藉端出

〔註 23〕蕭國亮：《中國娼妓史》，頁 187。
〔註 24〕黃健彰編：《明代律例彙編》：「凡造讖緯妖書妖言，及傳用惑眾者，皆斬。若私有妖書，隱藏不送官者，杖一百，徒三年。」頁 732。明律禁令著重在對妖書妖言等思想傳播書籍，而非色情書籍。
〔註 25〕〔清〕李瀚章：《大清律例彙輯便覽》（7），頁 2903。
〔註 26〕〔清〕魏晉錫《學政全書・卷七・書坊禁例》，《元明清三代禁毀小說戲曲史料》，頁 19～20。
〔註 27〕《大清聖祖仁皇帝實錄・卷二百三十八》，《元明清三代禁毀小說戲曲史料》，頁 24。

首訛詐。〔註28〕

　　乾隆三年議准，查定例：凡坊肆市賣一應淫詞小說，在內交八旗都
統察院順天府，在外交督撫等，轉飭所屬官，嚴行查禁，務將書板
盡行銷毀，有仍行造作刻印者，係官革職，軍民杖一百流三千里，
市賣者杖一百徒三年，該管官弁不行查出者，一次罰俸六個月，二
次罰俸一年，三次降一級調用。蓋淫詞穢說，最爲風俗人心之害，
例禁綦嚴。但地方官奉行不力，致向存舊刻銷毀不盡；甚至收買各
種，疊架盈箱，列諸市肆，租賃與人觀看。若不嚴行禁絕，不但舊
板仍然刷印，且新板接踵刊行，實非拔本塞源之道。應再通行直省
督撫，轉飭該地方官，凡民間一應淫詞小說，除造作刻印，定例已
嚴，均照舊遵行外；其有收存舊本，限文到三月，悉令銷毀。如過
期不行銷毀者，照買看例治罪。其有開舖租賃者，照市賣例治罪。
該管官員任其收存租賃，明知故縱者，照禁止邪教不能察緝例，降
二級調用。〔註29〕

從順治年間禁淫詞小說，到康熙年間禁令擴及地方，並明定懲罰條例，及至
雍正年間懲罰對象從刻印者、市賣者、官吏擴及買看者，到了乾隆年間，不
只禁毀市售淫詞小說，連同舊本一併銷毀，甚至開舖租賃論同市賣者處罰，
該管官員以降二級處治。從順治到乾隆，對於淫詞小說的禁毀愈顯嚴格，處
罰範圍逐漸擴大，而這股禁毀淫詞小說的風潮，也從中央蔓延到地方。

　　在地方上，對於淫詞小說的禁毀，則以出版業最盛的江蘇爲主，如湯斌
（1627～1687）《湯子遺書》、余治《得一錄》、《江蘇省例藩政》均有相關記
載：

　　江蘇坊賈，惟知射利，專結一種無品無學希圖苟得之徒，編纂小說
傳奇，宣淫誨詐，備極穢褻，汙人耳目，繡像鏤版，極巧窮工，致
遊俠無行與年少志趨未定之人，血氣搖蕩，淫邪之念日生，奸偽之
習滋甚，風俗陵替，莫能救正，深可痛恨，合行嚴禁。……若仍前
編刻淫詞小說戲曲，壞亂人心，傷敗風俗者，許人據實出首，將書
板立行焚燬。其編次者、刊刻者、發賣者，一併重責，枷號通衢；

〔註28〕〔清〕延煦等：《臺規·卷二十五》，《元明清三代禁毀小說戲曲史料》，頁29。
〔註29〕〔清〕魏晉錫《學政全書·卷七·書坊禁例》，《元明清三代禁毀小說戲曲史料》，頁38～39。

仍追原工價，勒限另刻古書一部，完日發落。〔註30〕

蘇州府正堂汪爲永禁淫畫以端風俗事。案奉　臬憲頒示札開，訪聞蘇郡坊肆，每將淫書淫畫，銷售射利，炫人心目，褻及閨房，長惡導淫，莫此爲甚，至淫畫顯導邪淫，較淫書爲尤烈，淫書必粗知文義者，方能通曉，畫則無論婦豎，一目了然。〔註31〕

近來書賈射利，往往鏤板流傳，揚波扇燄，《水滸》、《西廂》等書，幾於家置一編，人懷一篋。……即於現在書局，附設銷燬淫詞小説局，略籌經費，俾可永遠經理。並嚴飭府縣，明定限期，諭令各書鋪，將已刷陳本，及未印板片，一律赴局呈繳，由局彙齊，分別給價，即由該局親督銷燬；仍嚴禁書差，毋得向各書肆藉端滋擾。〔註32〕

近時又有一種山歌小唱攤簧時調，多係男女茍合之事，有識者不值一笑，而輾轉刊板，各處風行，價值無多，貨賣最易，幾於家有是書。少年子弟，略識數字，即能唱説，鄉間男女雜處，狂蕩之徒，即藉此爲勾引之具，甚至閨門秀媛，亦樂聞之，廉恥盡喪，而其害乃不可問矣。此而不爲加意禁絕之，恐愈傳愈遠，禍及海内。〔註33〕

從康熙二十五年（1686）湯斌禁毀淫詞小説，並要求刊刻者另刻古書一部，到余治大聲疾呼淫畫、淫詞導淫更勝淫書，及至同治七年（1868）丁日昌開出應禁書目，顯示出地方官吏、衛道人士對於淫詞小説的禁毀不遺餘力。

　　不管中央還是地方，從順治到同治年間，經過兩百多年的持續禁毀，淫詞小説依舊氾濫，可見，禁毀通俗讀物遠比禁毀反清書籍困難，反清書籍只在小圈子內傳播，可以透過血腥的文字獄杜絕其流傳，但是通俗讀物擁有廣大的讀者群，在有利可圖的情況下，刻印者與經銷者不畏法網，透過改換書名、偽裝官刻來販售。〔註34〕面對無法遏止的淫詞小説，余治提出〈刪改淫書小説議〉，透過「就其中用意增刪，汰其不可爲訓者，而換其足資懲勸者。」〔註35〕並且加入果報觀念，「所有添改之處，則必多引造作淫詞，及喜看淫

〔註30〕〔清〕湯斌：《湯子遺書・卷九・蘇松告諭》，《元明清三代禁毀小説戲曲史料》，頁90～91。

〔註31〕〔清〕余治：《得一錄・卷十一》（台北：華文書局，1969），頁768～769。

〔註32〕同治七年《江蘇省例藩政》，《元明清三代禁毀小説戲曲史料》，頁121。

〔註33〕〔清〕余治：《得一錄・卷十一・勸收燬小本淫詞唱片啓》，頁779。

〔註34〕康正果：《重審風月鑑》（台北：麥田出版，1998），頁311～312。

〔註35〕〔清〕余治：《得一錄・卷十一・刪改淫書小説議》，頁785。

書一切果報，使天下後世撰述小說者，皆知殷鑒。」〔註36〕透過果報觀，捏造羅貫中、施耐庵子孫三代皆啞，湯顯祖入阿鼻地獄不得超生等說，〔註37〕借由社會輿論的壓力與人們對於「淫」這個惡謚的畏懼來限制淫詞小說的傳播。〔註38〕

第二節　社會背景

一、奢侈之風

明中葉以後，社會開始發生變化，逐漸形成奢侈的風氣，最早是在明正統至正德年間（1436～1521），由經濟最進步的江南地區開始，嘉靖（1522～1566）以後奢侈風氣漸漸明顯，直到萬曆以後，其他地區也開始變化。清朝初年因為天災人禍以及清政府強化禮法的政策，使得奢侈風氣稍歇，但在順治（1644～1661）後期，江南地區又開始出現奢靡的現象，直到康熙（1662～1722）中期，奢侈風氣逐漸地再次瀰漫，至於其他地區，大約到雍正（1723～1735）以後，社會風氣才開始走向奢靡。〔註39〕

萬曆年間的《客座贅語》便曾記載年長者的感嘆：

> 正、嘉以前，南都風尚最為醇厚。薦紳以文章政事、行誼氣節為常，求田問舍事少，而營聲利、畜伎樂者，百不一二見之。逢掖以呫嗶帖括、授徒下帷為常，投贄干名之事少，而挾倡優、耽博奕、交關士大夫陳說是非者，百不一二見之。軍民以營生務本、畏官長、守樸陋為常，后飾帝服之事少，而買官鬻爵、服舍亡等、幾與士大夫抗衡者，百不一二見之。婦女以深居不露面、治酒漿、工織紝為常，珠翠綺羅之事少，而擬飾倡（娼）妓、交結妒媼、出入施施無異男子者，百不一二見之。〔註40〕

然而「今則服舍違式，婚宴無節，白屋之家，侈僭無忌，是以用度日益華靡，

〔註36〕〔清〕余治：《得一錄‧卷十一‧刪改淫書小說議》，頁784。
〔註37〕王曉傳：《元明清三代禁毀小說戲曲史料》，頁304～313。
〔註38〕康正果：《重審風月鑑》，頁307。
〔註39〕巫仁恕：《奢侈的女人——明清時期江南婦女的消費文化》（台北：三民書局，2005），頁7。
〔註40〕〔明〕顧起元：《客座贅語‧卷一》，《元明史料筆記叢刊》（北京：中華書局，1997），頁25。

物力日益耗蠹。」〔註 41〕呈現出明代中葉以後，世風逐漸奢靡的現象。在改朝換代之際，侈靡之風稍衰，而進入清代以後，經過一番休養生息，民風又開始奢侈起來，乾隆年間李斗的《揚州畫舫錄》便記錄了徽州鹽商的奢侈行爲：

> 徽州歙縣棠樾鮑氏，爲宋處士鮑宗巖之後，世居于歙，志道字誠一，業鹺淮南，遂家揚州。初，揚州鹽務競尚奢麗，一昏嫁喪葬，堂室飲食，衣服輿馬，動輒費數十萬。有某姓者，每食，庖人備席十數類，臨食時夫婦並坐堂上，侍者抬席置于前，自茶麵葷素等色，凡不食者搖其頤，侍者審色則更易其他類。或好馬，蓄馬數百，每馬日費數十金，朝自內出城，暮自城外入，五花燦著，觀者目炫。或好蘭，自門以至于內室，置蘭殆遍，或以木作裸體婦人，動以機關，置諸齋閤，往往座客爲之驚避。其先以安綠村爲最盛，其後起之家，更有足異者，有欲以萬金一時費去者，門下客以金盡買金箔，載至金山塔上，向風颺之，頃刻而散，沿沿草樹之間，不可收復。又有三千金盡買蘇州不倒翁，流于水中，波爲之塞。有喜美者，自司閽以至竈婢，皆選十數齡清秀之輩，或反之而極盡用奇醜者，自鏡之以爲不稱，毀其面以醬敷之，暴于日中。有大好者，以銅爲溺器，高五六尺，夜欲溺，起就之，一時爭奇鬥異，不可勝記。〔註42〕

自明中葉以來，這股侈靡的風氣，不僅體現於貴族、富商而已，連庶民百姓都沉浸其中，范濂不禁感嘆：「風俗自淳而趨於薄也……嘉隆以來，豪門貴室，導奢導淫，博帶儒冠，長奸長傲，日有奇聞疊出，歲多新事百端。牧豎村翁，競爲碩鼠；田姑野媼，悉戀妖孤，倫教蕩然，綱常已矣。」〔註 43〕而這股奢侈的風氣，更具體呈現在其食、衣、住、行各方面。

（一）食

明中葉以來，商品經濟的發達，促使庶民百姓日用愈見奢侈，在飲食上，菜式也逐漸多樣化、精緻化，何良俊（1506～1573）《四友齋叢說》便記載

〔註41〕〔明〕顧起元：《客座贅語‧卷七》，《元明史料筆記叢刊》，頁 231。
〔註42〕〔清〕李斗：《揚州畫舫錄‧卷六》，《清代史料筆記叢刊》（北京：中華書局，1997），頁 148～150。
〔註43〕〔明〕范濂：《雲間據目鈔‧卷二》，《筆記小說大觀》二十二編（台北：新興書局，1988），頁 2625。

了當時飲食日漸奢侈的現象,「余小時見人家請客,只是菓五色、肴五品而已,惟大賓或新親過門,則添蝦、蟬、蜆、蛤三四物,亦歲中不一二次也。今尋常燕會動輒必用十肴,且水陸畢陳,或覓遠方珎(珍)品,求以相勝。」〔註44〕在當時的小說中,亦有不少描寫飲食奢華的場面,例如《金瓶梅》第二十二回描寫早餐吃粥:「四個醃食,十樣小菜兒,四碗頓(燉)爛:一碗蹄子,一碗鴿子雛兒,一碗春不老蒸乳餅,一碗餛飩雞兒。銀廂甌兒,粳米投著,各樣榛松栗子、果仁、梅桂、白糖粥兒。」〔註45〕晚明富豪飲食的排場可見一斑。到了清代,除了排場外,更講求精緻,例如《紅樓夢》中光是煮茄子,便要十來隻雞當佐料,「把才下來的茄子把皮劀了,只要淨肉,切成碎釘子,用雞油炸了,再用雞脯子肉並香菌、新筍、蘑菇、五香腐干、各色乾果子,俱切成釘子,用雞湯煨乾,將香油一收,外加糟油一拌,盛在瓷罐子裏封嚴,要吃時拿出來,用炒的雞瓜一拌就是。」〔註46〕而除了講求食物的精緻外,飲食更成為一種審美意趣,李漁(1610～1680)《閒情偶寄》:「予於飲食之美,無一物不能言之,且無一物不窮其想像,竭其幽渺而言之;獨於蟹螯一物,心能嗜之,口能甘之,無論終身一日皆不能忘之,至其可嗜、可甘與不可忘之故,則絕口不能形容之。」〔註47〕除了豪貴之家飲食的多樣化與精緻化,《揚州畫舫錄》也記載了野食、訂菜以及多樣化的麵食:

> 野食謂之餉,畫舫多食于野,有流觴、留飲、醉白園、韓園、青蓮社、留步、聽簫館、蘇式小飲、郭漢章館諸肆。而四城游人又多有于城內肆中預訂者,謂之訂菜。每晚則于堤上分送客船。城內食肆多附於麵館,麵有大連、中碗、重二之分。冬用滿湯,謂之大連;夏用半湯,謂之過橋。麵有澆頭,以長魚雞豬為三鮮。大東門有如意館、席珍。小東門有玉麟、橋園,西門有方鮮、林店,缺口門有杏春樓,三祝菴有黃毛,教場有常樓,皆此類也。乾隆初年,徽人于河下街賣松毛包子,名徽包店。因仿嚴鎮街沒骨魚麵,名其店曰合鯖,蓋以鯖魚為麵也。仿之者有槐葉樓火腿麵,合鯖復改為坡兒

〔註44〕 〔明〕何良俊:《四友齋叢說・卷三四・正俗一》,《續修四庫全書》第 1125 冊(上海:上海古籍出版社,2002),頁 759。

〔註45〕 〔明〕笑笑生:《金瓶梅詞話・第二十二回》(東京:大安株式會社,1963),頁 45。

〔註46〕 〔清〕曹雪芹,馮其庸等校注:《紅樓夢・第四十一回》(台北:里仁書局,2000),頁 632。

〔註47〕 〔清〕李漁:《閒情偶寄・飲饌部》(台北:明文書局,2002),頁 227。

> 上之玉坡，遂以魚麵勝，徐寧門問鶴樓以螃蟹麵勝。而接踵而至者，
> 不惜千金買仕商大宅爲之，如湧翠、碧蘚泉、槐月樓、雙松圍、勝
> 春樓諸肆，樓臺亭榭，水石花樹，爭新鬥麗，實他地之所無。其最
> 甚者，鯉魚、車螯、班魚、羊肉諸大連，一盌費中人一日之用焉。
> 〔註48〕

食肆不僅提供訂菜服務，麵館更提供多樣化的麵食，同時更有食肆不惜千金，購買大宅整修，使飲食空間趨於精緻化，甚至一碗麵價同一般人一日之用。

（二）衣

隨著明代中葉以後，經濟的提升，所得收入的增加，奢侈的風氣的瀰漫，百姓衣著愈顯華麗，據顧起元（1565～1628）《客座贅語》記載：

> 南都服飾，在慶、曆前猶爲樸謹，官戴忠靜冠，士戴方巾而已。近
> 年以來，殊形詭製，日異月新。於是士大夫所戴其名甚夥……於是
> 首服之侈汰，至今日極矣。足之所履，昔惟雲履、素履，無它異式，
> 今則又有方頭、短臉……亡所不有。
>
> 邇來則又衣絲躡縞者多，布服菲屨者少，以是薪粲而下，百物皆仰
> 給於貿居，而諸凡出利之孔，拱手以授外土之客居者。……俗尚日
> 奢，婦女尤甚。〔註49〕

就《座客贅語》所載，隆慶（1567～1572）、萬曆以前民風尚且樸素，但萬曆以後，民風多尚奢華，而且貿易往來頻繁，客商繁多。「衣飾之制，特男婦與時高下之細節耳。但前人之飾，愈清愈雅，而祇爲導淫之資，識者不無感歎也。矧奴隸爭尚華麗，則難爲貴矣。女裝皆踵娼妓，則難爲良矣。」〔註50〕隨著奢侈風氣日盛，衣冠日益華麗，妓女的服飾更成爲時尚趨勢，爲良家婦女學習效仿的對象。

（三）住

隨著經濟能力的提升，明清時期一般縉紳士大夫在宅第營治的花費，少者約數十兩白銀，多者至數千兩，最奢華的莫過於營建園林了。〔註51〕豪貴

〔註48〕〔清〕李斗：《揚州畫舫錄‧卷十一》，《清代史料筆記叢刊》，頁266～267。
〔註49〕〔明〕顧起元：《客座贅語》卷一、卷二，《元明史料筆記叢刊》，頁23、67。
〔註50〕〔明〕范濂：《雲間據目鈔‧卷二》，《筆記小說大觀》二十二編，頁2627。
〔註51〕巫仁恕：《奢侈的女人——明清時期江南婦女的消費文化》，頁8～9。

常不惜千金購置園林,李漁《閒情偶寄》便提到此種情況:「常見通侯貴戚,擲盈千纍萬之資以治園圃。〔註52〕」或者購買名園,修建以爲住宅,《松窗夢語》便記載了省齋、江樓等名園,「後人踵事奢華,增構室宇園亭,窮極壯麗;今其第宅,皆新主矣。」〔註53〕甚至有購置名園以爲店面者,錢泳(1759~1844)《履園叢話》:「其地係吳氏舊宅,後爲一媒婆所得,以開麵館,兼爲賣戲之所,改造大廳房,彷彿京師前門外戲園式樣。」〔註54〕然而,這股購置名園之風,不僅流行於貴戚、富商之間,甚至小商人也熱衷於營建園林,錢泳《履園叢話》便記載張丈山一事:

> 嘉定有張丈山者,以貿遷爲業,產不踰中人,而雅好園圃。鄰家有小園,欲借以宴客,主人不許,張恚甚,乃重價買城南隙地築爲園,費至萬餘金,署曰平蕪館,知縣吳盤齋爲作記。遂大開園門,聽人來遊,日以千計。張謂人曰:「吾治此園,將與邦人共之,不若鄰家某之小量也。」識見亦超。〔註55〕

張丈山不過中產之家,因爲雅好園圃,欲借鄰人小園宴客不成,遂重價買地築園,花費萬餘金之多。由此可見,自晚明以來,稍有資產者也會營治宅第,園林不僅成爲縉紳、商賈治宅所趨,更成爲營業買賣的食肆,或借人宴客以示慷慨。

(四)行

明清官方明訂只有三品以上的高級官員得以乘坐轎子,武官與下層官員以及一般庶民百姓是不得乘轎的,但明中葉以後,不但武官效法文官乘轎,庶官、監生、生員群起仿效,以至商人、豪奴、胥吏、優伶之流相繼效尤,直到清中葉以後,平民乘轎或肩輿情形愈加普遍。〔註56〕何良俊《四友齋叢說》、顧起元《客座贅語》、謝肇淛《五雜組》則記載弘治(1488~1505)、正德(1506~1521)、嘉靖以至戊戌、壬寅(1598~1602)年間,輿馬觀念的改變:

〔註52〕〔清〕李漁:《閒情偶寄‧居室部》,頁138。
〔註53〕〔明〕張瀚:《松窗夢語‧卷七》,《元明史料筆記叢刊》(北京:中華書局,1997),頁140。
〔註54〕〔清〕錢泳:《履園叢話‧園林》,《清代史料筆記叢刊》(北京:中華書局,2006),頁532。
〔註55〕〔清〕錢泳:《履園叢話‧園林》,《清代史料筆記叢刊》,頁539~540。
〔註56〕巫仁恕:《奢侈的女人──明清時期江南婦女的消費文化》,頁9、20。

　　嘗聞長老言：祖宗朝，鄉官雖見任，回家，只是步行。憲廟時，士
　　大夫始騎馬，至弘治、正德間，皆乘轎矣。……今監生無不乘轎矣！
　　大率秀才以十分言之，有三分乘轎者矣，其新進學秀才乘轎，則自
　　隆慶四年始也。〔註57〕

《四友齋叢說》中記前輩服官乘驢者，在正、嘉前乃常事，不爲異
也。頃孫家宰丕場嘗對人言：其嘉靖丙辰登第日，與同部進士騎驢
拜客，步行入部。先伯祖亦言隆慶初，見南監廳堂官，多步入衙門，
至有便衣步行入市買物者。今則新甲科輿從烏奕長安中，首蓿冷官，
非鞍籠、肩輿、腰扇固不出矣。又景前溪中允爲南司業時，家畜一
牝騾，乘之以升監，旁觀者笑之亦不顧。今即幕屬小官，絕無策騎
者，有之，必且爲道傍所揶揄。憶戊戌、己亥間，余在京師猶騎馬，
後壬寅入都，則人人皆小輿，無一騎馬者矣。事隨時變，此亦其一
也。〔註58〕

　　國朝進士皆步行，後稍騎驢。至弘、正間，有二三人共雇一馬者，
　　其後遂皆乘馬。余以萬曆壬辰登第，其時郎署及諸進士皆騎也，
　　遇大風雨時，間有乘輿者，迄今僅二十年，而乘馬者遂絕迹矣。
　　〔註59〕

正德、嘉靖以前騎驢乃常見之事，至隆慶初年時，進士與嘉靖時大異，策騎
者爲旁人所揶揄；顧起元憶萬曆戊戌、己亥（1598～1599）年在京師猶騎馬，
然而壬寅（1602）年入都，竟無一騎馬之人；謝肇淛則憶自萬曆壬辰（1592）
登第，所見大多乘馬，直至萬曆壬子（1612），則乘馬者不復見矣，可見時風
變異之迅速。而除了官吏輿馬變化之外，更有專爲婦女而設的女輿，「富貴家
則自備女輿，行走若飛，謂之飛轎；步碎而軟，謂之溜步；轎夫謂之樓兒，
隨轎侍兒謂之跑樓兒。」〔註60〕女輿成爲婦女外出的主要交通工具，而江南
流行的畫舫，亦有專爲婦女設計的堂客船：

　　畫舫有堂客、官客之分，堂客爲婦女之稱。婦女上船，四面垂簾，
　　屏後另設小室如巷，香奩廁籌，位置潔淨，船頂皆方，可載女輿，

〔註57〕〔明〕何良俊：《四友齋叢說・卷三五・正俗二》，《續修四庫全書》第 1125
　　　　冊，頁 763～764。
〔註58〕〔明〕顧起元：《客座贅語・卷七》，《元明史料筆記叢刊》，頁 231。
〔註59〕〔明〕謝肇淛：《五雜組・卷十四・事部二》，頁 295～296。
〔註60〕〔清〕李斗：《揚州畫舫錄・卷十六》，《清代史料筆記叢刊》，頁 370。

　　家人挨排於船首，以多爲勝，稱爲堂客船。〔註61〕

堂客船不僅四面垂簾，提供隱秘空間，而且可載女輿，使婦女出門更爲便利，
呈現出明清婦女旅遊活動的普遍，而女輿與堂客船，是因應婦女旅遊而生的
交通工具。

　　在這股奢侈之風下，不僅市井百姓在食、衣、住、行發生變化，在思想
上，開始出現與傳統崇儉黜奢不同的觀念，陸楫（1515～1552）《蒹葭堂稿》
即反對禁奢：

> 論治者類欲禁奢，以爲財節則民可與富也。噫！先正有言：天地生
> 財，止有此數。彼有所損，則此有所益，吾未見奢之足以貧天下
> 也。……予每博觀天下之勢，大抵其地奢則其民必易爲生；其地儉
> 則其民必不易爲生者也。何者？勢使然也。今天下之財賦在吳、越，
> 吳俗之奢莫盛於蘇；越俗之奢莫盛於杭，奢則宜其民之窮也。……
> 蓋俗奢而逐末者眾也。只以蘇、杭之湖山言之，其居人按時而遊，
> 遊必畫舫、肩輿，珍羞良醞，歌舞而行，可謂奢矣。而不知輿夫、
> 舟子、歌童、舞妓，仰湖山而待爨者不知其幾。……蘇杭之境爲天
> 下南北之要衝，西方輻輳，百貨畢集，故其民賴以市易爲生，非其
> 俗之奢故也。噫！是有見於市易之利，而不知所以市易者正起於奢。
> 使其相率而爲儉，則逐末者歸農矣，寧復以市易相高耶。〔註62〕

陸楫強調奢風先於市易，奢侈的風氣造成大量的需求，致使生產者致力於生
產；而非生產者大量生產造成奢侈之風，即人的欲望、時尚、好珍奇之心是
貿易興起的眞正原因。明清之際，治生、四民、賈道、理欲、公私、義利等
觀念都發生變化，而陸楫提出關於奢儉的新說，絕不是偶然。〔註63〕清代法
式善（1753～1813）《陶廬雜錄》中引稍晚於陸楫的李豫亨《推篷寤語》：

> 今之論治者，率欲禁奢崇儉，以爲富民之術。殊不知天地生財，止
> 有此數；彼虧則此盈，彼益則此損。富商大賈、豪家巨室，自侈其
> 宮室車馬飲食衣服之奉，正使以力食人者，得以分其利，得以均其
> 不平。孟子所謂通功易事是也。上之人從而禁之，則富者益富，貧

〔註61〕〔清〕李斗：《揚州畫舫錄・卷十一》，《清代史料筆記叢刊》，頁252。

〔註62〕〔明〕陸楫：《蒹葭堂稿・卷六》，《續修四庫全書》第 1354 冊（上海：上海
　　　　古籍，2002），頁639～640。

〔註63〕余英時：〈士商互動與儒學轉向〉，《儒家倫理與商人精神》（桂林：廣西師範
　　　　大學出版社，2004），頁184～186。

者愈貧也。吳俗尚奢，而蘇、杭細民，多易爲生。越俗尚儉，而寧、
紹、金、衢諸郡小民，恆不能自給，半遊食於四方，此可見矣。則
知崇儉長久，此特一身一家之計，非長民者因俗爲治之道也。予聞
諸長者云。〔註64〕

從文中可知，李豫亨的消費有助於經濟的觀點，是聽諸長者說的，而非其
一人之言。同時，謝肇淛對於這股奢靡之風也認爲大可不必禁止：「京師衣
食于此者殆萬餘人，非惟不能禁，亦不必禁也。」〔註65〕由此可知，明中
葉以後的奢侈之風，引發對奢儉觀的重新定位，甚至這種對禁奢的批評，
逐漸影響至中央，《揚州府志》載乾隆南巡揚州（乾隆三十年，1765），曾
寫詩云：

三月煙花古所云，揚州自昔管絃紛。還淳擬欲申明禁，慮礙翻殃謀
食羣。常謂富商大賈出有餘以補不足，而技藝者流藉以謀食，所益
良多。使禁其繁華歌舞，亦誠易事。而豐財者但知自嗇，豈能強取
之以贍貧民？且非王道所宜也。化民移俗，言之易而行之難，率皆
類此。〔註66〕

從地方到中央，明白禁奢不可行的道理，禁奢一事言之易而行之難，若冒然
禁奢則易引發失業的問題。即使當時仍有大臣要求禁奢，乾隆皇帝「諭軍機
大臣等，據尤拔世奏稱：諄諭商人，教以節儉，冀挽澆風，以示簡樸等語，
所見甚屬鄙迂。此等殷商，坐擁厚貲，即費用略多，亦復何礙，且使游手好
閒之徒藉以資其膏潤。若徒拘崇儉之虛名，更復加以禁遏，則伊等轉以自封
爲得計，於酌盈劑虛之道，深屬無當。」〔註67〕然而究竟節儉還是奢侈有助
於市場經濟，須因情況而異，可就凱因斯（John M. Keynes，1883～1946）理
論「節儉的矛盾」（paradox of thrift）來看，在一個未充分就業的經濟社會中，
在有過剩之生產能量與失業人口時，人若傾向儲蓄，少從事消費，必將造成
總需求不足，在總需求不足之下，節儉與儲蓄對個人有利，但對整個社會未
必有利；若經濟處於生產能量與勞動都已充分使用，節儉與儲蓄對個人與社

〔註64〕　〔清〕法式善：《陶廬雜錄・卷五》，《清代史料筆記叢刊》，（北京：中華書局，
　　　　　1997），頁161。
〔註65〕　〔明〕謝肇淛：《五雜組・卷十四・事部二》，頁296。
〔註66〕　〔清〕阿克當阿等修，姚文田等纂：《江蘇省揚州府志・巡幸三》，《中國方志
　　　　　叢書》（台北：成文出版社，1974），頁226。
〔註67〕　《清實錄・高宗實錄》卷807，乾隆三十三年三月下（北京：中華書局，1986），
　　　　　頁901。

會，就都是一種美德。〔註68〕那麼，究竟明清時期是不是一個充分就業的社會，〔註69〕就清乾隆《蘇州府志》中有雇傭工人的記載：「明萬曆蘇民無積聚，多以絲織為生。東北半城皆居機戶，郡城之東，皆習織業。織文曰緞，方空曰紗。工匠各有專能。匠有常主，計日受值。有他故，則喚無主之匠代之，曰喚代。無主者，黎明立橋以待。緞工立花橋，紗工立廣化寺橋，以車紡絲者曰車匠，立濂溪坊。什百為群，延頸而望，粥後散歸。若機房工作減，則此輩衣食無所矣。」〔註70〕大批無主的工人聚集橋邊，等待雇傭，若機房工作減少，則衣食無所，呈現出廣大的臨時雇工待工情形。在未充分就業的明清社會中，人若少消費，則會造成需求降低，臨時雇工失業的情形，所以陸楫、李豫亨之說是合於明清社會經濟狀況而發的。

其實，明清時期民風的奢侈，與城市化與商品化的發展息息相關，明清江南本是當時的經濟重心，明中葉以後，江南市鎮大量出現，清乾隆時期又一次發展高峰，江南市鎮成長數量激增，而城市化的結果使城市聚集了大量非農業人口，形成大量消費群，再加上商品經濟的發展，促進大量消費，帶動市場的擴大與商品經濟的發展。經濟能力的提升，助長人民對感官需求的滿足，於是「服舍違式」、「侈僭無忌」的現象逐漸增多，張瀚（1510～1593）《松窗夢語》便提到了這種現象：「國朝士女服飾，皆有定制……代變風移，人皆志於尊崇富侈，不復知有明禁，群相蹈之。」〔註71〕這種行為不只是為表現經濟能力而已，而是將「服舍違式」視為社會身份與地位的象徵，透過模仿上層社會以裝點門面，抬高身份，反映出有錢階級致力透過經濟力量，藉由買官或與政權靠攏，以達到社會流動（social mobility）的企圖，〔註72〕讓身份得以自平民、商人向上流動，成為官吏、權貴。

〔註68〕 張清溪、許嘉棟、劉鶯釧、吳聰敏：《經濟學──理論與實際》（下）三版（台北：翰蘆圖書，1995），頁90～93。

〔註69〕 張清溪、許嘉棟、劉鶯釧、吳聰敏：《經濟學──理論與實際》（下）：「所謂失業者是指一個15歲以上，現在沒有工作、可以馬上工作、而且正在找工作的人。」頁218。其實以15歲作為勞動力年齡劃分未必適用於明清時期，明清時期的就業率難以預測，雖然有大量婦女投入家庭手工業，但仍有不少婦女屬於非勞動人口，例如上層婦女。

〔註70〕 〔清〕邵泰等：《蘇州府志·卷三》，謝國楨選編，牛建強等校勘：《明代社會經濟史料選編》（下）（福州市：福建人民出版社，2005），頁124。

〔註71〕 〔明〕張瀚：《松窗夢語·卷七》，《元明史料筆記叢刊》，頁140。

〔註72〕 巫仁恕：《奢侈的女人──明清時期江南婦女的消費文化》，頁15、28。

二、娼優之盛

　　明清娼妓達到了鼎盛時期，明初建十六樓以置官妓，而娼妓多聚集在都會之地。明中葉以後，南京更成為全國娼妓中心，余懷《板橋雜記》便提到南京娼妓之盛：「金陵都會之地，南曲靡麗之鄉。紈茵浪子，瀟灑詞人，往來遊戲，馬如遊龍，車相接也。其間風月樓臺，尊罍絲管，又及孌童狎客、雜伎名優，獻媚爭妍，絡繹奔赴。」〔註73〕顧起元《客座贅語》亦載有萬曆年間的盛況，「余猶及聞教坊司中，在萬曆十年前房屋盛麗，連街接弄，幾無隙地。」〔註74〕而張岱（1597～1679）《陶庵夢憶》也記載了揚州妓女的繁盛，「廣陵二十四橋風月……名妓歪妓雜處之，名妓匿不見人，非嚮導莫得入。歪妓多可五六百人，每日傍晚，膏沐薰燒，出巷口，倚徙盤礴於茶館、酒肆之前，謂之站關。」〔註75〕描繪出揚州名妓與歪妓之別。直至清代亦然，李斗《揚州畫舫錄》便記載了清代揚州娼妓之盛：「郡中城內，重城妓館，每夕燃燈數萬，粉黛綺羅甲天下。」〔註76〕

　　明代官妓、私妓並存，清代明令禁官妓，從雍乾至嘉道年間，官妓雖然基本上消滅了，私妓卻乘機發展，日益興盛，乾隆、嘉慶年間，江南各地娼妓業繁盛。〔註77〕在日漸奢華的民風之下，稍有資產者追求感官享受，然而，官吏禁狎妓，清代又禁官妓，是以看戲聽樂成為其消遣娛樂活動：

> 至今遊惰之人，樂為優俳。二三十年間，富貴家出金帛，制服飾器具，列笙歌鼓吹，招至十餘人為隊，搬演傳奇；好事者競為淫麗之詞，轉相唱和；一郡城之內，衣食於此者，不知幾千人矣。人情以放蕩為快，世風以侈靡相高，雖踰制犯禁，不知忌也。〔註78〕

隨著經濟能力的提升，市民在勞動之餘，熱衷於娛樂活動，直至清代更有檔子班，「嘉慶初年開戲甚遲，散戲甚早。大軸子散後，別有清音小隊曰檔子班，登樓賣笑，浮梁子弟，迷離若狂，金錢亂飛，所費不貲。今日雖有檔子班，但赴第宅清唱如打頓包之例，不復赴園般演矣。……內城無戲園，但設茶社，名曰雜耍館，唱清音小曲，打八角鼓、十不閒以為笑樂。」〔註79〕市井娛樂

〔註73〕〔清〕余懷：《板橋雜記・下卷》，《叢書集成初編》，頁17。
〔註74〕〔明〕顧起元：《客座贅語・卷七》，《元明史料筆記叢刊》，頁232。
〔註75〕〔明〕張岱：《陶庵夢憶》，《零玉碎金集刊》（台北：新文豐出版，1982），頁32。
〔註76〕〔清〕李斗：《揚州畫舫錄・卷九》，《清代史料筆記叢刊》，頁197。
〔註77〕蕭國亮：《中國娼妓史》，頁88～89。
〔註78〕〔明〕張瀚：《松窗夢語・卷七》，《元明史料筆記叢刊》，頁139。
〔註79〕〔清〕楊掌生：《夢華瑣簿》，《筆記小說大觀》四編（台北：新興書局，1974），

成爲市民的生活消遣，白話小說、戲劇、民歌時調、說唱詞話、笑話、打油詩、嘲諷曲、民諺民謠、文言傳奇、志怪等都是市民所喜聞樂見的。〔註80〕

三、禁欲與縱欲

自明中晚期至清代，係禁欲與縱欲并行的時代，正統、保守、禁欲的風氣是屬於女性的，節烈、貞操和纏足都是單就女性而言；而縱欲的、尋求刺激的性愛風氣則屬於男性。對於女性的禁欲風氣具體表現於對節婦、烈女的旌表，以及透過纏足對女性的行動限制。纏足屬於男性中心社會的一種極端型態，其根本目的在於使女性幽閉深閨，更徹底爲男性所私有，更完美的保持貞操。〔註81〕

纏足之起源，眾說紛云，《四庫全書總目》：「《戲瑕》三卷，明錢希言撰。……如婦人纏足一條，（希言）不知《秘辛》爲楊慎僞撰，已爲失考，復云余見一書，稱纏足始於帝辛妲己。妲己狐妖，故纏其足，此說最古，要必有據云云。」〔註82〕纏足源於妲己之說最古，但流於穿鑿附會。宋張邦基《墨莊漫錄》：「婦人之纏足，起於近世，前世書傳，皆無所自，《南史》齊東昏侯，爲潘貴妃鑿金爲蓮花以帖地，令妃行其上，曰：『此步步生蓮華。』然亦不言其弓小也。」〔註83〕元陶宗儀（1329～1410）《南村綴耕錄》：「李後主宮嬪窅娘，纖麗善舞，後主作金蓮，高六尺，飾以珠寶細帶纓絡，蓮中作品色瑞蓮，令窅娘以帛繞脚，令纖小，屈上作新月狀。」〔註84〕張邦基與陶宗儀指出潘貴妃與窅娘均是暫時纏足，而非實質的三寸金蓮，據明胡應麟（1551～1602）《少室山房筆叢》：「婦人纏足，謂唐以前無之。余歷考未得其說……或起於唐末至宋元而盛矣。」〔註85〕可知，纏足應始於唐末，盛於宋元。纏足的盛行，不僅窄化

頁 6129～6130。

〔註80〕 方志遠：《明代城市與市民文學》將市民文學的主要品種分爲白話小說、戲劇、民歌時調、說唱詞話、笑話、打油詩、嘲諷曲、民諺民謠、文言傳奇、志怪及其他市民文學。（北京：中華書局，2005），頁 119～165。

〔註81〕 吳存存：《明清社會性愛風氣》（北京：人民文學出版社，2000），頁 1、5、242。

〔註82〕 〔清〕紀昀等：《欽定四庫全書總目·卷一百二十六》，《文淵閣四庫全書電子版》（香港：迪志文化，1999）。

〔註83〕 〔宋〕張邦基：《墨莊漫錄·卷八》，《文淵閣四庫全書電子版》（香港：迪志文化，1999）。

〔註84〕 〔元〕陶宗儀：《南村輟耕錄·卷十》，《元明史料筆記叢刊》（北京：中華書局，1997），頁 127。

〔註85〕 〔明〕胡應麟：《少室山房筆叢·卷二十四》，《文淵閣四庫全書電子版》（香港：迪志文化，1999）。

了女性的活動空間，甚至使纏足成爲審美標準。

在政治上，官方禁止官吏狎妓、廢官妓、禁止淫詞小說，行程朱理學，大力遏止欲望。宋代理學家伊川先生曾說：「餓死事極小，失節事極大。」〔註86〕這句話在明清時期被具體實踐在貞潔牌坊上。但在社會上，奢侈之風盛行，倡優之盛，淫詞小說暢銷，呈現出禁欲與縱欲的矛盾。

明代是節婦烈女最多的一個時代，清代承其遺緒，官府透過旌表來鼓勵；社會透過纏足限制外，大量的閨訓則從思想進行滲透。所謂節婦是指犧牲幸福或毀壞身體以維持她的貞操；而烈女則是犧牲生命或遭殺戮以保她的貞潔，節婦守志，烈女殉身，〔註87〕她們都受封建社會的道德束縛，甚至犧牲。自明太祖獎勵守節，〔註88〕百姓爲光耀家族，遂盛行此貞節觀，至清代節烈旌表之事達鼎盛，在政府提倡與社會推崇之下，「貞節堂」相應而生，以收養節婦貞女。〔註89〕上下階層人民皆迷信於貞節牌坊，著女教書倡導貞潔風氣，如《女學》、《女學言行錄》、《教女遺規》、《女範捷錄》等，流傳最廣者爲《女誡》、《列女傳》、《女孝經》、《女論語》、《女訓》、《女史》、《閨範》、《女範》諸書，是爲清代女子啓蒙必讀之書。〔註90〕

《內訓》爲明孝文皇后（1362～1407）所著，其書對女性的行爲訓誡，對社會不無引領作用：

> 是故婦人者，從人者也。（《內訓‧修身》）

> 體柔順，率貞潔，服三從之訓，謹內外之別，勉之敬之，終始惟一。
> （《內訓‧謹言》）

> 孔子曰：女子者，順男子之教而長其理也，是故無專制之義，所以爲教，不出閨門，以訓其子者也。（《內訓‧母儀》）〔註91〕

〔註86〕〔宋〕朱熹、呂祖謙撰，江永集注：《近思錄集注》（台北：台灣中華書局，1980），頁3。

〔註87〕董家遵：〈歷代節婦烈女的統計〉，載於《中國婦女史論集》（台北：稻鄉出版，1988），頁113。

〔註88〕〔明〕申時行等：《明會典‧卷二十二‧明令》：「凡民間寡婦，三十以前夫亡守志者，五十以後不改節者，旌表門閭，除免本家差役。」《文淵閣四庫全書電子版》（香港：迪志文化出版，1999）。

〔註89〕高邁：〈我國貞節堂制度的演變〉，載於《中國婦女史論集》，頁205～211。

〔註90〕陳東原：《中國婦女生活史》（台北：台灣商務，1977），頁275～282。

〔註91〕〔明〕仁孝文皇后：《內訓》，《叢書集成初編》（北京：中華書局，1991），頁3～4、6、23。

《內訓》一書要求女性的柔順、貞潔與三從，不出閨門，相夫教子爲女子一生職志。早在《禮記注疏·昏義》便指出：「婦德，貞順也；婦言，辭令也；婦容，婉娩也；婦功，絲麻也。」〔註92〕《內則衍義》言女有四行：「一曰婦德，二曰婦言，三曰婦容，四曰婦功。婦德不必才明絕異也；婦言不必辯口利辭也；婦容不必顏色美麗也；婦功不必工巧過人也。……夫有再娶之義，婦無二適之文。故曰：『夫者，天也，天固不可逃；夫固不可離也。』」〔註93〕其對女性的要求，不在才華洋溢，容色美麗，而在於能持家、相夫教子。而在法律上，清代對於婦女犯罪與犯姦的處理態度是截然不同的，《大清律》明令對婦女犯罪的懲罰爲：

> 凡婦人犯罪，除犯姦及死罪收禁外，其餘雜犯，責付本夫收管。如無夫者，責付有服親屬、鄰里保管，隨衙聽候，不許一概監禁，違者，笞四十。……男女有別，婦人一入囹圄，便玷名節，故非犯姦及死罪，概不監禁。犯姦之罪，雖有不同，而寡廉鮮恥，已非全人，死罪重情，不得不愼，故聽收禁。〔註94〕

當時視婦女犯姦如同犯死罪般重大，皆需收監才可，然其它雜犯，則可交予丈夫、親屬保管，由此可看出，清代對女子貞潔的重視。然而，社會經濟與奢靡之風盛行，開始對女性的種種訓誡、要求產生衝擊，例如錢泳《履園叢話》便記載了迎神賽會「混男女」的情況：「凡鄉城有盛會，觀者如山，婦女焉得不出。婦女既多，則輕薄少年逐隊隨行，焉得不看。趁遊人之如沸，攬芳澤于咫尺，看回頭一笑，便錯認有情；聽嬌語數聲，則神魂若失。甚至同船喚渡，舟覆人亡，挨蹟翻輿，鬢蓬釵墮，傷風敗俗，莫此爲甚。」〔註95〕女子乘會出閨門，喜聽淫詞小曲，導致時有淫奔之事，故余治《得一錄》倡導禁淫詞小說，章學誠（1738～1801）《婦學》亦言：

> 後世婦學失傳，其秀穎而知文者，方自謂女兼士業，德色見于面矣，不知婦人本自有學，學必以禮爲本，舍其本業，而妄託于詩，而詩又非古人之所謂習辭命而善婦言也……嗟乎古之婦學，必由禮以通

〔註92〕〔唐〕孔穎達，〔清〕阮元審定：《禮記正義·昏義》，《十三經注疏》（台北：新文豐出版，1977），頁1002。

〔註93〕〔清〕傅以漸等：《內則衍義》，《文淵閣四庫全書電子版》（香港：迪志文化，1999）。

〔註94〕〔清〕李瀚章：《大清律例彙輯便覽·刑律斷獄下·婦人犯罪》（13），頁5305、5307。

〔註95〕〔清〕錢泳：《履園叢話·出會》，《元明史料筆記叢刊》，頁576～577。

　　詩：今之婦學，轉因詩而敗禮。〔註96〕

章學誠指出婦女應以學禮爲本，而不可學詩，章氏所謂詩包含詞、曲、戲曲等，而當時大量出版的流行戲曲、小說則對女性傳統規範造成不少「敗禮」影響。

四、出版業繁盛

　　明中葉以後，隨著工商業的蓬勃發展，經濟的提升，城市裡聚居的大量市民、官宦、工商業主及其子弟、文人等，在社會變遷之中，人文新思潮的薰染之下，逐步形成了追求感官享受、熟衷娛樂的生活習慣，看戲、聽書、讀小說迅速進入他們的日常生活。隨著商業經濟的發展，市民意識的增強，人們對文化產品的需求正由知識性、教化性向娛樂性轉化，因爲這種轉化，戲曲小說等通俗讀物獲得空前廣闊的市場。於是圖書出版開始成爲生財營利的產業，大批經濟實力雄厚、文化素養較高的商人、學者、官僚便開設書坊，刻書營利。有的書坊主人與文人合作，從事通俗文學創作與出版，或書坊主人自己編選通俗文學作品。〔註97〕成爲知識份子主動參與通俗文化的文化變遷現象，士商階級界線逐漸消融，小說與戲曲等成爲通俗文化的核心，並由文人與商人所共享。〔註98〕小說戲曲的興起則與商業文化、城市化關係密切，葉盛（1420～1470）《水東日記》：「今書坊相傳射利之徒僞爲小說雜書，南人喜談如漢小王光武、蔡伯喈邕、楊六使文廣，北人喜談如繼母大賢等事甚多。農工商販，鈔寫繪畫，家畜而人有之：癡騃女婦，尤所酷好，好事者因目爲《女通鑑》，有以也。」〔註99〕小說戲曲廣受喜愛，讀者涵括農、工、商，尤其深受婦女喜好。而這些廣受喜愛通俗內容的出版物，主要爲坊刻本。明代坊刻與宋元時期相比，專業性強，而且經營規模不斷擴大，出現異地設肆經營的情況。〔註100〕

　　胡應麟曾分析明中葉以來的各地出版業概況，《少室山房筆叢》云：

　　　　凡刻之地有三：吳也，越也，閩也。蜀本宋最稱善，近世甚稀。燕、

〔註96〕〔清〕章學誠《婦學》，《叢書集成初編》，頁17。

〔註97〕韓結根：《明代徽州文學研究》（上海：復旦大學出版社，2006），頁167、524。

〔註98〕余英時：〈明清變遷時期社會與文化的轉變〉，《儒家倫理與商人精神》，頁158～160。

〔註99〕〔明〕葉盛：《水東日記·卷二十一》，《元明史料筆記叢刊》，（北京：中華書局，1997），頁213～214。

〔註100〕黃鎭偉：《坊刻本》（南京：江蘇古籍出版社，2002），頁39～40。

粵、秦、楚，今皆有刻，類自可觀，而不若三方之盛。其精，吳爲
最；其多，閩爲最；越皆次之。其質重，吳爲最；其質輕，閩爲最，
越皆次之。〔註101〕

由上可知明代主要刻書中心爲南京、杭州、建陽。明代的刻書特點爲：其一，
雕板印刷特別興盛；其二，版畫精美；其三，有藍印、套印、彩印；其四，
各種活字板的流行。〔註102〕其中又以版畫爲最，明成化（1465～1487）、弘治
以後，民間說唱、詞話、小說、戲曲廣爲流行，出版家爲迎合讀者喜好，無
不冠圖，插圖因能增加圖書的趣味性，幫助理解正文，提高讀者興趣，雅俗
共賞，受到廣大讀者擁護，故明季附圖的書籍成爲一時風尚。其中以萬曆、
天啓、崇禎年間最爲風行，隨著通俗文藝小說、戲曲的流行，徽派版畫的技
術達到高峰，開始突破黑白二色，出現套印和拱花的印刷方法。〔註103〕套印
是指用多種顏色同印於一個版面的印刷技術，最早是在一塊雕好的書板上，
分別塗上不同顏色印刷，印本常出現色區不清、墨色相雜的現象，於是改以
一頁書按照不同顏色部位，分刻成若干版式大小相同的書板，然後逐版加印
在同一頁紙上，稱之爲「套版」。而在彩色版畫的印刷中，爲求與原作幾乎相
同的效果，刻印先根據彩色畫稿的設色要求，將不同顏色分別勾摹下來，每
色雕刻成一塊小木板，然後膠著於指定位置，逐色依次套印或疊印，由於印
刷過程使用一塊塊小木板，形似古代一種五色小餅「餖飣」，所以稱之爲「餖
版」。而「拱花」則是一種不著墨的方法，其用凹凸兩版嵌合，使中間的紙面
產生凹凸圖形，表現畫中的山貌、水波、流雲、花蕊、鳥羽等細膩動態，極
富立體感。〔註104〕

由明入清後，由於遭受戰火波及，以及文字獄的打擊，民間出版業曾出
現一段時間的蕭條，其後出現了所謂國富民豐的「康乾盛世」，爲印刷出版業
的發展創造了有利的條件，許多著名書坊又重操舊業，甚至在經營規模和出
書品類有較大發展，無論是官刻、家刻或坊刻均有所成就。其中官刻本，首
推武英殿本；家刻則爲私家刻書，或爲博雅名，或爲傳播學術成果；坊刻則
集中在北京，或以販賣爲主，或兼以刻印、發行。〔註105〕綜而言之，清代印

〔註101〕〔明〕胡應麟：《少室山房筆叢·卷四》（北京：中華書局，1958），頁57。
〔註102〕張秀民：《中國印刷史》（上海：人民出版社，1989），頁339。
〔註103〕張秀民：《中國印刷史》，頁498～499、451。
〔註104〕黃鎮偉：《坊刻本》，頁63～64。
〔註105〕張紹勛：《中國印刷史話》（台北：台灣商務印書館，1994），頁69～74。

刷的特點有：其一，雕板印刷由盛趨衰；其二，年畫盛行；其三，木活字、銅活字流行；其四，道光後西法印刷術的傳入。〔註106〕鴉片戰爭後，為補充動亂中損失的書籍，各省設立官書局，各地官書局刻書數量大，流通範圍廣，定價低廉，對以營利為主的坊刻衝擊頗大。道光以後，版畫及套版印刷逐漸衰落，十九世紀中葉前後，西方平版石印和凸版鉛印及其他新技術、新設備的傳入，逐漸取代傳統雕版印刷和雕版插圖技藝。〔註107〕其中官書局的崛起，西方印刷技術的傳入，使市場書籍供應量大增，書坊自己雕版印書的營利可能不及銷售，於是刻書坊開始分化：一部分以經營銷售為主，間亦刻書；一部分既自刻書，亦接受委託刻書；一部分成為專門授受委託刻書的專業作坊。〔註108〕於是傳統雕版印刷逐漸走向沒落。

　　明清經濟的繁榮，奢侈之風、倡優之盛與出版業之多，在逐漸商品化的社會中，致使妓院林立，色情文學氾濫，這些都是以男性為中心的縱欲風氣，並發展滲透進女性的領域，使女性開始走出閨門，買讀淫詞小曲。同時，對比著滿街林立的貞潔牌坊，以及閨訓的種種要求，呈現出明清縱欲與禁欲同時并存的現象。

第三節　經濟背景

一、商品經濟

　　自明中葉至清代，江南地區手工業繁盛，而改農為工商者多，遂帶動農產品的商品化，農產品開始大量的省際運銷，促進商品經濟的發達。而江南的手工業所產的絲、棉，不僅行銷全國，甚至運銷海外，成為中國對外國際貿易的暢銷品，並借此輸入大量的白銀，而大量白銀的輸入，使全國上下無不用銀，甚至賦役統一徵銀，促進中國貨幣經濟的發展。

（一）農產品

　　商品經濟繁榮，使商業性農業得到空前的發展，社會分工進一步擴大，致使「蘇湖熟，天下足」轉為「湖廣熟，天下足」，著名的糧食產地到了晚明成為缺糧區，根本原因是改糧他種，將許多土地、勞力和資金轉移到種棉養

〔註106〕張秀民：《中國印刷史》，頁547。
〔註107〕張紹勳：《中國印刷史話》，頁71、78。
〔註108〕黃鎮偉：《坊刻本》，頁55。

桑等經濟作物，大大發展商業性農業。所謂「商業性農業」，是指在農業生產
中種植經濟作物，並同時進行產品加工和銷售，即以交換為目的、產品面向
市場、追求利潤的商品生產。商業性農業是一個完整的生產活動過程，不僅
要生產，還要對產品進行加工，而且還要商業銷售，三者缺一不可。商業性
農業與傳統農業的根本區別，在於生產的內容與目的不同，商業性農業發展
的過程是農業和工商業分離過程，也是生產、加工、產品銷售三者互相分離
的過程。自晚明以來，商業性農業的迅速發展，促進了農村人口流動，大大
增加了非農業人口，從中推動手工業興盛、商業的繁榮與新興工商業市鎮的
形成。〔註109〕

　　與糧食密切相關的是人口問題，法式善《陶廬雜錄》：「乾隆五十八年十
一月戊午諭。……康熙四十九年民數二千三百三十一萬二千二百餘名口，因
查上年各奏報民數，共三萬七百四十六萬七千二百餘名口。較之康熙年間，
計增十五倍有奇。」〔註110〕從康熙四十九年（1710）到乾隆五十八年（1793），
不到百年，中國人口便增加了十五倍之多，不免過於誇張，其主要原因是因
為以前數字為成丁男子（16～60 歲）數，是納稅單位的數目，至乾隆六年以
後的戶口數，則註明通共大小男婦，包含全部人口，但從乾隆初年的一億四
千三百餘萬人，到乾隆晚年三億多人，人口明顯增加了一倍。〔註111〕在耕地
有限，而人口不斷增加的情況下，清代提出勸農政策，尤其乾隆年間更是勸
農最為集中的時期。其經濟發展政策就是全面發展農業生產，特別是五穀以
外的各種作物種植，和農耕外的林、牧、漁各項生產。而所謂的全面性農業
生產，便是因地制宜，充分發揮土地的生產潛力，不僅要獲取較高的作物產
量，而且要取得土地的最大經濟收益，透過水利增修、農業耕作技術改進、
作物品種改良、新品種的傳入和推廣，達到獲取最大經濟收益，因此各種作
物向優勢地區轉移、集中，並透過省際貿易來流通。〔註112〕

　　江浙地區廣泛種植棉、桑，稻田不足，缺糧嚴重，不得不仰給於長江中
上游的皖、贛以及湘、蜀諸省，導致商品糧食大規模、大範圍流通。例如嘉

〔註109〕林金樹：〈人口流動及其社會影響〉，《晚明社會變遷問題與研究》（北京：商
　　　　務印書館，2005），頁 46～50。

〔註110〕〔清〕法式善：《陶廬雜錄·卷一》，《清代史料筆記叢刊》，頁 22。

〔註111〕全漢昇：〈清代的人口變動〉，《中國經濟史論叢》（香港：新亞書院，1972），
　　　　頁 584～586。

〔註112〕高王凌：《活著的傳統──十八世紀中國的經濟發展和政府政策》（北京：北
　　　　京大學出版社，2005），頁 54、69。

定，「縣不產米，仰食四方。夏麥方熟，秋禾既登，商人載米而來者，軸艫相銜也。中人之家，朝炊夕爨，負米而入者項背相望也。」〔註113〕這種糧食的流通，是由南方商品經濟不發達的地區和東北，向江、浙、閩、粵等商品經濟發達地區長距離運銷糧食，致使蘇南浙北不僅是全國最大的商品糧消費地，也是全國最大的糧食集散轉運地。〔註114〕

（二）手工業

自明中葉以來，江南市鎮在絲織業、棉織業的水準領先工業革命前的歐洲，江南農民漸漸把農田耕作當作副業，開始出現「重織輕耕」的現象，甚至「去農而改業工商者，三倍于前矣」。〔註115〕張瀚也曾說：「余嘗總覽市利，大都東南之利，莫大於羅綺絹紵，而三吳爲最。即余先世，亦以機杼起，而今三吳之以機杼致富者尤眾。」〔註116〕由此可知，江南多改農爲織，並多由此致富。而江南市鎮所生產的生絲、絲綢、棉布，不僅暢銷全國，甚至出口海外，其出口來源主要源自太湖流域的絲綢業市鎮，稱爲「湖絲」或「七里絲」，「湖絲惟七里者尤佳，較常價每兩必多一分，蘇人入手即識，用織帽緞，紫光可鑒。其地去余鎮僅七里，故以名。」〔註117〕湖絲在國際市場上享譽極高。而棉布出口也是如此，晚明時期，中國棉布暢銷海外，這些棉布主要來自江南市鎮，嘉定、寶山一帶生產的「紫花布」，「浮細而核大，棉經二十而得四，其布以制衣，頗樸雅。」〔註118〕紫花布做成長褲，流行於十九世紀法國市民中。十八世紀三十年代，英國東印度公司便已經開始購運「南京棉布（Nankeen）」，而南京棉布指的是江蘇出產的棉布，所以運銷海外的中國棉布主要都是江蘇生產的。〔註119〕故葉夢珠曾云：「吾邑（松江）地產

〔註113〕〔清〕顧炎武：《天下郡國利病書・蘇松》，謝國禎選編，牛建強等校勘：《明代社會經濟史料選編》（下），頁1。

〔註114〕羅肇前：〈全國統一市場形成于19世紀初〉，《東南學術》2002年第3期，頁84～85。

〔註115〕〔明〕何良俊：《四友齋叢說・卷一三・史九》，《續修四庫全書》第1125冊，頁603。

〔註116〕〔明〕張瀚：《松窗夢語・卷四・商賈紀》，《清代史料筆記叢刊》，頁85。

〔註117〕〔明〕朱國禎：《湧幢小品・卷二・農蠶》，謝國禎選編，牛建強等校勘：《明代社會經濟史料選編》（上），頁33。

〔註118〕〔明〕徐光啓：《農政全書・卷三五・木棉》，謝國禎選編，牛建強等校勘：《明代社會經濟史料選編》（上），頁100。

〔註119〕樊樹志：〈明清江南市鎮的早「早期工業化」〉，《復旦學報・社會科學版》2005年第4期，頁61～64。

木棉，行於浙西諸郡，紡績成布，衣被天下，而民間賦稅，公私之費，亦賴以濟。」〔註120〕可知江蘇出產棉布有「衣被天下」之美譽。

　　清前期棉布成爲僅次於糧食的全國第二大宗商品，從華北輸入原料，江南一帶爲棉業的加工輸出區，即輸入原料，加工爲成品，再輸往全國各地。棉布初成品還需進一步加工，先染色，再壓平、踹光，而所謂踹布即是「下置磨花石版爲承取五色布，卷木軸上；上壓大石如凹字形者，重可千斤，一人足踏其兩端，往來施轉運之則布質緊薄而有光。」〔註121〕使布質緊薄亮麗，於布匹上加蓋布庄字號的印章後，才行銷各地。因爲商品生產需要，使眾多勞動力投身棉紡織業，除婦女外，男工也不少，婦女紡紗，男工軋花、彈花、踹布，織布、染布則男女皆有，形成北耕南織的耕、織分離，以及紡、織分離現象。〔註122〕

　　手工業的耕織分離、紡織分離，使得省際流通更顯重要，晚明江南從山東等北方省份輸入大量棉花，以爲本地紡織之用，是全國首屈一指的棉布產區。隨著明末清初戰亂及經濟蕭條，造成貿易中斷和交易量的削減，對依賴省際流通的江南棉業打擊頗大，此時，華北等地的棉紡織業，利用本地原料趁勢而起，形成棉紡織品山東銷東北、湖北銷西南，廣東銷廣西的新局面。隨著局勢好轉，江南棉業將貿易延伸到陝西、山西、河南、河北、東北等地，中國人口大幅地增長，使江南棉業保有極大的市場。〔註123〕江南之所以成爲中國經濟中心，在工不在農，其棉業之所以成爲中國最大市場，在於織工，乾隆皇帝便發現織工的重要性：「川民不諳紡織，地間產棉，種植失宜。或商販賤售，至江楚成布，運川重售。現飭各屬勸諭鄉民，依法芟鋤，廣招織工，教習土人，并令婦女學織。」〔註124〕至於不產棉地區，則「督率有司，購買棉子，擇地試種，併量給花絮，製造紡車，請女師教習婦女，其實在不能種棉地方，或雇覓工匠，教民織絍。」〔註125〕所以，在乾隆年間的推廣農家紡

〔註120〕〔清〕葉夢珠：《閱世編·卷七·食貨四》，《筆記小說大觀》三十五編（台北：新興書局，1983），頁156。

〔註121〕〔清〕褚華：《木棉譜》，謝國楨選編，牛建強等校勘：《明代社會經濟史料選編》（上），頁111。

〔註122〕羅肇前：〈全國統一市場形成于19世紀初〉，頁82～83。

〔註123〕高王淩：《活著的傳統——十八世紀中國的經濟發展和政府政策》，頁164～165。

〔註124〕《清實錄·高宗實錄》卷748，乾隆二十九年十月下（北京：中華書局，1986），頁226。

〔註125〕《清實錄·高宗實錄》卷213，乾隆九年三月下（北京：中華書局，1985），頁742。

織上，其推行女工、紡織，是從松江、太倉選募教師，以江南爲楷模，教民紡紗織布。〔註126〕家庭手工業帶動了江南紡織業的興起，女工扮演了關鍵角色，然而，到盛清時期，當熟練的男織工占據了紡織工業中高報酬的一端，而將非技術性的、報酬較低的工作留給婦女時，傳統道德束縛使女性無法走出家庭，進入就業市場之中，女性在經濟上機會也就更爲減少，游離於勞動市場之外。〔註127〕

　　而這股商品經濟的風潮也帶進了通俗文學之中，例如在《三言》、《兩拍》之中，故事的主角不再只是書生，開始有了商人、市井小販的加入，如蔣興哥、范二郎、秦重、程宰等。〔註128〕在商品經濟之中，女性也成了有價商品，如〈錯斬崔寧〉〔註129〕中劉貴戲言將陳二姐賣了，便是在妾通賣買的歷史背景之下，〔註130〕雖然《大明律》、《大清律》有明令禁止典雇妻女：「凡將妻妾受財典雇與人爲妻妾者，杖八十。典雇女者，杖六十。婦女不坐。」〔註131〕但從小曲中諸多妓女自傷遭父母賣入風塵可知（詳見第四章第一節），女性被當成商品販賣的事件依然層出不窮。

二、貨幣經濟

（一）賦役貨幣化

　　國家財政建立在賦稅和徭役制度的基礎上，而賦役又建立在戶籍和里甲制度的基礎上，一般夏稅徵麥，秋糧徵米，用米麥繳納稱爲本色，允許折合爲金、銀、鈔、布、絹等物品繳納，則稱爲折色。明宣德、正統（1426～1449）時田賦繳納貨幣，大多屬臨時性，成化、弘治（1465～1505）以後，各種田賦折銀明顯增多，到嘉靖、萬曆（1522～1620）年間，伴隨各地區賦役改革，

〔註126〕高王凌：《活著的傳統——十八世紀中國的經濟發展和政府政策》，頁157。

〔註127〕〔美國〕曼素恩（Susan Mann），定宜庄、顏宜葳譯：《綴珍錄——十八世紀及其前後的中國婦女》（南京：江蘇人民出版社，2005），頁215～216。

〔註128〕蔣興哥、范二郎、秦重、程宰等人見《喻世明言‧蔣興哥重會珍珠衫》、《醒世恆言‧鬧樊樓多情周勝仙》、《醒世恆言‧賣油郎獨佔花魁》、《二刻拍案驚奇‧疊居奇程客得助　三救厄海神顯靈》。

〔註129〕宋話本〈錯斬崔寧〉又收於馮夢龍所編《醒世恆言》，改作〈十五貫戲言成巧禍〉，《京本通俗小說》（長沙：商務印書館，1939），頁75～94。

〔註130〕〔宋〕竇儀等：《宋刑統‧卷十三》：「妻者，齊也，秦晉爲匹。妾通賣買，等數相懸。婢乃賤流，本非傳類。」（台北：文海出版社，1974），頁451。

〔註131〕黃健彰編：《明代律例彙編‧戶律三‧婚姻》，頁500。《大清律‧戶律婚姻‧典雇妻女》與明律大致相同。

一條鞭法的展開，田賦貨幣化已基本完成。折銀在成、弘以後成爲一種普遍的**趨勢**，與「今民間輸官之物皆用銀」〔註132〕的社會普遍用銀是趨同的，晚明國家田賦徵收，在名義上仍是以糧食爲計算單位，但實際上是白銀爲計算單位，糧食折收白銀交納。與金銀折納並行的田賦改革，是實物稅向貨幣稅的轉變，是貨幣化的過程。〔註133〕

　　明代徭役主要有：「以田計曰里甲，以丁計曰均徭，上命不時之差徭曰雜泛」，〔註134〕由於徭役不均，伴隨著折銀、均徭改革，出現了銀差和力差，徭役出現貨幣化的趨勢。均徭實行以後，加重貧富不均。嘉靖時，徵一法將里甲、均徭歸並，統一按照丁田徵收，使賦役合一，統一照丁田徵收，是一條鞭法前奏。勞役制度轉爲白銀貨幣稅，對於手工業者而言，國家的人身束縛由白銀鬆綁，工匠脫離勞役，獲得獨立經營手工業的條件，提高生產量。成、弘以後，均徭改革逐漸匯成一條鞭法，賦役歸一，統一徵銀。〔註135〕故云：「自條編（鞭）法行，不分銀力名目矣。」〔註136〕進入清代以後，爲了進一步貫徹一條鞭法簡化賦役制，清廷將明末繁雜的各項賦役實行合併，把賦役規範在地賦和丁賦兩大類，然而，隨著清代人口的迅速增長，康熙五十一年提出了「滋生人丁永不加賦」政策：

> 朕故欲知人丁之實數，不在加徵錢糧也。今國帑充裕，屢歲蠲免，輒至千萬。而國用所需，并無遺悞（誤）不足之虞。故將直隸各省，見今徵收錢糧冊內，有名人丁，永爲定數。嗣後所生人丁，免其加增錢糧。但將實數另造清冊具報，豈特有益於民，亦一盛事也。〔註137〕

在滋生人丁永不加賦的政策下，康熙末年至雍正年間，以攤丁入地爲中心的

〔註132〕〔清〕顧炎武，黃汝成集釋：《日知錄集釋・卷一一・銀》（長沙：岳麓書社，1994），頁395。

〔註133〕萬明：〈白銀貨幣化與中外變革〉，《晚明社會變遷問題與研究》，頁148～149、154～155。

〔註134〕〔明〕沈瓚：《近事叢殘・卷四》，謝國禎選編，牛建強等校勘：《明代社會經濟史料選編》（下），頁267。

〔註135〕萬明：〈白銀貨幣化與中外變革〉，《晚明社會變遷問題與研究》，頁155、158～160。

〔註136〕〔明〕顧起元：《客座贅語・卷二・賦役》，謝國禎選編，牛建強等校勘：《明代社會經濟史料選編》（下），頁292。

〔註137〕《清實錄・聖祖實錄・卷二四九》，康熙五十一年二月（北京：中華書局，1985），頁469。

賦役改制便普遍展開，雍正元年，「戶部議覆直隸巡撫李維鈞，請將丁銀攤入田糧之內，應如所請於雍正二年爲始，將丁銀均攤地糧之內，造冊徵收。」〔註138〕並且要「因地制宜，作何攤入田畝之處，分別定例，庶使無地窮民，免納丁銀之苦；有地窮民，無加納丁銀之累。」〔註139〕攤丁入地是在不放棄定額丁銀的原則下，改變徵收方式，即將定額丁銀歸併於地稅，不論紳民一律按土地徵收丁銀，此種徵稅方式，雖然觸動紳衿地主的特權和田多丁少的庶民利益，但免除了無田的市民、佃農、雇農的丁稅。〔註140〕

　　透過賦役歸一，統一徵銀，使農民對國家的人身依附關係削弱，國家從徭役徵發到對物的經濟關係稅收；從實物徵收轉爲對貨幣的依賴，使勞動力商品化日益增大，也促進農作物商品化，有助於商品貨幣經濟的擴大發展。賦役折銀，由實物向貨幣轉換，白銀成爲賦役徵收的主體，而徵收過程則經歷貨幣轉換與市場參與。農民生產糧食必須變換成白銀納稅，農產品大量走向市場，農民先賣糧得銀，以交納租稅，官府再購糧上京或存留本地倉庫；或輸銀到邊疆，軍隊在當地購糧，以備糧餉；也有地方徵銀後運銀上京，在京城附近購糧上納；而通過經商和發展家庭副業獲得白銀，糴買米麥上納，是江南等地實物徵收的重要來源。透過政府徵收貨幣稅，使農民將耕種所得糧食、農副產品、家庭手工業產品經過市場轉換成貨幣，大大地推進貨幣商品經濟的發展。田賦折銀，賦稅貨幣化促進了糧食市場的形成；賦役貨幣化，迫使更多農民脫離土地，加速社會分工，農民進入城市，成爲自由勞動者，形成城市勞動力市場。〔註141〕

（二）白銀貨幣化

　　明初實行鈔法，禁使金銀，顧炎武（1613～1682）《日知錄》：「洪武初年欲行鈔法，至禁民間行使金銀以奸惡論，而卒不能行。及乎後代，銀日盛而鈔日微，勢不兩行，灼然易見。」〔註142〕然而「時杭州諸郡商賈，不論貨物貴賤，一以金銀定價，由是鈔法阻滯，公私病之，故有是命。」〔註143〕明初

〔註138〕《清實錄·世宗實錄·卷十一》，雍正元年九月，頁203。
〔註139〕《清實錄·世宗實錄·卷十一》，雍正元年九月，頁209。
〔註140〕蔣兆成：《明清杭嘉湖社會經濟研究》（杭州：浙江大學出版社，2003），頁188。
〔註141〕萬明：〈白銀貨幣化與中外變革〉，《晚明社會變遷問題與研究》，頁160、148、184～185、193。
〔註142〕〔清〕顧炎武：《日知錄·卷十一·鈔》，謝國禎選編，牛建強等校勘：《明代社會經濟史料選編》（下），頁83。
〔註143〕〔清〕顧炎武：《日知錄之餘·卷二·禁金銀》，謝國禎選編，牛建強等校勘：

寶鈔政策的失敗,「民間或有私鑄之盜,閩、廣絕不用錢而用銀,低假市肆作奸,尤可恨也。」〔註144〕私鑄與假銀之盛,加上銅的匱乏,形成白銀貨幣化有利條件,使貨幣制度成為銀兩與制錢並用。〔註145〕

　　白銀貨幣化是從民間社會開始的,在逐漸得到國家認可後,向全國展開,明代成、弘以後,白銀貨幣化全面鋪開,無論國家財政上,還是社會各階層日常生活上,帶來社會經濟貨幣化過程的急速發展。與白銀密切相關的,便是商人階層,明代商人階層的崛起,大致與白銀貨幣化的進程相吻合,白銀作為財產,成為社會財富的象徵,貧富的標準。社會各階層追逐白銀,經商人口增多,資產向貨幣轉移,向商業資本轉移,土地價格低落,貧富分化加劇,白銀貨幣至上,金錢至上的觀念深入人心,民風逐漸走向奢華,顛覆傳統四民觀,工商皆本觀念的奠定。萬明〈白銀貨幣化與中外變革〉一文指出白銀貨幣化,具體表現在五個層面上:一是貨幣形態從賤金屬向貴金屬轉變;二是賦役制度從實物和力役向貨幣稅轉變;三是經濟結構從小農經濟向市場經濟轉變;四是社會關係從人的依附向物的關係轉變;五是價值觀念從重農抑商向工商皆本轉變。〔註146〕

　　中國白銀的來源:一是國內白銀礦產,一是海外貿易交換而得。明代銀礦產,大致如宋應星(1587～1666)《天工開物》所云:

> 凡銀中國所出:浙江、福建舊有坑場,國初或采或閉。江西饒、信、
> 瑞三郡,有坑從未開。湖廣則出辰州,貴州則出銅仁,河南則宜陽
> 趙保山、永寧秋樹坡、盧氏高嘴兒、嵩縣馬槽山,與四川密勒山、
> 甘肅大黃山等,皆稱美礦。其他難以枚舉。然生氣有限,每逢開采,
> 數不足,則括派以賠償;法不嚴,則竊爭而釀亂。故禁戒不得不苛。
> 燕、齊諸道,則地氣寒而石骨薄,不產金銀。然合八省所生,不敵
> 雲南之半,故開礦煎銀,惟滇中可永行也。〔註147〕

各個礦區或開或閉,唯有雲南銀礦為中國最主要銀礦。隨著白銀逐漸貨幣化,

　　　　　《明代社會經濟史料選編》(下),頁84。
〔註144〕〔明〕謝肇淛:《五雜組‧卷十二‧物部四》,頁257。
〔註145〕全漢昇:〈美洲白銀與十八世紀中國物價革命的關係〉,《中國經濟史論叢》,頁505。
〔註146〕萬明:〈白銀貨幣化與中外變革〉,《晚明社會變遷問題與研究》,頁146～147、199～200、216。
〔註147〕〔明〕宋應星:《天工開物‧卷下‧五金》,謝國禎選編,牛建強等校勘:《明代社會經濟史料選編》(下),頁165～166。

社會對白銀的需求日漸增大，在國內白銀有限的情況下，有賴於國際貿易透過絲綢、瓷器換取國外白銀。雖然銅幣在清代之後再度穩定，但在白銀已然貨幣化的情況下，產生雙重金屬貨幣體系。〔註148〕而海外白銀輸入的主要來源為：日本、美洲。透過生產、交換構成全球貿易網絡：中國－東南亞－日本；中國－馬尼拉－美洲；中國－果阿－歐洲。〔註149〕美洲在十七世紀與十八世紀分別生產了37000噸和75000噸白銀，各有27000和54000噸運到歐洲，兩個世紀合計81000噸。在歐洲獲得的白銀中，大約一半又轉手到亞洲，這些白銀最終主要流入中國。另外，日本至少生產了9000噸白銀，也被中國吸收，並透過馬尼拉獲得至少10000噸的白銀，所以在十七、十八世紀中，中國大約獲得了60000噸白銀，大約占世界有記錄的白銀產量的一半。〔註150〕

所以弗蘭克（Andre Gunder Frank）指出，西元1800年以前的世界經濟中心不在歐洲，而在亞洲，特別是中國，無論從經濟分量看，還是從生產、技術、生產力看，或者從人均消費看，歐洲在結構上和功能上都談不上稱霸，中國憑著在絲綢、瓷器等製造業和出口，與任何國家貿易都是順差，中國則是最重要的白銀淨進口國。〔註151〕

三、通貨膨脹

清乾隆年間（1736～1795），中國人口數量已達到三億多，在龐大人口的壓力下，政府政策致力於生產，「生之者寡，食之者眾，於閭閻生計，誠有關係。若再因歲事屢豐，粒米狼戾，民情遊惰，田畝荒蕪，勢必至日食不繼，益形拮据。」〔註152〕為了使龐大口人得以豐衣足食，政府致力於糧食、絲棉的生產。但是，人口大量的增長，造成對糧食大量的需求，使乾隆以後物價普遍增長，例如米價乾隆初年每升十餘文，到乾隆中期時每升十四、五文，乾隆末年到嘉道年間以二十七、八到三十四、五文為常價。〔註153〕

〔註148〕〔美國〕彭慕蘭（Kenneth Pomeranz），史建云譯：《大分流：歐洲、中國及現代世界經濟的發展》（南京：江蘇人民出版社，2006），頁178。
〔註149〕萬明：〈白銀貨幣化與中外變革〉，《晚明社會變遷問題與研究》，頁217、235、241～242。
〔註150〕〔德國〕安德烈・貢德・弗蘭克（Andre Gunder Frank），劉北成譯：《白銀資本》（北京：中英編譯出版社，2000），頁208。
〔註151〕〔德國〕安德烈・貢德・弗蘭克（Andre Gunder Frank），劉北成譯：《白銀資本》，頁27、167。
〔註152〕〔清〕法式善：《陶廬雜錄・卷一》，《清代史料筆記叢刊》，頁22～23。
〔註153〕〔清〕錢泳：《履園叢話・米價》，《清代史料筆記叢刊》，頁27。

　　物價的增長除了是因爲人口增長所帶來的需求擴大外，還有貨幣供給的影響，造成通貨膨脹（inflation）。所謂「通貨膨脹」或「物價膨脹」係指一般物價指數持續上升的現象，〔註154〕傅利曼（M. Friedman）曾說過：「通貨膨脹無論何時何地皆是一種貨幣現象」，〔註155〕通貨膨脹既是一種貨幣現象，並且與貨幣供給密切相關，那麼國外白銀的輸入可能是造成物價上漲的因素之一。清初爲防止沿海人民與台灣鄭成功政權發生關系，實行海禁政策，直至康熙十九年（1680）至二十五年（1686）才逐步開放海禁，〔註156〕開禁以後恢復國外白銀的輸入，每年約達數百萬兩，從康熙三十九年（1700）至道光十年（1830），輸入中國的白銀至少有五億元左右，〔註157〕大量白銀的輸入，致使中國物價膨脹，田價激增，自乾隆中葉至嘉慶年間，田價每畝由七、八兩漲至五十餘兩，金銀比價明初一比四，乾隆中晚期以後爲一比十八至二十之間。〔註158〕因爲明初大量發行寶鈔，銅礦短缺，私鑄僞錢眾多，造成白銀逐漸貨幣化。〔註159〕通過國際貿易，中國輸出絲、棉、瓷器等物品，輸入大量的白銀，致使白銀的供給大量增加，白銀價格迅速下降，造成物價普遍上揚。

　　自明中葉以來，隨著商品化、城市化現象，商品經濟的作用下，人民所得提升，隨著所得水準提高而對物的需求量增加，以及因爲人口增加使市場消費者增加，造成需求增加的物價上揚；〔註160〕在頻繁的國際貿易下，白銀大量的輸入，造成白銀供給增加而價格下降，對於將白銀作爲貨幣的中國而言，隨著白銀的貶值造成物價的上漲，在所得、人口、貨幣的作用下，呈現出十八世紀通貨膨脹現象。

〔註154〕張清溪、許嘉棟、劉鶯釧、吳聰敏：《經濟學——理論與實際》（下），頁150。
〔註155〕林純如：《總體經濟學》（台北：中華電視，2003），頁95。
〔註156〕劉奇俊：〈清初開放海禁考略〉，《福建師範大學學報·哲學社會科學版》1994年第3期，頁123、125。
〔註157〕全漢昇：〈美洲白銀與十八世紀中國物價革命的關係〉，《中國經濟史論叢》，頁504。
〔註158〕〔清〕錢泳：《履園叢話》記載〈田價〉、〈銀價〉物價波動，《清代史料筆記叢刊》，頁27～28。
〔註159〕〔美國〕黃仁宇，阿風、許文繼、倪玉平、徐衛東譯：《十六世紀明代中國之財政與稅收》（台北：聯經出版，2001），頁78～91。
〔註160〕張清溪、許嘉棟、劉鶯釧、吳聰敏：《經濟學——理論與實務》（三版·上）在供給與需求中提到改變需求的因素有：所得、相關物品價格、嗜好、對未來的預期、消費者人數。頁44～46、63。

在人民所得水準提高後，除了滿足基本的生理需求外，開始增加對奢侈品的需求，是以即使政府明令禁止官吏狎妓，並且廢除官妓，同時對民間的淫詞小說出版加以禁止，依然擋不住民間娛樂事業的蓬勃發展。隨著明中葉以後資本主義的萌芽，商品經濟的發展，農產品大量生產，被作為商品販售；手工業使女性大量加入勞動市場，提升家庭的經濟收入，致使家庭所得普遍提高。而貨幣經濟的發達，促使貨幣流通更加迅速，加速商品買賣的速度。「飽暖思淫慾」，在滿足吃飽穿暖等基本需求後，手中又有餘錢之時，人民便趨於享樂，於是在食、衣、住、行上，開始追求華美精緻；在休閒娛樂上，開始追求聲色之娛，造成娛樂事業的迅速擴增，以及娼優之盛；在知識需求上，書坊林立，除傳統知識性書籍外，作為消遣娛樂用的小說、戲曲集大量出版，並加入插畫，且不斷提升插畫技巧，使書籍在實用之外，兼具收藏價值。

自十六世紀晚期至十八世紀，中國因為商品經濟、貨幣經濟的發達，促使人民所得增加，即使中國面臨人口爆炸的危機，卻依然未發生大規模的飢荒，這除了是經濟的高度發展外，還有政府對於生產的大力提倡，中國在生產技術上雖未曾像英國發生「工業革命」，但多期收穫的水稻種植、甘薯的引進，高密度、勞力密集的生產方式，促使中國在十八世紀成為白銀的淨進口國。

第三章　明清思想轉型

　　隨著明中葉經濟的發展，在商業發達的社會經濟中，其商業文化呈現出著重人情的現象，從強調道德是非轉而強調情感之眞，於是尙情思潮席捲晚明，通俗文學均以「情」爲中心，甚至影響文學理論。在商業經濟的作用下，傳統四民階層「士農工商」發生變化，商人階級逐漸興起，人不再諱言利，甚至士商合流，新四民觀於是產生，工商不再居爲末業，皆爲治生之本業。在著重人情與工商皆本的觀念帶動下，中國傳統儒學開始產生變化，傳統理學的絕對道德標準，已然不符合社會，文人面對高道德要求，呈現出言行不一的「假道學」，在儒學內部異化的情況下，清儒揚棄「存理滅欲」，從人情的反映中，提煉出符合時代潮流的新思想，戴震（1724～1777）因傳統理學僵化，而倡「以情絜情」，透過以我之情絜人之情，避免「以理殺人」、「禮教吃人」的事情一再發生。焦循（1763～1820）則繼戴震之後，倡「以利爲善」、「即利即義」，顚覆傳統的「義利之辨」。

第一節　工商皆本

　　自古以來，四民爲士農工商，商居四民之末。然而，明中葉以後，中國社會的生產力發展水平，尤其是商品經濟的發展進入新的變化階段。社會生產力的提高，產品的相對豐富，人們消費能力的增強等，都促進了社會商品的發展：貨物流通數量增大、速度加快，中小城鎮的勃興，市民人數大增，城鎮店鋪發展迅速，商賈的社會、經濟地位日漸提升，引發大眾思想和價值觀念的改變。〔註1〕對於「工商皆本」觀念的提出，最早可以溯源至南宋永嘉

〔註1〕　許敏：〈商業與社會變遷〉，《晚明社會變遷問題與研究》（北京：商務印書館，2005），頁129。

學派：

> 古有四民，曰士曰農曰工曰商。士勤於學業，則可以取爵祿；農勤
> 於田畝，則可以聚稼穡；工勤於技巧，則可以易衣食；商勤於貿易，
> 則可以積財貨，此四者皆百姓之本業，自生民以來，未有能易之者
> 也。〔註2〕

然而，永嘉學派的工商皆本論，終究未獲得當時的重視，但卻也呈現出傳統
四民觀的動搖。清代沈垚（1798～1840）〈費席山先生七十雙壽序〉綜述宋以
後士商合流的現象：

> 是故古者四民分，後世四民不分；古者士之子恒爲士，後世商之子
> 方能爲士，此宋元明以來變遷之大較也。天下之士多出于商，則纖
> 嗇之風日益甚。然而睦婣任邮之風往往難見于士大夫，而轉見于商
> 賈，何也？則以天下之勢偏重在商，凡豪傑有智略之人多出焉。其
> 業則商賈也，其人則豪傑也。爲豪傑則洞悉天下之物情，故能爲人
> 所不爲，不忍人所忍。是故爲士者轉益纖嗇，爲商者轉敦古誼，此
> 又世道風俗之大較也。〔註3〕

這段文字表示：其一，宋以後的士多出於商人家庭，以致士與商的界線已不
能清楚劃分；其二，由於商業在中國社會上的比重日益增加，有才智的人便
漸漸被商業界所吸收。〔註4〕但商人地位真正獲得較普遍的重視，必須直到十
六世紀以後，士商合流的現象逐漸普遍。

士商合流呈現出明清價值系統的變化，主要是因爲中國人口自明初以後
激增，然而舉人、進士的名額卻未相應增加，因此考中功名的機會降低，棄
儒就商的趨勢增長。其次，明清商人的成功對於士大夫也是一種極大的誘
惑，明清的捐納制度又爲商人開啓入仕之路。〔註5〕商人獲得功名，或成爲
地方紳商，並與文人密切交遊，爲商人寫傳記、墓志銘、壽序等，除了具有
商人背景的太學生在明代中、晚期形成一股不小的社會勢力外，還有明代官
吏俸祿微薄，詩文書畫成爲文化市場商品，文人對潤筆的重視表現在爲人作

〔註 2〕 〔宋〕陳耆卿：《浙江省嘉定赤城志·卷三十七·重本業》，《中國方志叢書》
　　　　　（台北：成文出版社，1983），頁 7362。
〔註 3〕 〔明〕沈垚：《落帆樓文集·卷二四·費席山先生七十雙壽序》，《續修四庫全
　　　　　書》第 1525 冊（上海：上海古籍，2002），頁 664。
〔註 4〕 余英時：〈中國近世宗教儒理與商人精神〉，《儒家倫理與商人精神》（桂林：
　　　　　廣西師範大學出版社，2004），頁 292。
〔註 5〕 余英時：〈中國近世宗教儒理與商人精神〉，《儒家倫理與商人精神》，頁 305。

文字必須取得適當的金錢或其他物質的酬報。〔註6〕大儒爲富商寫墓誌銘之例，如身爲理學宗師的王陽明（1472～1529），便爲棄儒就賈的方麟撰寫墓表：

> 古者四民異業而同道，其盡心焉，一也。士以修治，農以具養，工以利器，商以通貨，各就其資之所近，力之所及者而業焉，以求盡其心。其歸要在於有益於生人之道，則一而已。士農以其盡心於修治具養者，而利器通貨，猶其士與農也；工商以其盡心於利器通貨者，而修治具養，猶其工與商也。故曰：四民異業而同道。〔註7〕

王陽明〈節庵方公墓表〉提出新四民觀，認爲四民異業而同道，即李夢陽（1472～1527）所謂：「夫商與士，異術而同心。」〔註8〕在新四民觀之後，四民的順序也開始產生變化，「商賈大於農工，士大於商賈，聖賢大於士。」〔註9〕商反在農工之前，呈現出晚明時期四民地位的新順序。隨著晚明以來，經濟農業的擴展，農產品商品化，農商相資的觀念逐漸形成，汪道昆（1525～1593）〈虞部陳使君榷政碑〉說：「竊聞先王重本抑末，故薄農稅而重徵商。余則以爲不然，直壹視而平施之耳。……然而關市之徵，不踰什一，要之各得其所。商何負於農？……重農則密，重商則專，蓋厲商則厲農，商利而農亦利矣。」〔註10〕表現出農商並重，農商相資的觀念。

隨著人口增加，科舉名額未見增長，仕進之途愈顯競爭激烈，大眾的觀念開始改變，認爲「四民之業，惟士爲尊，然而無成，不若農賈。」〔註11〕甚至以商賈爲尊，「徽州風俗，以商賈爲第一等生業，科第反在次者。」〔註12〕在商品經濟的影響下，社會思潮開始走向形下物質，以治生爲主，「士農工商，各執一業，又如九流百工，皆治生之事也。……阜財通商，所以稅國餉而利民

〔註6〕　余英時：〈士商互動與儒學轉向〉，《儒家倫理與商人精神》，頁171～172。

〔註7〕　〔明〕王守仁：《王陽明全集・卷二十五・節庵方公墓表》（上海：上海古籍出版社，1992），頁941。

〔註8〕　〔明〕李夢陽：《空同集・卷四十六・明故王文顯墓誌銘》，《景印文淵閣四庫全書》第1262冊（台北：台灣商務印書館，1985），頁1262～420。

〔註9〕　〔明〕何心隱：《何心隱集・答作主》（北京：中華書局，1981），頁53。

〔註10〕　〔明〕汪道昆：《太函集・卷六十五・虞部陳使君榷政碑》（合肥：黃山書社，2004），頁1352～1353。

〔註11〕　〔明〕李維楨：《大泌山房集・卷一百六・鄉祭酒王公墓表》，《四庫全書存目叢書》集部153冊（台南：莊嚴文化，1997），頁153～154。

〔註12〕　〔明〕凌濛初：《二刻拍案驚奇・卷三十七》（台北：世界書局，1975），頁720。

用，行商坐賈，治生之道最重也。」〔註 13〕不再只專注於仕進，「士農工商，生人之本業，治古之時，何人不賢？好修之人，何所不勉？豈必仕進而後稱賢乎？」〔註 14〕從天下之勢重商，到王陽明新四民觀的提出，到農商相資、士農工商皆治生之業觀念的形成，黃宗羲（1610～1695）提出順應時代潮流的「工商皆本」論：

> 世儒不察，以工商爲末，妄議抑之。夫工固聖王之所欲來，商又使
> 其願出于途者，蓋皆本也。〔註 15〕

黃宗羲吸收前人觀點，提出比農商並重更進步的「工商皆本」論，與陳耆卿不同的是，黃宗羲的「工商皆本」論，是在人民觀念和社會輿論對「重本抑末」產生動搖下提出，是在對商業已完全被接受並推崇的特定背景下出現，雖然黃宗羲的「工商皆本」論，是在「重本抑末」思想基礎衍生出來的，然而，「工商皆本」論的提出，是商品經濟在發展到一定階段時，人們對工商業的一種新認識，具有給予歷史定位的時代意義。〔註 16〕

　　文人觀念的改變與逐漸興盛的商業性都市文化，在重塑社會價值觀與審美趣味上起了舉足輕重的作用。〔註 17〕明中葉以來的商業繁榮，促使商人地位的提升，利、欲的合理存在被肯定，文人的大力提倡「情」、「欲」，使得社會的價值觀逐漸改變，不再以情欲爲惡，更甚者，情欲成爲一種審美標準，被應用於文學之中。

第二節　尚情思潮

　　明中葉以後，在理學「明天理，滅人欲」〔註 18〕的高道德標準下，逐漸與現實人生脫節，隨著社會經濟的發展，在商品經濟與貨幣經濟的作用之下，

〔註13〕〔明〕馮應京：《月令廣義‧卷二‧歲令二》，《四庫全書存目叢書》史部 164
　　　　冊（台南：莊嚴文化，1996），頁 164～596。

〔註14〕〔明〕趙南星：《味檗齋文集‧卷七‧壽仰西雷君七十序》，《叢書集成初編》
　　　　（上海：台灣商務，1939），頁 296。

〔註15〕〔清〕黃宗羲：《明夷待訪錄‧財計三》，《諸子薈要》（台北：廣文書局，1981），
　　　　頁 99～100。

〔註16〕許敏：〈商業與社會變遷〉，《晚明社會變遷問題與研究》，頁 133～134。

〔註17〕〔美國〕艾梅蘭（Maram Epxtein），羅琳譯：《競爭的話語——明清小說中的
　　　　正統性、本眞性及所生成之意義》（南京：江蘇人民出版社，2005），頁 88。

〔註18〕〔宋〕黎靖德編：《朱子語類‧卷十二‧學六》（一）（台北：華世出版社，1987），
　　　　頁 207。

商人地位逐漸提升，百姓樂於逐利。在這個社會氛圍之下，思想界自陽明心學以後，「傳至顏山農、何心隱一派，遂復非名教之所能羈絡矣。」〔註 19〕泰州學派逐漸發展出與傳統名教相異，符合時代潮流的觀念，明中葉以來商品經濟的繁榮與奢靡世風，不斷地挑戰著士人的禁欲觀，於是王學之風行天下以後，走上了「非名教能羈絡」的道德異化。〔註 20〕王艮（1493～1541）將形上的道落在形下經驗來講，認爲「百姓日用即道」、「聖人之道，無異於百姓日用。」〔註 21〕除了注重形下經驗外，「眞」更成爲價值判斷與審美標準，羅近溪（1515～1588）云：「天初生我，只是個赤子，赤子之心，渾然天理。」〔註 22〕而李贄（1527～1602）繼而承之，則有「童心說」：「夫童心者，眞心也。若以童心爲不可，是以眞心爲不可也。夫童心者，絕假純眞，最初一念之本心也。若失卻童心，便失卻眞心；失卻眞心，便失卻眞人。人而非眞，全不復有初矣。」〔註 23〕李開先（1502～1568）〈市井豔詞序〉：「眞詩只在民間」，〔註 24〕袁宏道則有所謂的「眞聲」，認爲小曲爲閭巷婦女、孺子所唱，故多眞聲，小曲爲「情至之語，自能感人，是謂眞詩，可傳也。」〔註 25〕所以，袁宏道崇尚獨抒情靈，任性而發，能通於人情的眞聲。馮夢龍（1574～1646）則有「情眞說」：「借男女之眞情，發名教之僞藥。」〔註 26〕以男女私情爲「眞」。湯顯祖（1550～1616）則有「至情說」：「情不知所起，一往而深，生者可以死，死可以生。生而不可與死，死而不可復生者，皆非情之至也。」〔註27〕《牡丹亭》的杜麗娘便因至情而能起死回生。《牡丹亭》不再像早期的《西廂記》那樣，把注意力集中於書生在感情與功名之間的抉擇，而是集中

〔註 19〕〔清〕黃宗羲：《明儒學案‧泰州學案》（上）（台北：河洛圖書出版社，1974），頁 62。

〔註 20〕張麗珠：《清代新義理學——傳統與現代的交會》（台北：里仁書局，2005），頁 245。

〔註 21〕〔清〕黃宗羲：《明儒學案‧泰州學案》（上），〈處士王心齋先生艮〉、〈心齋語錄〉，頁 69、72。

〔註 22〕〔清〕黃宗羲：《明儒學案‧泰州學案三‧參政羅近溪先生汝芳》（下），頁 5。

〔註 23〕〔明〕李贄：《焚書》，收於劉洪仁主編：《海外藏中國珍稀書系》（四）（北京：中國戲劇，2000），頁 2370。

〔註 24〕〔明〕李開先：《李開先集》（上）（北京：中華書局，1959），頁 321。

〔註 25〕〔明〕袁宏道：《袁中郎全集‧敍小修詩》（台北：清流出版社，1976），頁 3。

〔註 26〕〔明〕馮夢龍：《山歌‧敍》，魏同賢主編：《馮夢龍全集》（42）（上海：上海古籍出版社，1993），頁 3。

〔註 27〕〔明〕湯顯祖：《牡丹亭‧題詞》（台北：台灣商務印書館，1972），頁 6。

在感情與生命之間的抉擇。〔註28〕

　　在晚明崇尚「眞」、「情」的思潮之下，眞與情被應用於文學理論與創作，馮夢龍（字猶龍，別號龍子猶）甚至以情爲教，倡「情教說」：

> 天地若無情，不生一切物。一切物無情，不能環相生。生生而不滅，
> 由情不滅故。四大皆幻設，惟情不虛假。有情疏者親，無情親者疏。
> 無情與有情，相去不可量。我欲立情教，教誨諸眾生。子有情於父，
> 臣有情於君，推之種種相，俱作如是觀。萬物如散錢，一情爲錢索。
> 散錢就索穿，天涯成眷屬。若有賊害等，則自傷其情。如睹春花發，
> 齊生歡喜意。盜賊必不作，奸宄必不起。佛亦何慈悲，聖亦何仁義。
> 倒却情種子，天地亦混沌。無奈我情多，無奈人情少，願得有情人，
> 一齊來演法。〔註29〕

馮夢龍以情爲教，其用意在於「無情化有，私情化公。」〔註30〕將一己之私情推而廣之，至父子、君臣之情，由男女私情推及至忠孝之情，馮夢龍在《掛枝兒》中亦提出所謂「情膽」〔註31〕：「語云：『色膽大如天』非也。直是『情膽大如天』耳。天下事盡膽也，膽盡情也。楊香屛女而拒虎，情極於傷親也；刖跪賤臣擊馬，情極於匡君也。由此言之，忠孝之膽，何嘗不大如天乎？總而名之曰『情膽』。聊以試世，碌碌之夫，遇事推調，不是膽歉，盡由情寡。嗚呼，驗矣。」〔註32〕馮夢龍以天下事盡出於膽，膽盡情，認定人皆須有情，言明遇事推調，係因情寡所致，並在《掛枝兒‧想部三卷‧噴嚏》提出「可以人而無情乎哉？」〔註33〕的疑問、「生在而情在焉，故人而無情，雖曰生人，吾直謂之死矣」，〔註34〕直言情對人的重要性。馮夢龍認爲天地若無情，則不

〔註28〕〔美國〕艾梅蘭（Maram Epxtein），羅琳譯：《競爭的話語——明清小說中的正統性、本眞性及所生成之意義》，頁73。

〔註29〕〔明〕馮夢龍：《情史‧龍子猶序》，周方、胡慧斌校點：《馮夢龍全集》（7）（南京：江蘇古籍出版社，1993），頁1～2。

〔註30〕〔明〕馮夢龍：《情史‧龍子猶序》，周方、胡慧斌校點：《馮夢龍全集》（7），頁1。

〔註31〕情膽之說亦見於《情史‧情豪類‧張俊》條評：「世上忠孝節義之事，皆情所激。故子猶氏有情膽之說。」頁193。

〔註32〕〔明〕馮夢龍：《掛枝兒‧私部一卷‧調情》尾批，魏同賢主編：《馮夢龍全集》（42），頁11～12。

〔註33〕〔明〕馮夢龍：《掛枝兒‧想部三卷‧噴嚏》，魏同賢主編：《馮夢龍全集》（42），頁61～62。

〔註34〕〔明〕馮夢龍：《情史‧情通》卷末總評，周方、胡慧斌校點：《馮夢龍全集》（7），頁932。

生一切物，並以萬物猶如散錢，情爲錢索，貫串萬物，甚至言「六經皆以情教也」，〔註35〕將情提升至最高主導地位。馮夢龍不僅倡立「情教說」，在其所編的《三言》中，更是人情百態的集合，例如爲情死過兩次的周勝仙、被負心郎轉賣而投水的杜十娘、失貞被休最後被重新接納的三巧兒，無一不是講述人情的故事。〔註36〕

第三節　達情遂欲

在程朱理學之中，其理氣論是理氣二分的，朱熹（1130～1200）說：「天地之間，有理有氣，理也者，形而上之道也，生物之本也。氣也者，形而下之器也，生物之具也。是以人物之生，必稟此理，然後有性；必稟此氣，然後有形。其性其形，雖不外乎一身，然其道器之間，分際甚明，不可亂也。」〔註37〕形上之理與形下之氣分際甚明。程頤（1033～1107）對於仁性愛情之區分爲：「孟子曰：『惻隱之心，仁也。』後人遂以愛爲仁。惻隱，固是愛也。愛自是情，仁自是性，豈可專以愛爲仁？」〔註38〕伊川以仁與愛之不同，點明性與情有形上形下之異，愛是情，而所以爲愛之理，才是仁。〔註39〕所以仁是理，惻隱是情，而朱子依此而有「心統性情」論：「性是未動，情是已動，心包得已動未動。蓋心之未動則爲性，已動則爲情，所謂『心統性情』也。」〔註40〕並且以體與用來解釋性情：「心便是包得那性情，性是體，情是用。」〔註41〕由於朱子以心性情爲三分，以心統性情，故情落在形下，「情有善惡，性則全善，心又是一箇包總性情底。」〔註42〕所以在朱子理論中，情是包含善惡的，必須依靠認知心察識已發之情。在論及理欲關係中，

〔註35〕〔明〕馮夢龍：《情史・詹詹外史序》，周方、胡慧斌校點：《馮夢龍全集》（7），頁3。

〔註36〕〔明〕馮夢龍：《醒世恆言・鬧樊樓多情周勝仙》、《警世通言・杜十娘怒沈百寶箱》、《喻世明言・蔣興哥重會珍珠衫》（台北：弘毅出版，1982），頁401～422、245～272、1～44。

〔註37〕〔宋〕朱熹：《朱子文集・卷五・答黃道夫》，《叢書集成初編》（北京：中華書局，1985），頁216。

〔註38〕〔宋〕朱熹編：《二程遺書・卷十八・劉元承手編》，《景印文淵閣四庫全書》第698冊（台北：台灣商務，1985），頁698～146。

〔註39〕蔡仁厚：《宋明理學・北宋篇》（台北：台灣學生書局，2002），頁376。

〔註40〕〔宋〕黎靖德編：《朱子語類・卷五・性理二》（一），頁93。

〔註41〕〔宋〕黎靖德編：《朱子語類・卷五・性理二》（一），頁91。

〔註42〕〔宋〕黎靖德編：《朱子語類・卷五・性理二》（一），頁90。

朱子認為：「人之一心，天理存，則人欲亡；人欲勝，則天理滅，未有天理人欲夾雜者。」、「凡一事便有兩端：是底即天理之公，非底乃人欲之私。」〔註43〕理欲在理學中，被判然二分，互相對峙，欲被視為妨礙道德修為的禍首，理學家涵養德性，首先便要滅人欲以存天理，務使「天理常存，人欲消去。」〔註44〕然而，天理與人欲的分界為何？朱熹針對「飲食之間，孰為天理，孰為人欲？」這個問題的回答為：「曰：『飲食者，天理也；要求美味，人欲也。』」〔註45〕滿足基本生養為天理，若超過基本生理需求即為人欲。

然而在明中葉以後，社會經濟的發展，商業的繁榮，在物質化與貨幣化的社會之中，人民開始追逐利益，高道德標準的理學已然不切實際，「存理滅欲」已然不適用於社會，於是出現對人欲肯定的言論，王艮「百姓日用即道」，以及李贄在〈答鄧明府〉即有所謂「如好貨，如好色，如勤學，如進取，如多積金寶，如多買田宅為子孫謀，博求風水為兒孫福蔭，凡世間一切治生產業等事，皆其所共好而共習，共知而共言者，是真邇言也。」〔註46〕一切治生產業等事，皆為世間所共好，呈現出肯定人欲的一面。陳確（1604～1677）〈無欲作聖辨〉進而提出「人心本无天理，天理正從人欲中見，人欲恰好處，即天理也。」又言「欲即是人心生意，百善皆從此生，止有過不及之分，更无有無之分。」〔註47〕以人欲恰好處即天理，反對理學理欲對立；以欲只有過與不及，無有無之分，反對理學存理滅欲之說。

在「百姓日用即道」、「天理正從人欲中見」的基礎下，戴震將形上的「道」落到形下經驗界來講：「道者，人倫日用身之所行皆是也。在天地，則氣化流行，生生不息，是謂道；在人物，則凡生生所有事，亦如氣化之不可已，是謂道。」〔註48〕所有日用飲食、聲色臭味、喜怒哀樂等人心欲求，都是道的呈現，所以「欲」不再是不善的。〔註49〕甚至更進一步提出欲為建設力量：「凡事為皆出于有欲。無欲則無為矣，有欲而後有為。有為而歸于至當不可易，

〔註43〕〔宋〕黎靖德編：《朱子語類·卷十三·學七》（一），頁224、225。
〔註44〕〔宋〕黎靖德編：《朱子語類·卷十三·學七》（一），頁205。
〔註45〕〔宋〕黎靖德編：《朱子語類·卷十三·學七》（一），頁224。
〔註46〕〔明〕李贄：《焚書》，收於劉洪仁主編：《海外藏中國珍稀書系》（四），頁2330。
〔註47〕〔清〕陳確：《陳確集·別集卷五·無欲作聖辨》（台北：漢京文化，1984），頁461。
〔註48〕〔清〕戴震：《孟子字義疏證·卷下·道一》（台北：廣文書局，1978），頁4。
〔註49〕張麗珠：《清代義理學新貌》（台北：里仁書局，2002），頁150。

之謂理；無欲無爲又焉有理？」〔註50〕欲是一切事爲的原動力，人之不善是
因爲欲之失，欲之失在於私，而不在欲本身。戴震認爲「理也者，情之不爽
失也。未有情不得而理得者也。」、「理者，存乎欲者也。」〔註51〕戴震把理
落在人的血氣心知上來講，不出於日用飲食，不出於人相生養以外的情之不
爽失，也就是說理存乎欲中。所以戴震認爲人之不能全其善，在於私與蔽，「天
下古今之人，其大患私與蔽二端而已，私生於欲之失，蔽生於知之失。」、「欲
之失爲私，私則貪邪隨之矣；情之失爲偏，偏則乖戾隨之矣；知之失爲蔽，
蔽則差謬隨之矣。」〔註52〕「蔽」是知之失，要去蔽，必須透過「以學養智」
來增進心知之明，以掃除蒙昧、不知；「私」是欲之失，要去私，要推廣強恕
之道，以我之情絜人之情。〔註53〕以情絜情，「以我之情，絜人之情，而無不
得其平是也。」〔註54〕就是一種恕道的推廣，是推己及人的作法，即是「達
情遂欲」：

> 遂己之欲者，廣之能遂人之欲；達己之情者，廣之能達人之情。道
> 德之盛，使人之欲無不遂，人之情無不達，斯已矣！〔註55〕

透過己所不欲勿施於人；己所欲亦人之所欲的觀念，以人同此心，心同此理
的人情去衡量一切事物，透過「有生則願遂其生，而備其休嘉者也。」〔註56〕
即可達情遂欲。

　　戴震的「以情絜情」是針對當時禮教過度僵化而發的，在絕對的高道德
標準下，產生諸多不合情理之事，遂有「以理殺人」之事，所以戴震對此而
發出議論：

> 滅天理而窮人欲者也，于是有悖逆詐偽之心，有淫泆（佚）作亂之
> 事，是故強者脅弱，眾者暴寡，知者詐愚，勇者苦怯，疾病不養，
> 老幼孤獨不得其所，此大亂之道也。〔註57〕

> 尊者以理責卑，長者以理責幼，貴者以理責賤，雖失謂之順；卑者、
> 幼者、賤者以理爭之，雖得謂之逆。于是下之人，不能以天下之同

〔註50〕〔清〕戴震：《孟子字義疏證·卷下·權四》，頁13～14。

〔註51〕〔清〕戴震：《孟子字義疏證》，〈卷上·理二〉、〈理十〉，頁1～2、6。

〔註52〕〔清〕戴震：《孟子字義疏證》，〈卷上·理十〉、〈卷下·才二〉，頁7、3。

〔註53〕張麗珠：《清代義理學新貌》，頁176、172。

〔註54〕〔清〕戴震：《孟子字義疏證·卷上·理二》，頁2。

〔註55〕〔清〕戴震：《孟子字義疏證·卷下·才二》，頁2～3。

〔註56〕〔清〕戴震：《孟子字義疏證附錄·答彭進士允初書》，頁5。

〔註57〕〔清〕戴震：《孟子字義疏證·卷上·理二》，頁2。

情、天下所同欲，達之於上。上以理責其下，而在下之罪，人人不
勝指數。人死於法，猶有憐之者；死於理，其誰憐之？〔註58〕

戴震針對當時禮教吃人發聲，對尊者、長者、貴者以理責卑者、幼者、賤者
等不合理情況，提出以情絜情，透過以情絜情，避免「以理殺人」、「禮教吃
人」的事情一再發生。並在〈與某書〉中，將後儒以理殺人比同酷吏：「聖人
之道，使天下無不達之情，求遂其欲而天下治。後儒不知情之至於纖微無憾
是謂理；而其所謂理者，同於酷吏之所謂法。酷吏以法殺人；後儒以理殺人，
浸浸乎舍法而論理。」〔註59〕面對早已不合乎人情的理學，僵化的禮教的壓
迫，戴震認為這不過是「以意見殺人，咸自信為理矣。」〔註60〕正是這種以
意見為理，不符合人情，致使卑者、幼者、賤者成為僵化儒學的犧牲品。

第四節　以利為善

「義利之辨」係儒家思想核心之一，自《孟子‧梁惠王上》：「王何必曰
利？亦有仁義而已矣。」〔註61〕開始，將「義」、「利」對舉，義與利做為一
種社會行為的觀念，「義」代表著社會的普遍性規範，「利」則標示著個體對
現實功利的追求。〔註62〕董仲舒：「夫仁人者，正其誼不謀其利，明其道不
計其功。」〔註63〕將功利摒除在仁義之外，直至宋代理學家，更強化了義利
對立的觀念，陸象山嘗言：「此只有兩路：利欲、道義；不之此，則之彼。」
〔註64〕朱子亦說：「而今須要天理人欲，義利公私，分別得明白。」以及「須
是於天理人欲處分別得明」。〔註65〕傳統儒學自先秦的重利輕義，發展至宋
明理學的存理滅欲，呈現出儒學的非功利取向。

〔註58〕〔清〕戴震：《孟子字義疏證‧卷上‧理十》，頁7。
〔註59〕〔清〕戴震：〈與某書〉，胡適：《戴東原的哲學‧附錄》（台北：台灣商務印
　　　　書館，1967），頁2～3。
〔註60〕〔清〕戴震：〈與段玉裁書〉，胡適：《戴東原的哲學‧附錄》，頁5。
〔註61〕〔周〕孟軻，〔清〕阮元審定：《孟子‧梁惠王上》，《十三經注疏》（台北：
　　　　新文豐出版，1977），頁9。
〔註62〕張麗珠：《清代新義理學——傳統與現代的交會》，頁238～239。
〔註63〕〔漢〕班固：《漢書‧董仲舒傳第二十六》（台北：鼎文書局，1987），頁2524。
〔註64〕〔宋〕陸九淵：《象山語錄‧下》，《文淵閣四庫全書電子版》（香港：迪志文
　　　　化，1999）。
〔註65〕〔宋〕黎靖德編：《朱子語類》〈卷十三‧學七〉、〈卷一百三十七‧戰國漢唐
　　　　諸子〉，頁227、頁3259。

　　然而，自晚明以來，重情思想瀰漫整個社會，面對四民階層的鬆動，資本主義的萌芽，以及人民對功利的渴望，假道學的盛行，思想開始由形上的道轉向形下之器，顏元（1635～1704）顛覆自董仲舒以來的仁義觀，直言功利：「正其誼以謀其利，明其道而計其功。」〔註66〕將內聖與外王同步追求。而焦循繼承戴震「以情絜情」推廣運用，強調變通的仁義觀：「以己之心，通乎人之心，則仁也；知其不宜，變而之乎宜，則義也。仁義由於能變通，人能變通，故性善。」〔註67〕而變通的仁義觀有兩重意涵：一是仁必須通過情之旁通；一是仁義並非一成不變的絕對道德標準，它是可變通、因時制宜的。〔註68〕

　　焦循透過變通仁義觀，提出「即利即義」：

　　　　人之所以異於禽獸者，在此利不利之間。利不利即義不義，義不義即宜不宜。能知宜不宜，則智也；不能知宜不宜，則不智也。智，人也；不智，禽獸也。幾希之間，一利而已矣，即一義而已矣，即一智而已矣。〔註69〕

　　　　小人利而後可義，君子以利天下為義。是故利在己，雖義亦利也；利在天下，即利即義也。〔註70〕

透過對孟子的義利之辨，焦循重新詮釋他的義利觀，利不利即義不義，即利即義，其所追求利必合於義，顛覆傳統「義利之辨」而為「趨利故義」。劉寶楠（1797～1855）對義利之辨亦有相類似的觀點，認為求利須合於義，「君子明於義利，當趨而趨，當避而避。其趨者，利也，即義也；其避者，不利也，即不義也。」〔註71〕追求義利合趨。在當時人心普遍逐利的社會價值觀，應該如何節欲？焦循提出「欲由欲寡」：

　　　　反乎己以求之也，己所不欲，勿施於人，則足以格人之所惡；己欲

<hr>

〔註66〕〔清〕顏元：《四書正誤・卷一》，《顏元集》（上）（北京：中華書局，1987），頁470。

〔註67〕〔清〕焦循：《孟子正義・卷二十二・性猶杞柳》（北京：中華書局，1998），頁734。

〔註68〕張麗珠：《清代義理學新貌》，頁209。

〔註69〕〔清〕焦循：《孟子正義・卷十七・天下之言性也則故而已矣》，頁586。

〔註70〕〔清〕焦循：《雕菰集・卷九・君子喻於義小人喻於利解》（台北：鼎文書局，1977），頁137。

〔註71〕〔清〕劉寶楠：《論語正義》，《清人注疏十三經》（五）（北京：中華書局，1999），頁89。

> 立而立人，己欲達而達人，則足以格人之所好。〔註72〕

> 感於物而動，性之欲也。故格物不外乎欲己與人同此性，即同此欲。
> 舍欲則不可以感通乎人，惟本乎欲以爲感通之具，而欲乃可窒。人
> 有玉而吾愛之，欲也，若推夫人之愛玉，亦如己之愛玉，則攘奪之
> 心息矣。能推則欲由欲寡；不能推斯欲由欲多。〔註73〕

透過「知己有所欲，人亦各有所欲。」〔註74〕以情之旁通，發揮恕道精神，
推己及人，才可以設身處地爲人設想，知他人亦有此利欲之心，故不奪乎人
之情，則其欲可以窒，即「欲由欲寡」。〔註75〕並舉愛玉爲例，說明己之愛玉
與人之愛玉同，透過能推己及人，則欲由欲寡，而欲由欲多係因不能推之故。
並將「欲」作爲感通之具，正因爲有欲，才能推，才能知己與人所同欲，故
能欲由欲寡，不奪人之所好。

　　焦循在戴震透過恕道推廣的「以情絜情」基礎下，發揚其「人欲」與「仁
恕」的關係：

> 人欲即人情，與世相通，全是此情。「己所不欲，勿施於人」，「己欲
> 立而立人，己欲達而達人」，正以所欲所不欲爲仁恕之本。……感於
> 物而有好惡，此欲也，即出於性。欲即好惡也。〔註76〕

自晚明以來，社會瀰漫著重情思潮，而透過與世相通的人情、人欲，「以我之
所欲所惡，推之於彼，彼亦必以彼之所欲所惡，推之於我，各行其恕，自相
讓而不相爭，相愛而不相害，平天下，所以在絜矩之道也。」〔註77〕透過仁
恕的推己及人，焦循以人欲好惡爲仁恕之本，好惡出於天性，有「所不欲」、
「所欲」，才有「可推的己」可以與人相通，所以「與世相通，全是此情。」
〔註78〕

　　戴震顛覆傳統理學的唯動機論，講求結果論，要求「終善」而非「始善」，
故言「乃語其至，非原其本。」〔註79〕通過道德實踐之後，以現實世界所呈

〔註72〕〔清〕焦循：《雕菰集·卷九·格物解一》，頁131。
〔註73〕〔清〕焦循：《雕菰集·卷九·格物解三》，頁132。
〔註74〕〔清〕焦循：《雕菰集·卷九·一以貫之解》，頁133。
〔註75〕張麗珠：《清代新義理學──傳統與現代的交會》，頁220。
〔註76〕〔清〕焦循：《孟子正義·卷二二·生之謂性》，頁738～739。
〔註77〕〔清〕焦循：《雕菰集·卷九·格物解二》，頁131。
〔註78〕王邦雄、岑溢成、楊祖漢、高柏園：《中國哲學史》（台北：國立空中大學，
　　　　2003），頁699。
〔註79〕〔清〕戴震：《孟子字義疏證·卷上·理十三》，頁9。

現的善境為著眼點。而清儒正是在「假道學」的虛偽矯造，以及理學過度「祖尚玄虛」、不切實際而脫離現實的流弊之下，建構與現實緊密聯繫，對人欲肯定、對人情反映、對事功積極講求的新義理學，真正地導欲向善。〔註80〕

　　隨著明成、弘以後，社會經濟的發達，商品經濟與貨幣經濟的繁榮，人情普遍樂於逐利，追求人欲。在這樣的社會思潮之下，傳統儒學亦面臨其內在異化的危機，「存理滅欲」成為口號，不僅不合當時人情、潮流，連文人自己都無法做到，形成言行不一的假道學。矯程朱之失的陽明心學傳至泰州學派，更將道落到「百姓日用」來講，從下行路線以達到移風易俗。在「百姓日用即道」與「工商皆治生之本業」的言論下，思想已然由形上過渡至形下，人情、人欲被合理肯定。然而，隨著明代的亡國，清儒發現儒學客觀化困境，理學過度追求內聖，而輕於事功，導致空談懸理，無法落實在現實生活，所以，清儒崇實黜虛，提煉出反映人情的思想，在追求內聖之外，還要能外王。顏元更突破傳統儒學的非功利取向，直言「正其誼以謀其利，明其道而計其功。」戴震倡「以情絜情」，透過推己及人的恕道推廣，避免僵化理學不合人情的「以理殺人」；焦循倡「即利即義」，求利合於義，致使「義利合趨」。在晚明至清中葉的社會轉型時期，思想界亦反映了社會變遷，從宋明理學的「存理滅欲」到「肯定情欲」；從「求利害義」到「利而後可義」；從「不計其功」到「追求實功」，呈現出思想與社會同步轉型。

〔註80〕張麗珠：《清代新義理學——傳統與現代的交會》，頁 254～257。

第四章 《白雪遺音》所反映的社會

　　宋明理學高舉「存天理，滅人欲」，然而隨著明中晚期資本主義的萌芽，過於崇高的道德觀已然不適用，新興的市民階層所關注的，是與自己切身相關的事物，是愛、欲、名、利的渴求，而標榜「存理滅欲」的理學顯然不適於市民階層的需求。不止百姓難以接受理學的崇高道德觀，連文人都無法達到其絕對標準，是以，當時瀰漫著言行不一的「假道學」。加以陽明心學流行，促使個人心性得到重視，在晚明主情的文藝思潮之中，李贄（1527～1602）「童心說」、湯顯祖（1550～1616）「至情說」、馮夢龍（1574～1646）「情教說」等，呈現晚明思想的一大轉變，由宋明理學的形上之理逐漸過渡到形下之器，李贄更直接標示人人所共好而共習，共知而共言的人性：「如好貨，如好色，如勤學，如進取，如多積金寶，如多買田爲子孫謀，博求風水爲兒孫福蔭，凡世間一切治生產業等事。」〔註1〕及至陳確提出「即天理即人欲」、「治生論」，肯定人欲的合理性，戴震繼而主張「通情遂欲」取代「存理滅欲」，焦循則突破傳統義利之辨，倡「即利即義」、「以利爲善」。

　　明中葉以後，隨著資本主義的萌芽，文化思潮的湧動，程朱理學受到了挑戰，在泰州學派、李贄等人的啓迪下，已由外在倫理的探索轉向內在情欲的省察，並集中在對人性、人情、個性本質的思考，貫穿著肯定人欲、尊重個性、注重世俗的自然人性論。〔註2〕在晚明市民文學中，《三言》、《兩拍》標示著百姓對情欲的追求，《掛枝兒》、《山歌》更蒐集了男女私情之曲，而進

〔註1〕 〔明〕李贄：《焚書·答鄧明府》，收於劉洪仁主編：《海外藏中國珍稀書系》（四）（北京：中國戲劇，2000），頁2330。

〔註2〕 黃清泉、蔣松源、譚邦和：《明清小說的藝術世界》（台北：洪葉文化，1995），頁178。

入清代之後，清儒針對時弊，提出符合時代潮流的思想理論，然而，時代潮流的走向為何？與晚明社會觀有何不同？代表清中葉的小曲集《白雪遺音》，其所呈現的社會觀可從著重人情同情弱勢、肯定人欲、追求名利、對社會權力的批判四方面觀察。

第一節　著重人情，同情弱勢

在明清社會之中，逐漸呈現著重人情的特性，尤其在通俗文學中，對社會底層表現出其人道關懷的一面，例如話本〈杜十娘怒沈百寶箱〉便是描述妓女杜十娘遭遇負心漢的愛情悲劇；《儒林外史》則描寫出僵化禮教與人情間的衝突。而在《白雪遺音》中亦呈現出其人道關懷，其關懷對象有：妓女、窮人乞丐、寡婦與童養媳等弱勢族群。

一、妓　女

小曲多為妓女優童所傳唱，但卻時見嘲妓之作，如孫百川、徐渭、馮夢龍等人皆有嘲妓之作，《玉谷新簧》亦收有「時興各處譏妓耍孩兒歌」。但在眾多嘲妓歌謠及筆記之中，亦有同情妓女處境之說，如張岱《陶庵夢憶·二十四橋風月》：「而諸妓釀錢向茶博士買燭寸許，以待遲客。或發嬌聲唱〈劈破玉〉等小詞，或自相謔浪嬉笑故作熱鬧，以亂時候。然笑言啞啞聲中，漸帶淒楚，夜分不得不去，悄然暗摸如鬼。見老鴇，受餓受笞俱不可知矣。」〔註3〕描繪出妓女在笑臉候客背後的悲悽，而在《白雪遺音》之中，嘲妓的小曲明顯減少，〔註4〕更多的是妓女自傷之詞，而非一味的批評。

因為家貧而淪落風塵的女子，既無法改變身為妓女的事實，那麼，她們只能寄託未來，只能不斷期盼，能在有限的年華中，會有一位良人，救她們脫離風塵之苦，從良成為她們唯一的出路：

> 妓女悲傷，惱恨爹娘，最不該，將奴賣在烟花柳巷，你把那，禮義廉恥一概忘。……〔太平年〕細想起，淚兩行，當行的人兒狠心腸。
>
> 掙下銀錢心欣喜，太平年，不掙銀錢定遭殃，年太平。翻了臉，氣

〔註3〕〔明〕張岱：《陶庵夢憶》，《零玉碎金集刊》（台北：新文豐出版，1982），頁32。

〔註4〕在《白雪遺音》中論及妓女的小曲多為勸嫖、自傷，在嘲弄女性的小曲中，不若馮夢龍單指妓女而已，全書僅有一首〈久聞大名〉、二首〈麻衣神相〉為嘲妓，與前代相比明顯減少，呈現出其較為人道的一面。

昂昂，嘴裏罵著鞭子量。打的我渾身無好處，太平年，奴家心中痛斷腸，年太平。〔倒推肛〕這樣的日子何日了，迎新送舊，日久天長。〔詩篇〕再不得，生身父母將兒望，再不得，同胞姊妹進奴的房，再不得，生兒養女把香烟點，再不得，夫榮妻貴把名揚。到如今，人兒沒姓身沒主，心懶意灰暗悲傷，只落得，一雙玉腕千人枕，半點朱唇萬客嚐。〔高腔〕細思量，淚汪汪，總不如一命見閻王。愁只愁，將來歸却在誰身上。〔尾〕哭了聲天吓，也是我，前生造定該如此。要想出頭，除非是，等一個有情的人兒，救我去從良。（《白雪遺音·卷三·妓女悲傷》，頁 152～153）〔註5〕

妓女透過小曲哀傷身不由己的痛苦，指出身處妓院挨打受罰，以及被排除在完滿家庭生活之外，而脫離痛苦的方法，唯有從良嫁人。妓女除了從良外，其歸宿還有：出家入道；轉為老鴇、曲師、房老；淪為乞丐；其他。青樓生活的艱辛、世態的炎涼、人情的冷暖、身世的淒苦，使妓女想嚮往一種穩定可靠的生活，進而形成其「歸宿情結」。因為明白娼妓職業的時間性，所以在她們在豆蔻年華之時便會追求一種理想歸宿——從良。私妓大多是為現實生活所迫而出賣聲色，而不是由於政治的壓迫，或命中注定非世代為娼不可，因而積金贖身，擇偶嫁人便成為大部分私妓的理想與歸宿。娼妓出家入道或為被迫，或為看破紅塵，或為尋找一個有衣食居處的歸宿而自願出家。妓女因為其技巧與經驗，足以使她們能教育和訓練妓女，也能熟練地駕御和管理妓女，故年老的妓女便會以收買雛妓為義女，從小教習歌舞技藝，為充當老鴇，自立門戶做準備；若沒有置房產、蓄義女，善歌舞者尚可改做曲中教師；若技藝不精者，只能退為房老，在妓院充當女佣或管領婢女。妓女年老色衰之後，流落江湖，四處奔波，乞討流浪，晚景淒涼亦不在少數。除從良、出家、重操舊業、淪為乞丐外，有的妓女在老鴇嚴密監控下，從良不得時，選擇逃走，以獲得新生活；有的則選擇隱居村落；有的因情人或恩客朝三暮四，而被拋棄；有的因情人出走，或死、或因鴇母干涉不能從於情人而殉情。〔註6〕因此，從良成為妓女最佳的出路。這首小曲則完全呈現出妓女

〔註5〕〔清〕華廣生：《白雪遺音》，《續修四庫全書》第 1745 冊（上海：上海古籍出版社，2002），頁 152～153。本文所引《白雪遺音》曲文均為此版本，以後再徵引，僅標頁碼。

〔註6〕蕭國亮：《中國娼妓史》（台北：文津出版社，1996），頁 307、318～350。及徐君、楊海：《妓女史》（台北：華成圖書，2004），頁 268～279。

自被父母賣入妓院後的悲苦生活，並流露出對未來的惶惶不安，父母、姊妹、兒女、丈夫，都成了得不到的奢望，身旁來去恩客無數，能為她留下記憶的又有多少，除非從良，才能出頭。

　　除了描寫妓女身不由己淪落風塵，從良是她們唯一的出路外，《白雪遺音》更刻畫出下層妓女的悲苦，不得飽餐一頓的窘境，如〈窮妓〉就描寫了三餐不繼的妓女：

> 清晨起來門邊站，身上無衣怨著天寒，這幾天，何曾見個嫖客面。
> 遇一人，一把拉到构欄院，不當你是調情，只當你是可憐。可憐我，
> 三天吃了一頓飯，叫爺們，給我八個大錢吃碗麵。（《白雪遺音·卷二·窮妓》，頁 104）

小曲既為妓女優童所歌，其中除取悅聽眾的嘲諷歌曲外，也包含了不少悲嘆身世的妓女悲音，《白雪遺音》中呈現出一個個因為生活貧苦不得不被賣入妓院的女子，她們只能將希望寄託在未來不可知的良人身上，期望從良獲得新生，然而，一個個年華老去的妓女，終究只能孤單忍受寂寞，回憶著從前的風華，宿命的感慨前世造孽，才得今生為娼做妓。

二、窮人與乞丐

　　年節為中國最重要的節日，自冬至過後，家家戶戶開始進入年節籌備期。十二月二十三、四日為人民祭竈神之日，家家戶戶熬製、購買各式糖果，供祀竈神，祭竈之後，製作一切麵食，繼之殺豬、宰雞、鴨、鵝，烹煮葷素年菜，並一一儲藏食盒，供開年初始五天食用。[註7] 在小曲中，便描繪出社會底層的窮苦人家，在春節來臨時的窘迫情況：

> 臘月二十三日，家家戶戶多祭竈，好不心焦。苦命的人兒又把香燒，
> 佛前跪著。燒罷香，苦言苦語苦禱告，這苦怎熬。竈王爺，俺的苦
> 處你知道，不用說了。俺也買不起糖瓜，俺也蒸不起年糕，虔心一
> 條。又到了三十日，手裡無錢乾發燥，沒有去處找。初一日過新春，
> 人家拜年俺睡覺，慢慢熬著。（《白雪遺音·卷一·祭竈》，頁 43）

顧祿《清嘉錄》記載了送竈習俗：「俗呼臘月二十四夜，為念四夜。是夜送竈，謂之送竈界。比戶以膠牙餳祀之，俗稱糖元寶，又以米粉裹豆沙餡為餌，名

〔註 7〕 王爾敏：《明清時代庶民文化生活》（台北：中央研究院近代史研究所，1996），頁 37。

曰謝竈糰。」〔註8〕這首小曲以春節對比出窮人生活的窘迫,從臘月二十三寫到大年初一,從沒錢買糖瓜、年糕祭竈寫到大年初一不敢出門拜年,透過新年的歡樂氣氛,映襯出窮人沒有錢過年的窘境。

　　而比窮苦人家經濟更爲窘迫的,莫過於淪爲乞丐四處討飯,在明清市井之中,乞丐們不只是提籃持棒沿街行乞,而且往往帶有些技藝,或賣些勞力,其乞討方式大致有賣唱、挾技、勞力、詭托、殘疾、強討等六類。〔註9〕在《白雪遺音》中亦描述了乞丐的生活情形:

> 世界上最苦苦不過的難挨餓,眼看著斷飩無米下鍋,是怎的,說不餓來偏要餓。論住處,兩間房子倒有半間破,欲待揭借,沒人給我。
> 要飯吃,暫且充飢不挨餓,怕只怕,陰天下雨狗咬著。(《白雪遺音·卷二·討飯》,頁105)

曲中寫出乞丐挨餓的痛苦,無米可炊的困境,房屋破敗怕下雨,找不到人借錢,出門討飯怕狗咬,都是社會底層的小人物的悲哀。

三、寡婦與童養媳

　　伊川先生針對寡婦再嫁問題曾說:「問孀婦於理似不可取?如何?曰:『然凡取以配身也,若取失節者以配身,是已失節也。』又問或有孤孀貧窮無託者,可再嫁否?曰:『只是後世怕寒餓死,故有此說。然餓死事極小,失節事極大。』」〔註10〕寡婦再嫁已然失節,宋代理學在明清逐漸僵化,婦女節烈觀念趨向宗教化,並且被放大,諸多官方貞節牌坊的旌表,致使明清時期成爲節婦烈女最多的時代。〔註11〕在法律上,女子改嫁便失去夫家財產的繼承權,〔註12〕政府變相的支持婦女爲亡夫守節,甚至爲未婚夫守貞,並於《大清律·

〔註8〕〔清〕顧祿:《清嘉錄·卷五》,《國立北京大學中國民俗學會民俗叢書》(台北:東方文化,1974),頁5。

〔註9〕周時奮:《市井》(濟南:山東畫報出版社,2003),頁139~141。

〔註10〕〔宋〕朱熹、呂祖謙撰,江永集注:《近思錄集注》(台北:台灣中華書局,1980),頁3。

〔註11〕董家遵:〈歷代節婦烈女的統計〉,明代節婦人數占自周至清總人數的72.9%,清代則爲25.47%,共9482人;明代烈女占71.46%,清代則爲23.37%,共2841人。顯示出明清係歷代節婦、烈女人數最多的時代。載於《中國婦女史論集》(台北:稻鄉出版,1988),頁111~117。

〔註12〕〔清〕李瀚章:《大清律例彙輯便覽·戶律目·立嫡子違法·條例》:「婦人夫亡無子守志者,合承夫分,須憑族長,擇昭穆相當之人繼嗣。其改嫁者,夫家財產及原有妝奩,並聽前夫之家爲主。」(台北:成文出版,1975)頁1445。

戶律婚姻》中「居喪嫁娶條例」言明：

> 孀婦自願改嫁，翁姑人等主婚受財，而母家統眾搶奪，杖八十。夫
> 家並無例應主婚之人，母家主婚改嫁，而夫家疏遠親屬強搶者，罪
> 亦如之。其孀婦自願守志，母家、夫家搶奪強嫁，以致被污者，祖
> 父母、父母及夫之祖父母、父母，杖八十；期親尊屬、尊長，杖七
> 十、徒一年半；大功以下尊屬、尊長，杖八十、徒二年。凡守節之
> 婦，不論妻妾，自三十歲以前守節至五十歲；或年未五十而身故，
> 其守節已及十五年，果係孝義兼全，阨窮堪憫，俱准。〔註13〕

官方僅有在法律上保障、旌表寡婦守節的權利，若是寡婦再嫁則財禮歸屬於
夫家。在法律與社會道德規範均傾向於寡婦守節的情況下，社會上「以理殺
人」的事件層出不窮，例如吳敬梓（1701～1754）《儒林外史》特撰「徽州府
烈婦殉夫」一節，以抨擊當時社會風氣：

> 王先生走了二十里，到了女壻（婿）家，看見女壻（婿）果然病重，
> 醫生在那裏看，用著藥總不見效。一連過了幾天，女壻（婿）竟不
> 在了，王玉輝慟哭了一場。見女兒哭的天愁地慘。候著丈夫入過殮，
> 出來拜公婆和父親，道：「父親在上，我一個大姐姐死了丈夫，在家
> 累著父親養活，而今我又死了丈夫，難道又要父親養活不成？父親
> 是寒士，也養活不來這許多女兒！」王玉輝道：「你如今要怎樣？」
> 三姑娘道：「我而今辭別公婆、父親，也便尋一條死路，跟著丈夫一
> 處去了！」公婆兩個聽見這句話，驚得淚下如雨，說道：「我兒！你
> 氣瘋了！自古螻蟻尚且貪生，你怎麼講出這樣話來！你生是我家
> 人，死是我家鬼。我做公婆的怎的不養活你，要你父親養活？快不
> 要如此！」三姑娘道：「爹媽也老了，我做媳婦的不能孝順爹媽，反
> 累爹媽，我心裏不安，只是由著我到這條路上去罷。只是我死還有
> 幾天工夫，要父親到家替母親說了，請母親到這裏來，我當面別一
> 別，這是要緊的。」王玉輝道：「親家，我求仔細想來，我這小女要
> 殉節的真切，倒也由著他行罷。自古『心去意難留』。」因向女兒道：
> 「我兒，你既如此，這是青史上留名的事，我難道反攔阻你？你竟
> 是這樣做罷。我今日就回家去叫你母親來和你作別。」親家再三不
> 肯。王玉輝執意，一徑來到家裏，把這話向老孺人說了。老孺人道：

〔註13〕〔清〕李瀚章：《大清律例彙輯便覽・戶律婚姻・居喪嫁娶》，頁1640～1641。

「你怎的越它越獸了！一個女兒要死，你讓勸他，怎麼倒叫他死？
這是甚麼話說！」王玉輝道：「這樣事，你們是不曉得的。」老孺人
聽見，痛哭流涕，連忙叫了轎子，去勸女兒，到親家家去了。王玉
輝在家，依舊看書寫字，候女兒的信息。老孺人勸女兒，那裏勸的
轉。一般每日梳洗，陪著母親坐，只是茶飯全然不喫。母親和婆婆
著實勸著，千方百計，總不肯喫。餓到六天上，不能起牀。母親看
著，傷心慘目，痛入心脾，也就病倒了，擡了回來，在家睡著。又
過了三日，二更天氣，幾個火把，幾個人來打門，報道：「三姑娘餓
了八日，在今日午時去世了。」老孺人聽見，哭死了過去，灌醒回
來，大哭不止。王玉輝走到牀面前說道：「你這老人家真正是個獸子！
三女兒他而今已是成了仙了，你哭他怎的？他這死的好，只怕我將
來不能像他這一個好題目死哩！」因仰天大笑道：「死的好！死的
好！」大笑著，走出房門去了。〔註14〕

三姑娘為了不增加父親的負擔，以及為了家族名譽，所以選擇殉節，透過殉
節，幫助家族獲得「旌表」的榮譽。而寒士王玉輝則是僵化的禮教化身，在
得知女兒欲殉節時的反應：「我兒，你既如此，這是青史上留名的事，我難道
反攔阻你？」在得知女兒已死的反應：「他這死的好，只怕我將來不能像他這
一個好題目哩！」、「因仰天大笑道：『死的好！死的好！』」完全呈現出「人
死於法，猶有憐之者；死於理，其誰憐之？」〔註15〕的悲哀，以及「禮教吃
人」的一面。

　　在社會趨向寡婦守節的風氣下，寡婦再婚的主要原因是經濟因素，在傳
統農業社會中，男性是家庭生活經濟的主要提供者，丈夫去逝後，窮困迫使
寡婦再婚尋求生存保障；有時是丈夫的兄弟及其他家人為謀求財產，進而鼓
動寡婦嫁出。清中葉時期，婦女再婚在中下層家庭普遍存在，基於生活現實
考量，「守節」難以具體實踐，在重男輕女、男女比重失衡的社會裡，寡婦再
婚是極易實現的。〔註16〕《白雪遺音》中便收錄了一首寡婦迫於現實再婚的
小曲：

<hr>

〔註14〕〔清〕吳敬梓：《儒林外史・第四十八回》（台北：桂冠圖書，1990），頁485
　　　　～486。
〔註15〕〔清〕戴震：《孟子字義疏證・卷上・理十》（台北：廣文書局，1978），頁7。
〔註16〕王躍生：《十八世紀中國婚姻家庭研究》（北京：法律出版社，2000），頁83、
　　　　123～124。

> 小小寡婦身穿孝，手提著紙錢到了荒郊。見新坟（墳），哭哭啼啼只
> 把天來叫，撇的俺，上無倚來下無靠。公婆年老，孩子又小。到而
> 今，吃穿二字叫我向誰要，沒奈何，只得懷抱琵琶彈別調。（《白雪
> 遺音・卷二・小小寡婦》，頁 108）

曲中明顯點出生活現實考量，在家庭經濟支柱頓失之後，無謀生能力的寡婦，
處在公婆年老、孩子又小，在亡夫「新墳」的情況下，為「吃穿」而再婚。
而且，寡婦再婚的財禮由翁姑所得，這對於貧窮家庭而言，亦可改善其經濟
困難。官方雖然規定寡婦需守喪三年，然而，在因窮改嫁的婦女中，一般喪
偶與再婚的間隔為一年左右，在民不告、官不糾的狀態下，守喪三年並未被
完全執行。〔註17〕

　　童養婚是中國傳統社會婚姻的一種，明清時期流行於全國各地，童養婚
是父母包辦婚姻的極端表現形式，父母將子女的婚姻作為一項不可推卸的義
務，在婚姻市場對男性不利的情況下，那些預見到未來婚姻形勢困難的家庭，
試圖通過付出撫養花費來取得女方家庭對其子弟婚姻的支持。同時，經濟狀
況差的女方家庭借此減輕養育之累，各有所得。童養婚產生的社會背景為：
社會普遍流行的早婚習俗，以及婚姻中財禮的講究。童養婚的存在同婚姻市
場上男女性別比的失調有很大的關係，婚嫁費用過高使男女雙方家庭難於接
受正常的婚姻方式，這與財禮過高及婚姻市場上女性的不足有直接關係，因
此使經濟狀況窘迫的家庭，採用童養方式來解決婚姻問題。而採用童養婚方
式為子弟解決婚姻問題的家庭，一般為具有一定生活能力的自耕農或佃農，
童養的條件才比較具備。而童養媳與公婆，特別是婆婆的關係是非常重要的，
由於丈夫年紀尚小，或因沒有圓房，接觸較少，婆婆就成為其日常生活的監
督和指導者，而童養媳在具備基本勞動能力後，便成為夫家家庭事務的主要
承擔者，其家庭地位與富裕之家的奴婢相近。童養婚的存在，使女性家庭減
少撫養的困難，進而對溺嬰行為有抑止效果；男性家庭則借此減少婚姻的困
難。〔註18〕例如《白雪遺音》中即有一首描寫童養婚的小曲：

> 月老兒心偏，糊裡糊塗配姻緣。……我那小女婿（婿）子，比我小
> 著四五歲，吃飯不知飢飽，睡覺不知顛倒。可叫我和他怎麼著過，
> 這到多偺纏是個了手。〔唱〕也是我的命合該，把我說到這裡來，

〔註17〕王躍生：《十八世紀中國婚姻家庭研究》，頁 87、120。
〔註18〕王躍生：《十八世紀中國婚姻家庭研究》，頁 126、138～148。

是那月下老的安排。我那狠心的爹媽，他也該呀不該。我好傷懷，我可寂莫（寞）難挨。自從娶過我來，俺倆總沒有合偕（和諧）。對過有個女裙釵，他是一表的人才。俺是一年娶的，他可懷抱著嬰孩。我那糊塗的女壻（婿），他可痴傻又呆獸。……原說是我女壻（婿），合（和）我一班（般）大的，我今年是屬馬的，十八了。我只問問你，你兒子多大了麼？〔老〕我那兒子，是屬騾子的，不是十九了麼？〔旦〕你別嫌我了，我背裡給他算過好幾卦。他今年，是屬小狗子的，是十四歲。你們不信，等他下了學來，挫著個把子，瞧瞧他，像個猴兒丟是的，像個十九的不像？……〔唱〕光疼他兒子，不疼我。娟婦呀！他的心太偏，我的命苦，我把誰埋怨？茶裡飯裡尋找我，前世前因結下寃。我這無人疼的孩子可憐見，恨一恨我跑了罷。〔白〕跑了不好，叫人家笑話，說是個跑頭子。〔唱〕走了容易回來難，那時節。〔白〕甚麼臉面，甚麼體面，見我爹媽。〔唱〕喲！怕把爹媽見，誰不想，三從四德做一個賢良女，也是我命該如此無的怨。〔白〕我那小女壻（婿）（婿）子，今年不是十四了麼？十五、十六、十七。〔唱〕少不得，我耐著性兒再等三年。（《白雪遺音‧卷二‧婆媳頂嘴》，頁114～118）

這首小曲透過婆媳頂嘴的方式，呈現出詼諧逗趣的潑婦對罵，內容雖為搏得顧客一笑，而文多粗俗，但卻也透顯著當時童養婚的習俗不合理。在男女比例失衡的社會中，女性家庭為減少開支，男性家庭為增加婚配機會，於是形成童養婚。小曲中童養媳已十八歲，但丈夫卻僅有十四歲，童養媳必須擔任母姊的角色，照料丈夫，並且在妻子身份與自己情欲中掙扎，最後服膺在道德禮教的規範下。

　　《白雪遺音》不僅描繪出都市生活繁華的一面，更描繪出都市底層的邊緣人物，無論是妓女、窮人乞丐還是寡婦、童養媳，小曲成為他們自訴悲苦的傳聲筒，他們自訴淪為妓女、乞丐的痛苦，做為寡婦、童養媳的艱辛，刻畫出社會底層最不為人知的一面。

第二節　肯定人欲

　　情欲可以使人不願一切，可以使人不惜名聲、不計後果、拋棄家庭、拋棄財產。在諸多明清話本小說中，男女間的感情首先產生於對情欲的追求，

而不是對才貌的愛慕，如話本〈蔣興哥重會珍珠衫〉中的三巧兒與陳大郎、〈況太守斷死孩兒〉中的邵氏與得貴；〔註19〕而〈碾玉觀音〉、〈鬧樊樓多情周勝仙〉所呈現的都是女子大膽追求愛情的故事，甚至死後以魂魄繼續其未竟的愛情，更甚者，杜麗娘因至情而起死回生，整個社會文化呈現出對情欲的渴求。

一、相　思

　　相思是中國文學中的主旋律之一，而阻隔正是構成相思的關鍵，間隔構成了追求、需要的受阻，追求之念愈挫愈奮，才構成相思，需要得不到滿足才加大了相思對象的價值。相思通過對於正常生理狀態的破壞，體現在身體上的病理常態就是消瘦。相思病的症狀成為一基本套路，主要是貪睡、消瘦、食欲大為消減。〔註20〕而相思病在小曲中，是男女相思過程中的基本歷程：

> 人說相思我不信，不想今日輪到我身。相思病，不疼不癢光害睏。諸日裡，茶飯懶食心發悶。指東撲西，那去了精神。是怎的，明白一陣糊塗一陣。要病好，除非冤家前來問。（《白雪遺音・卷二・人說相思》，頁83）

> 相思害的難移步，叫聲髧鬢與我去請大夫。那大夫，一進門來忙醫卜。這病兒倒也有些奇緣故，一回精神，一回糊塗。要病好，多吃醬油少吃醋。要病好，多吃飯來少吃醋。（《白雪遺音・卷二・相思害的》，頁84）

相思阻隔的原因與人口的遷移相關，在以士為尊的傳統社會裡，相思阻隔的主要原因為丈夫上京赴考，進入明清以後，商人階級的興起改變了傳統四民觀，大量人口投入商人階層，致使有越來越多的丈夫出外經商，造成更多的相思阻隔。〈人說相思〉一曲與徐再思〈折挂令・春情〉：「平生不會相思，才會相思，便害相思。身似浮雲，心如飛絮，氣若游絲。」〔註21〕有異曲同工之妙，而其所引發的相思症狀也極為類似，而相思病的治療良方，便是「冤家」。〈相思害的〉則帶有嘲弄的語氣，透過大夫的揶揄：「要病好，多吃醬油

〔註19〕方志遠：《明代城市與市民文學》（北京：中華書局，2005），頁432～433。

〔註20〕王立、劉衛英《紅豆──女性情愛文學的文化心理透視》（北京：人民出版社，2002），頁14、124。

〔註21〕〔元〕徐再思著，俞忠鑫校注：《甜齋樂府》，《元明散曲集刊》（上海：上海古籍出版社，1991），頁15。

少吃醋。要病好，多吃飯來少吃醋。」達到娛樂效果，同時也說明了相思病的原因之一——嫉妒。

相思阻隔使得情人分隔兩地，書信成為情人間互通訊息的媒介物，而對於不識字的人來說，相思的傳遞便須透過非文字的符號來進行，例如〈欲寫情書〉即是不識字女子以畫圈為表記的小曲：

> 欲寫情書我可不識字，煩個人兒又使不的。無奈何，畫幾個圈兒為表記，此封書惟有情人知此意。單圈是奴家，雙圈是你，訴不盡的苦，一溜圈兒圈下去。但願你見了圈，千萬莫要作兒戲。(《白雪遺音・卷二・欲寫情書》，頁 101～102)

乾隆年間的《霓裳續譜》亦收此曲，文字大致相同，僅較此曲少後面兩句。〔註22〕道光年間舉人梁紹壬則在《兩般秋雨盦隨筆》記述此曲源由：

> 有妓致書於所歡，開緘無一字。先畫一圈，次畫一套圈，次連畫數圈，次又畫一圈，次畫兩圈，次畫一圓圈，次畫半圈，末畫無數小圈。有好事者題一詞于其上，云：『相思欲寄從何寄，畫箇圈兒替。話在圈兒外，心在圈兒裏。我密密加圈，你須密密知儂意。單圈兒是我，雙圈兒是你；整圈兒是團圓，破圈兒是別離，還有那說不盡的相思，把一路圈兒圈到底。』到底無中生有，令人忍俊不禁。〔註23〕

空間的阻隔造成兩地相思，而書信則破除阻隔傳遞相思，而對於不識字的人來說，相思掙脫了文字的限制，在文字之外，運用符號傳情達意。

民間歌謠多述男女之情，其中「男女相思」又占大多數，而作為審美主體的相思男女，在外界信息接收的過程中，不可避免地要受到客體的各種物理特質與自身心理的、生理的因素制約，出現感知的信息與客觀實在的種種偏差。人們對時間的感覺體驗，也會因內在情感的制約和審美對象的影響，產生相對性的延伸與收縮，所以，時感失真乃是人的情感作用於心理的結果。〔註24〕例如《詩經・采葛》：「一日不見，如三秋兮！」〔註25〕的時感失真，

〔註22〕《霓裳續譜》所收小曲〈欲寫情書我可不識字〉為：「欲寫情書，我可不識字，煩個人兒又使不的。無奈何畫幾個圈兒為表記，此封書為有情人知此意。單圈是奴家，雙圈是你，訴不盡的苦，一溜圈兒圈下去。」見《明清民歌時調集》（下）（上海：上海古籍出版社，1999），頁 192。

〔註23〕〔清〕梁紹壬：《兩般秋雨盦隨筆・卷二》（台北：新興書局，1956），頁 7。

〔註24〕王立、劉衛英《紅豆——女性情愛文學的文化心理透視》，頁 39～41。

〔註25〕〔唐〕孔穎達，〔清〕阮元審定：《毛詩正義》，《十三經注疏》（台北：新文豐出版，1977），頁 153。

便是因人的內在情感影響心理所致。而在明清小曲中，亦呈現出男女相思時的時感失真：

> 喜只喜的今宵夜，怕只怕的明日離別。離別後，相逢不知那一夜？
> 聽了聽，鼓打三更交半夜，月照紗窗，影兒西斜。恨不能隻手托住
> 天邊月，怨老天，爲何閏月不閏夜？（《白雪遺音・卷二・喜只喜的》，
> 頁 85～86）

因爲相思之情作用於心理，致使時間產生相對性的縮短，「爲何閏月不閏夜？」的提問，呈現出熱戀中男女的異想天開。〈自從那日〉曲中「初五當作二十六」（頁 80），則是因爲思念情人過度，而造成對時間的錯覺；〈一天不見〉：「一天不見一天念，兩天不見，如隔一年。」（頁 98）則如同《詩經・采葛》般道出男女戀愛時，對時間短暫的感慨。

在相思之情的作用之下，不僅會造成人們對時感的失真，甚至人的聽覺感受也會出現相對差異。聲音的錯聽，顯現出主體心理感受上的主觀取向，緣其切盼的焦慮，是情感的作用；理智參與後才否定了先前的錯覺。〔註 26〕例如〈細細雨兒〉一曲的聲音錯聽，便是在理智參與後否定先前的相思錯覺：

> 細細雨兒濛濛鬆鬆的下，悠悠的風兒，陣陣的刮。樓兒下，有個人
> 兒說些風風流流的話，我只當是情人。不由的口裡低低聲聲的罵，
> 細聽他的聲音，不是我那標標緻緻的他。嚇的奴，不由的心中慌慌
> 張張的怕；嚇的奴，不由的心中慌慌張張的怕。（《白雪遺音・卷二・
> 細細雨兒》，頁 95～96）

曲中的女子因爲外在風雨等現象的干擾，以及對情人的思念，造成錯聽的情況，然而，當理智參與後，仔細聽來才發現原來不是情人，否定先前的錯覺。由於相思的心理期待，相思男女不單會產生錯聽，有時還會引起視覺認知的錯視現象：

> 彤雲密布雪花飛，大家小户閉門閭。……我被意中人失約空指望，
> 空幃獨宿好孤悽。你是有約不來過夜半，叫我對殘燈怎好獨敲棋。
> 害得奴，獨坐窗前被朔風吹透奴家體，身寒站起再添衣，欲喚髻鬟
> 先去睡，忽聞外面扣雙扉。定睛想，頓然疑，想必冤魂到這裡，欲
> 待不去開門等他站立到天明亮，我單怪他來遲怎肯依。可憐他，冒
> 雪衝風怎經得慣，休要作梗再延遲。等他進房來見我，自有話兒向

〔註26〕王立、劉衛英《紅豆──女性情愛文學的文化心理透視》，頁 43～44。

他提。想罷一番主意定，喚鬟密引上扶梯。梅香聽說稱領命，點
燈即便下樓梯。到門前，去門被風刮進將燈吹滅，才郎悄悄進柴扉。
此刻更深無人在，諒這些鬟僕婦睡如泥。想美人，一定親自來迎
接，所以悮（誤）將婢女把來攜。吓！相公不是吓！我奉閨閣千金
命，特地前來迎接你。黑暗無燈休認錯，莫將小婢去代桃李。小姐
聞知要吃醋的，才郎聽說多局（侷）促，黑暗無燈我不知。姐姐吓！
要寬恕小生得罪你。來吓！閉戶雙雙登繡閣，二人即便上樓梯，鬟
先自來通稟。小姐此人來了。小姐是，暗暗點頭稱得知，秀才移步
將身近，多嬌不睬面朝西。小姐是，含羞帶怒深懷恨，萬種傷情兩
淚依。罵一聲薄倖的，此時約有二更餘，你還要來時做甚的？（《白
雪遺音・卷三・相逢來避》，頁172～173）

因爲外在環境的影響，在大風雪的日子，以及燈被風吹滅等因素，再加上男
子遲到的心急，還有心理先入爲主的認定丫鬟僕婦俱入睡，造成男子將婢女
錯認爲情人。詩歌中的相思錯覺，大多以女性來表現，〈正盼佳期〉即是女子
將稍書人錯認爲情人，「那人兒控背躬身尊了一聲大嫂，不是你的冤家，是替
你冤家把書信兒稍。羞的我面紅過耳，接過書來瞧瞧。」（頁143）曲中除了
透過女子因爲相思錯覺而錯認情人，呈現思念之情的急切外，更描寫了女子
因錯認後的尷尬。

　　女性由於能超脫於功名利祿，更直接地進入情感，故其成爲本眞的象
徵，使其聲音具有一種特殊的情感力量和純潔性，〔註27〕正因爲女性較男性
更容易進入情感，更具有眞的特質，所以相思主題作品，多以女性的聲音來
陳述，更呈現中國文學中，男子作閨音的現象。通俗文學除了透過相思錯覺
來表現男女相思外，更透過時感失眞、錯聽、錯認，來博君一笑，透過曲中
人物的異想天開，以及因爲情感作用下的錯聽、錯認現象，讓身處理智狀況
的讀者、聽眾，看著、聽著曲中人物種種被情感沖昏頭的舉動，達到娛樂的
目的。

二、思　嫁

　　在晚明小曲中，亦不乏男女私情相交、偷情外遇，甚至珠胎暗結者，明

〔註27〕〔美國〕艾梅蘭（Maram Epxtein），羅琳譯：《競爭的話語——明清小說中的
　　　正統性、本眞性及所生成之意義》（南京：江蘇人民出版社，2005），頁70～
　　　71。

代文學對情欲的自主追求，到了清代小曲中，除私情、偷情外，在女子思春小曲中，思嫁小曲成為清代小曲的特殊題材之一，例如〈二月春光〉、〈母女頂嘴〉即是：

> 二月春光實可誇，滿園裡開放碧桃花，鳥兒叫喳喳，哎喲！鳥兒叫喳喳。〔南詞〕姑娘房內正吃茶，忽聽的門外吹喇叭。輕移蓮步把繡房出，溜到門前看看他。又只見，燈籠火把花花轎，原來是隣舍的妹妹嫁人家。姑娘此刻把春心動，十指尖尖好難抓。自思量，怨爹媽。奴若大年紀，少一個他。又記的東家女，西家娃，他們年紀比奴小，去年已經嫁人家。〔正調〕今年見他回家轉，懷中抱著一個小娃娃，又會吃呱呱，哎喲！又會叫嗻嗻。傷心煞了我是淚如麻，不知孩子的嗻嗻，奴的他，將來是誰家？哎喲！落在那一家？（《白雪遺音・卷三・二月春光》，頁128）

> 女大思春果是真，撇嘴膀腮不稱心。扭鼻子扯臉就嘔就人。〔白〕這孩子吃的飽飽兒的，不知徃（往）那裡去了？待我去尋尋他煞。〔小上〕香閨寂寞悶昏昏，埋怨爹媽老雙親。〔白〕閨門幼女常在家，不見提親未吃茶。心想意念不由己，我那爹媽話話口兒也不提。我呀！今年二八一十六歲，我阿爸在湖口使船。長上蘇杭來往，扔下我母女二人，長伴在家，教我等到多偺。〔剪靛花〕阿二背地自沉音，埋怨阿爹老娘親，糊塗老雙親。噯喲！躭悮（誤）我正青春。〔正白〕啊！你背地自言自語，敢是埋怨我哩！〔小白〕不埋怨你埋怨誰？〔正白〕我和人家說過幾次，人家都不要你，教我怎樣煞？〔小白〕不要我，我頭上脚下人才比誰平常麼？〔正白〕好，樣樣都是好的，人家就是不要你。〔小白〕不要我？要你！要你！〔正白〕人家要我這大老婆子做甚子？〔小白〕要你燒火吃飯。〔全唱〕母女房中把禮分。〔正〕茶飯不吃為何因？這兩日你短精神。瞪著兩眼光出神。〔小〕今年我二八一十六歲，那先生算我正當婚。怎不叫我出門，那姑爹是何人？〔正〕媽媽開言道，我那疼疼子你是聽。十五十六還年輕，不該你出門，為娘害心疼。……〔小唱〕諕晦老親媽，糊塗老人家。留在我家裡做甚麼？我若狠一狠，可就偷跑了罷，跑去出了家，削去頭上髮。……〔唱〕不論窮富，找一個主兒，嫁夫招主，吃碗現（現）成飯。又有地來又有田，終身有

　　靠樂了我個難。(《白雪遺音‧卷三‧母女頂嘴》，頁 113～114)
在《白雪遺音》的思春女子中，以思嫁的小曲最多，如〈二月春光〉是因鄰
家嫁女，而春心動，起了思嫁之心。〈母女頂嘴〉則是母女的一段對答，女兒
怨母親「耽誤我正青春」，而母親則反駁「我和人家說過幾次，人家都不要你，
教我怎樣煞」，女兒則說算命先生說她「二八一十六歲，那先生算我正當婚」，
怨母親不讓她出門，並威脅「我若狠一狠，可就偷跑了罷，跑去出了家，削
去頭上髮。」不禁讓母親嘆道「這孩子，爲想婆家得了痰氣了。」曲中透過
母女兩人的對答，呈現出女子情欲自主的一面。而〈對菱花〉是女子對鏡自
憐，如此美貌竟無人聘媒，一時氣憤，摔碎了菱花鏡。〈琴棋書畫〉中羅列典
故，其內容則是女子因慕紅拂夜奔李靖而冷落了琴、棋、書、畫，盼天成就
佳偶。〈又獨自一人〉寫閨女照鏡自憐，盼月媒成雙配偶。〈風流俊俏〉是十
八年華的少女，埋怨爹媽留她未嫁，想偷跑又怕人笑話的複雜心境。〈正思春〉
是女子怕耽誤青春，留成了精而受人笑話。而在〈桃紅柳綠〉中的女子甚至
表明了「欲圖尋個風流客」，只因「慾火難禁怎抵當」，大膽的表達出自己的
欲望。

三、婚外情

（一）偷情

　　「偷情」泛指各種非法的性關係，它基本上可分爲未婚犯姦和已婚犯姦
兩種類型。〔註 28〕偷情外遇這類的題材，在晚明文學中已屢見不鮮，如話本
〈蔣興哥重會珍珠衫〉、《金瓶梅》等，呈現出人對情欲的難以自持。在明代
小曲中，亦有不少夫瞞妻、妻瞞夫偷情的作品，所以自古以來，偷情之事層
出不窮。而在清代小曲中，此類作品也成爲男女私情的主要題材之一。

1. 夫偷情

　　馮夢龍曾在《掛枝兒‧耐心》的尾批寫道：「《雪濤閣外集》云：『妻不如
妾（夾批：描盡世情），妾不如婢，婢不如妓，妓不如偷，偷得著不如偷不著。』
此語非深於情者不能道。」〔註 29〕此番話描繪出人性心理，道盡世情。在妻
妾制和娼妓制並存的中國古代中，所謂的非法性關係對男人的約束實際上十
分有限，眞正受到全面限制的只是婦女。所以，性關係是否非法，主要取決

〔註 28〕康正果：《重審風月鑑》（台北：麥田出版，1998），頁 215。
〔註 29〕〔明〕馮夢龍：《掛枝兒‧私部一卷‧耐心》尾批，魏同賢主編：《馮夢龍全
　　　　集》（42）（上海：上海古籍出版社，1993），頁 4。

於女方的身分，男人只是在私通他人妻妾的情況下才被認爲犯了不可饒恕的
罪行。〔註30〕例如〈我爲你來〉便可能是男子爲偷情，而不顧家人反對的作
品：

> 我爲你來把家撇下，我爲你來撇下了家。我爲你，結髮夫妻不說話。
> 我爲你，爹娘的面前曾挨罵。閒言閒語，受了多少的腌臢。實對你
> 說了罷，時時刻刻把你擱在心坎上掛。是怎麼，睡裡夢裡放不下。(《白
> 雪遺音・卷二・我爲你來》，頁76)

從這首小曲前三首〈我今要去〉、〈我今去了〉、〈我迷了你〉參照看來，〈我爲
你來〉應爲男子對妓女的表情，尤其〈我今要去〉一曲：「我爲頑耍，你圖生
涯，講相好，除非備下千金價。」(頁76)故此首小曲應爲男子迷戀妓女，因
而拋家、遭受家人冷落責罵，卻依然甘之如飴。

　　如果說〈我爲你來〉是男子不畏輿論堅持偷情，那麼〈叫聲情郎〉則是
從妓女角度來寫偷情：

> 叫聲情郎醒來罷，醒醒喝上一盃煖茶。喝了茶，打個燈籠回去罷。
> 你的那令尊令堂，盼你還家；你那令正夫人，吃醋的心腸將你罵。
> 他問你，就說在隣家閒說話。若要說是在奴家，你受嘟嚷奴挨罵。(《白
> 雪遺音・卷二・叫聲情郎》，頁85)

〈叫聲情郎〉一曲彷彿與〈我爲你來〉對話，透過妓女口吻要偷情男子快回
家，避免家人擔心與責罵，以及大眾輿論的壓力。

2. 妻偷情

　　對於中國古代社會，丈夫偷情似乎是家常便飯，妻子偷情便禮法難容，
但在通俗文學中，寫妻子偷情的作品卻屢見不鮮，這顯然與民眾的窺淫欲有
關，透過閱讀、聆聽婦人偷情的的通俗文學，以滿足自己的幻想，又不用負
擔其法律責任，是故，這類婦人偷情的作品廣泛流傳。而流行於市井的民間
歌謠，亦有不少描述婦人偷情的小曲：

> 恨將起來把杜康罵，造下了美酒，醉壞了冤家。醉的他，胡言胡語
> 將奴罵，踮不住，一頭撞在奴懷下。幸喜我的兒夫，無有在家。若
> 在家，這個亂子比天還大，叫情人，把個燈籠回去罷。(《白雪遺音・
> 卷二・恨將起來》，頁86)

這首小曲透過意外來開端，情人因醉酒而意外來到，碰巧婦人的丈夫、孩子

〔註30〕康正果：《重審風月鑑》，頁215～216。

不在，使得婦人偷情的事實得以繼續掩蓋，呈現出無巧不成書的敘事模式。婦人偷情一般都怕被人發現，但偶而也有例外，例如〈偷情〉即是：

> 情人進房床邊坐，你要如何？冰冷的手兒，將奴的咂咂摸，唬奴一哆唆。摸的奴，渾身上酸麻實難過，不顧針線活。問情人，膽戰心驚怕那一個？你忒疑心多。上無有公婆，又無有兄弟，就是那隣舍，也管不著你我，誰來把姦捉。我那當家的實是一個痴呆漢，怕他做甚麼？倘若是碰見了，你就說俺娘家兩姨哥，特來瞧瞧我。（《白雪遺音・卷一・偷情》，頁34）

這曲偷情小曲顯然帶有嘲弄的意味，除了滿足讀者、聽眾禁忌的心理外，「我那當家的實是一個痴呆漢」、「倘若是碰見了，你就說俺娘家兩姨哥」亦達到了嘲弄戴綠帽猶不自知的丈夫，以及肆無忌憚地紅杏出牆猶不知羞的妻子。

3. 未婚男女偷情

在偷情的故事中，內外、男女之間的障礙通常被描繪為嚴密的門牆，因而踰牆的母題便是通姦者慣用的計謀。〔註31〕自先秦以來，踰牆便是一典型的偷情動作，從《詩經・鄭風・將仲子》：「將仲子兮，無踰我里，無折我樹杞。豈敢愛之？畏我父母。仲可懷也，父母之言，亦可畏也。」〔註32〕到《西廂記》張生踰牆，門牆成為禮教的象徵，透過踰牆的舉動打破禮教之防，以成男女私情。而這種踰牆母題的偷情模式，亦呈現在小曲之中：

> 姐在園中採蓮苔，大胆的書生，茉莉花兒開！撩進磚頭來，哎喲！撩進磚頭來。你要蓮苔奴房裡有，你要風流，茉莉花兒開！風流晚上來，哎喲！風流晚上來。

> 你家墻高門又大，鐵打的門閂，茉莉花兒開！叫我怎進來，哎喲！叫我怎進來。

> 我家墻外有一棵梧桐樹，你手攀著梧桐，茉莉花兒開！跳過粉墻來，哎喲！跳過粉墻來。你在園中粧（裝）一聲貓兒叫，奴在房中，茉莉花兒開！

> 情人進房來，哎喲！情人進房來。房門口一盆洗腳水，洗腳盆上，茉莉花兒開！放著好撒鞋，哎喲！放著好撒鞋。梳粧臺上一碗參湯在，你吃一口參湯，茉莉花兒開！

〔註31〕康正果：《重審風月鑑》，頁241～242。
〔註32〕〔唐〕孔穎達，〔清〕阮元審定：《毛詩正義》，《十三經注疏》，頁162。

情人上床來，哎喲！情人上床來。青紗帳中掀起紅綾被，鴛鴦枕上，

茉莉花兒開！情人赴陽臺。（《白雪遺音·卷三·採蓮苔》，頁 130～

131）

張生藉著垂柳踰牆，〔註 33〕曲中書生則透過女子提點，攀著梧桐樹踰牆，並

以貓叫為暗號。在這類踰門牆的偷情模式中，貓與狗叫成為男女偷情的暗號，

例如〈夜至三更〉便是以貓叫為暗號「聰戶外面學貓叫」（頁 38～39）；〈哈叭

狗兒〉（頁 39）則是以狗叫為暗號。偷情男子透過踰越禮教的外牆，暗號為媒

介，登堂入室。而未婚男女間的偷情，因畏懼禮教之防，所以必須偷偷摸摸，

〈害怕〉一曲便道盡其偷情心理：

佳人對鏡把頭梳，背後情郎瞅著奴。郎吓！往常看你多歡悅，為何

今日雙鎖眉尖言語無？郎君聽，把手搓。一來怕你爹娘多利害，二

來你同胞姊妹兄弟多。你家中僕婦使婢耳目眾，外面還有幾個浮徒

守著我。姑娘聽，笑哈哈！你枉作男兒大丈夫，你看那！山中樵子

何曾日日遇猛虎，忙裡偷閒望望奴，怕不了那許多。（《白雪遺音·

卷三·害怕》，頁 169）

正如〈將仲子〉所云，偷情男女畏懼家庭與社會輿論壓力而害怕，而有趣的

是，〈害怕〉一曲透過女子之口嘲弄偷情男子，既想偷情又懼怕社會壓力。在

未婚男女的偷情中，家長習慣以婚姻關係將其包裝起來，把非禮的行為導入

禮的規範，例如〈賞端陽節〉一曲即是：

端陽節放石榴紅，風月書生到繡房中。但見多嬌身獨坐，芙蓉臉上

起愁容。動問娘子因何事，有何心事不寬胸。咳！奴家想起從前事，

怃（懊）悔與君暗裡通。雖然成就風流事，却不道，銅杓聲音當不

的鐘。倘或爹娘與我將親對，你在西來我在東。才郎聽，喚嬌容，

此事何難甚易容。待小生說與爹娘曉，央一個能說話的月老翁。求

庚帖，就傳紅，選一個良辰娶你到家中。堂堂正正完花燭，倒鳳顛

鸞喜氣濃。我勸你，得寬胸處且寬胸，今朝乃是端陽節，日辰相犯

忌楊公。惡日難成風流事，只好暢飲雄黃酒幾盅，品簫吹笛弄絲桐。

（《白雪遺音·卷三·賞端陽節》，頁 177～178）

端午節是為惡日，清代《清嘉錄》便記載了清中葉端午節習俗：「五月，俗稱

〔註 33〕〔元〕王實甫，〔清〕金聖嘆批點，張建一校注：《第六才子書西廂記·鬧簡》：

「（張生）手挽著垂楊，滴溜撲碌跳過牆去，抱住小姐。」（台北：三民書局，

2005），頁 228。

惡月，多禁忌。……研雄黃末、屑蒲根，和酒以飲，謂之『雄黃酒』，又以餘酒染小兒額及手足心，隨洒牆壁間，以袪毒蟲。」〔註34〕曲中女子在惡日憂愁風流事，男子則期望通過婚姻的形式把未婚男女的偷情重新納入社會秩序，以法律的名義把私下的「玷」轉化為公開的「佔」，讓偷情的非禮行為得以畫上道德愉悅的句號。〔註35〕使曲中女子的憂慮在婚姻的包裝下，得到合禮且合法的保障。

　　在年輕男女偷情之後，免不了可能會導致懷孕的後果，因偷情而懷孕的主角大多為未婚女子，這可能是未婚女子多不諳避孕。小曲則透過未婚女子無知的言語以達到笑謔的效果：

> 自從那日相交上，與你頑耍受了點風涼。小肚子不覺有些膨膨脹，我的娘，說我不像人模樣。是病兒還好，是胎兒難當。我的俏寃家，我這條小命兒活活坑在你身上，我這條小命兒活活坑在你身上。(《白雪遺音·卷二·小肚子脹》，頁108)

透過「與你頑耍受了點風涼」、「小肚子不覺有些膨膨脹」等女子無知的語言，以達到娛樂讀者、聽眾的目的。而在偷情有孕之後，除了透過婚姻讓其行為合法化外，便只能將胎兒打掉，以免被人發現：

> 秋季庭前黃葉飄，風流男女赴桃天。事完彼此身疲倦，姐把情郎背上搖。郎吓！奴家一朵含花蕊，被你這遊蜂採幾遭。不轉經期三個月，腰粗乳大又胸高。腹中定有你的根苗在，怕只怕，早晚爹娘看破了。那時節，有氣淘，家法凶時怎肯饒。你却只顧尋歡不圖患，也應該，商量平安大家好。郎聽說，喚多嬌，些須小事犯急躁。卑人早已安排定，母子分離葯一包。吃下去，打掉了，風不吹來樹不搖，何須著急動心焦。(《白雪遺音·卷三·打胎》，頁177)

這首小曲先透過女子懷孕的憂慮，以及「你却只顧尋歡不圖患」的抱怨，帶出男子「早已安排」的計畫。而另一首〈打胎〉則以男子閒散輕鬆的語調：「待我去買服靈丹妙藥來吃下去，落了胎，也無禍來也無災。」(頁177)點出偷情之後的禍患，以及男子在偷情中只圖歡娛，不顧女方身心的自私的形象。

　　在《白雪遺音》中已婚偷情的女性，往往害怕被丈夫發現；而未婚的女子，則往往要情郎快走，免得被父兄知曉，若是珠胎暗結，則害怕母親看出。

〔註34〕〔清〕顧祿：《清嘉錄·卷五》，頁1、4。
〔註35〕康正果：《重審風月鑑》，頁221。

即使偷情必須承受龐大的壓力，但仍然抑止不了人們對情慾的熱烈追求。思春、偷情類的小曲可能是預設了男性觀點，為妓女取悅恩客而歌，然而，蔚為流行的小曲，在衛道人士的起而撻伐謂之「淫詞小曲」，〔註36〕官方列為成為禁書之後，〔註37〕小曲中對情慾自主追求與現實生活的關聯性，可見一斑。

（二）歡情

在男女情詞之中，其內容不脫男女相思、男歡女愛，而以妓女、優童為主要傳播者的小曲，其男歡女愛的歌謠不免帶有交易的成分，男女情慾的活動成為一種營利的行為，甚至傳播男女情慾活動的小曲也成為一種商品，例如〈燈下笑解〉、〈玉美人〉便充分展現出秦樓楚館中，作為商品化的性與身體：

> 燈下笑解香羅帶，遮遮掩掩換上睡鞋。羞答答，二人同把紅綾蓋。喜只喜，說不盡的恩與愛，櫻桃口咬杏花腮。可人心，月光正照紗窗外，好良緣莫負美景風流賣。（《白雪遺音·卷二·燈下笑解》，頁85）

> 玉美人兒纔十六，挽了挽烏雲，欲梳油頭，露出了，鮮紅的兜兜雪白的肉。勾惹的年輕的玉郎望上湊，手扶著肩膀，要吃個舌頭，佳人便開口，哎喲！你莫要瞎胡摟，梳罷油頭，再去風流，哎喲！玉郎說，這陣慾火實難受，木梳往桌案上丟，哎喲！顧不的兩手油，垂下帳幔，落下金鉤，哎喲！他二人，重入羅幃把佳期湊，二人到了情濃處，口對著香腮，叫聲乖乖又叫聲肉。（《白雪遺音·卷二·玉美人》，頁95）

在〈燈下笑解〉一曲中，女性肉體如同商品一般，被男性開封拆解；而男女情慾的風流行為亦如同商品，是可計價而賣的。這兩首小曲亦呈現出「食」與「色」的關係，性慾與食慾被連結在一起，呈現出妓女為食而色，出賣身

〔註36〕李孝悌：〈十八世紀中國社會中的情慾與身體──禮教世界外的嘉年華會〉，《中央研究院歷史語言研究所集刊》第72卷第3期（2001年9月），頁581～588。

〔註37〕〔清〕李瀚章：《大清律例彙輯便覽·刑律賊盜上·造妖書妖言》：「凡各處坊肆有將淫詞、小說及一切搆訟之書，違禁撰造，刊刻售賣者，係官革職，買看者係官，罰俸一年，俱私罪。如該地方官不行查出銷毀，每次罰俸六個月，公罪。若明知故縱者，降二級調用，私罪。」頁2903。

體以求衣食。同時，曲詞以食喻色，將身體比做食物，強調出曲中的性飢餓含義。〔註38〕是以，在流行於妓院的小曲中，性與身體不僅被當成商品消費；同時，也被當成食物需求。

　　在男女情感與肉體欲望之外，流行於城市的小曲更揭露出「人生四戒」為人們的欲望根源，《白雪遺音》中「酒色財氣」這組小曲則以兩兩對照的內容，呈現出「酒色財氣」為人民所好：

> 和風吹動百花魁，李太白好酒又貪杯。高力士脫靴將詩做，貴妃敬酒飲三盃。唐王寵，有光輝，醉倒金鑾甚施威。後來是水底撈明月，滿腹文章一筆勾，勸君莫貪杯。

> 酒能遣興又消愁，杜康家住曲江頭。李白斗酒詩百首，洞賓三醉岳陽樓。金貂鮮，玉佩留，原是神仙祖代收。勸君飲盡杯中物，萬事無非一醉休，憂愁頃刻丟。（《白雪遺音·卷三·酒》，頁162）

> 開放池蓮夏景天，好色貪花呂奉先。王司徒巧設連環計，使他父子不周全。貂嬋女，淚漣漣，恨呂布有勇無謀少主見。後來是白門樓下斬呂布，可惜英雄美少年，勸君莫近姦。

> 色是靈丹妙藥方，張生扶病去跳粉牆，范蠡兩次把西施訪，唐王榮寵貴妃娘。櫻桃口，蘭麝香，消金帳內敘鴛鴦。奉勸世人極早尋歡樂，不可錯過好時光，青春不久長。（《白雪遺音·卷三·色》，頁162～163）

> 丹桂飄香秋景殘，積玉堆金沈萬三。洪武將他來盤算，問軍發配到雲南。途中苦，實悽慘，一路行來淚怎乾。萬貫家財成何用，不如一日有三飧，可保一身安。

> 財能壯膽逞威風，伍子胥鬧寶在臨潼。人人笑罵劉窮鬼，處處聞名小鄧通。珍珠傘，錦屏風，金谷園中富石崇。有錢使的人鬼動，白目監生納州同，買個小子稱相公。（《白雪遺音·卷三·財》，頁163）

> 黃菊葉落又轉冬，洞賓飛劍斬黃龍。黃龍老祖神通大，兩劍飛來盡落空。三步擺，到茅蓬，祈求老祖量寬洪。老祖念下幾句神門語，洞賓乏趣臉通紅，道法廣無窮。

〔註38〕李明軍：《禁忌與放縱──明清艷情小說文化研究》（濟南：齊魯書社，2005），頁225、235。

> 怒髮衝冠萬丈高，許眞君肩背斬龍刀。蘇秦奮怒不到秦邦去，張飛
> 獨擋霸陵橋。鐵力奴把庄敲，纔算男兒胆氣豪。勸君須要爭名利，
> 關公獨自赴單刀，萬代稱英豪。(《白雪遺音·卷三·氣》，頁 163)

第一首從勸戒的觀點出發，第二首則透過翻案手法，〔註39〕從快樂美好的角度來看，在酒上，一方面「勸君莫貪杯」，又言「勸君飲盡杯中物，萬事無非一醉休，憂愁頃刻去」；在色上，一方面「勸君莫近姦」，又言「奉勸世人早尋歡樂，不可錯過好時光，青春不久長」；在財上，一方面感嘆「萬貫家財有何用」，又言「有錢使的人鬼動」；在氣上，一方面說「洞賓乏趣臉通紅，道法廣無窮」，又言「勸君須要爭名利，關公獨自赴單刀，萬代稱英豪」。在酒色財氣上，一面勸戒，一面要人恣意享樂，呈現出通俗文學面對情欲的矛盾，在喜言情欲的同時，不忘包裝著道德勸戒的外衣。

第三節　追求名利

晚明資本主義的萌芽，經濟打破傳統模式而趨向商業化，市民階層的民生日用無一不與商業相關，在商業活動繁盛的市井之中，市民已不能滿足基本生養的需求，人民的價值觀已然趨向逐利，而在思想價值趨向功利取向之際，民間小曲亦呈現出市民階層自利的價值傾向：

> 一年四季常在外，叫人掛懷。在外的人兒，爲的是錢財，費力爭來。
> 爲錢財，拋家失業把家鄉賣，勞苦命中該。一路上，猛風吹來烈日
> 晒，風塵實難挨。走了些深山，過了些湖海，險峻眞可駭。只落的，
> 遊山玩水開眼界，到處是放懷。這才是，前生少下路途債，一世爲
> 求財。(《白雪遺音·卷一·常在外》，頁 24)

曲中呈現出市民階層爲錢財奔波勞苦，不諱言自己人生目的爲求財。「細想想，人生不過爲名利」成爲百姓的價值觀，更甚的，在窮困潦倒之際，遂有「勸人生，莫把銀錢看得渺」的感慨，明顯呈現出利對老百姓的重要性。

在金錢觀上，人民重視足衣飽食之外，更希望身有餘財，光基本生養已經不能滿足一般百姓。而在功名層面上，老百姓更希冀能出將入相：

> 喜只喜的烏紗帽，兩翅高搖。愛只愛的大紅蟒袍，腰中帶一條。喜

〔註39〕 張繼光：〈明清小曲曲文傳衍之類型及原因析探〉認爲：「『翻案』則目的在故意去變化翻轉原來曲意，以產生不同曲意的異文變衍。」載於《興大人文學報》第 37 期（2006 年 9 月），頁 25。

只喜,象牙笏板懷中抱,清晨早上朝。愛只愛,黃羅傘罩八抬轎,
旗幟前頭飄。喜的是封侯,愛的是當朝,天子重英豪。喜只喜,出
將入相三聲炮,鼓樂鬧吵吵。愛只愛,十三棒銅鑼來開道,人人站
起來睄。(《白雪遺音·卷一·烏紗帽》,頁25)

喜愛功成名就,出將入相,「享榮華,受富貴,金玉滿堂代代近君王」成為人
民的人生願望,甚至讀書人也把「上京求功名」視為最終目的。

在《白雪遺音》中的兩組小曲明顯表達出「福祿壽喜」為民所求:

大將南征胆氣豪,福星頭上戴金貂。千金難買人間樂,頃刻平步上
雲宵。龍鳳鼓,景陽鼓,文武百官上早朝。執笏當胸朝天子,朕與
先生解戰袍。

福鎮山河姜子牙,登臺拜帥實堪誇。文王托孤稱相父,周朝八百享
榮華。御賜龍鳳金鐧對,御筆親題妙讚他。上聯是,興周開國元勳
府;下聯是,滅紂安邦宰相臣。(《白雪遺音·卷三·福》,頁161~
162)

雪消華月滿仙臺,祿星懷內奉嬰孩。天上麒麟原有種,張仙送子下
凡來。離仙府,步瑤堦,纏得連環金鎖開。雙鳳雲中扶輦下,六鰲
海上駕山來。

祿是南清八大王,忠心耿耿在朝綱。不願朝中立帝位,願作駕海紫
金樑。一心只要除奸佞,喜只喜忠孝與賢良。文武官齋祝他,壽同
山岳永。果然他,福共海天長。(《白雪遺音·卷三·祿》,頁162)

金殿當頭紫閣重,壽星老祖出仙宮。肩背太極圖一副,後面相隨二
仙童。騎白鶴,駕騰空,鴈翎緊對一江風。萬物靜觀皆自得,四時
佳興與人同。福祿壽三星,齊到畫堂中。

壽比南山佘太君,龍頭拐杖感皇恩。上朝不用山呼禮,使兒們前來
扶了行。對對金童斟壽酒,雙雙彩女棒金樽。這叫作,天增歲月人
增壽,春滿乾坤福滿門。(《白雪遺音·卷三·壽》,頁162)

喜氣為官郭子儀,登臺拜帥去平西。殺退了安祿山四朝轉,文官武
將把頭低。朝金闕,步地基,朕與先生解戰衣。封卿出將入相雙官
誥,七子八壻(婿)耀門閭,御賜他,福祿壽喜四皆齊。(《白雪遺
音·卷三·喜》,頁162)

在「福祿壽喜」這組小曲中，分別各以一人物作爲代表：其所謂福者，即「滅紂安邦宰相家」的姜子牙；〔註40〕其所謂祿者，即「南清八大王」；〔註41〕其所謂壽者，即「龍頭拐杖感皇恩」的佘太君；〔註42〕其所謂喜者，即「封卿出將入相雙官誥」的郭子儀。〔註43〕助周文王、武王伐紂的姜子牙、救太子撫養的南清八千歲、率眾征西的佘太君、平安史之亂的郭子儀等典型人物，置入「福祿壽喜」的小曲中，呈現出人民心中「福祿壽喜」的具體表現，便是成爲協助君王安邦定國的忠臣。這些人歷經曲折與磨難，最終功成名就享榮華，代表世俗生活的最高理想，是百姓心目中的理想人物，他們有現實人生的體驗、情感和願望，受客觀時空條件和環境制約，因而容易得到現實中的觀眾認同；同時，他們又有普通人所不及的超凡性、優越性，使一般老百姓在閱聽小曲時，得到了快樂、安慰與虛幻的滿足，所以小曲中對功名富貴的誇耀，便意味著普通大眾對改變生存狀況的渴望。在小曲中把理想人物作爲民眾的楷模，在娛樂中實現勸世和教化功能，是通俗文學的主要特徵。〔註44〕而在列舉的四名典型人物中，高官厚祿，子孫皆顯貴於朝廷的郭子儀更是人民心中最嚮往的典型。

第四節　對社會權力的批判

「如果說明代的情慾美學的特色在浪漫，清代情慾美學的特色便在批判。」〔註45〕例如《牡丹亭》便充滿了青春浪漫的氣息；而《紅樓夢》則表現出對階級倫理的批判，然而明清的情慾美學不僅僅只表現在小說、戲曲之中，在民歌小曲中亦呈現出截然不同的情慾美學，以明代的《掛枝兒》、《山歌》來看，其

〔註40〕〔漢〕司馬遷：《史記・齊太公世家第二》記載姜子牙善計謀，助周王天下。（台北：鼎文書局，1987），頁1477～1481。

〔註41〕〔清〕石玉崑：《三俠五義・設陰謀臨產換太子　奮俠義替死救皇娘》記載南清宮八千歲救太子事蹟。（台北：世界書局，1979），頁1～7。

〔註42〕〔明〕紀振倫：《楊家將演義》敷寫楊北宋時期楊家一門忠烈，佘太君率眾攻打通明殿事蹟（台北：三民書局，2002）。佘太君奏請十二寡婦征西事見《十二寡婦征西》，《明清善本小說叢刊續編》（台北：天一出版社，1990）。

〔註43〕〔宋〕歐陽修、宋祁等：《新唐書・列傳第六十二》記錄郭子儀平安史之亂，顯貴於朝廷的事蹟。（北京：中華書局，1975），頁4599～4609。

〔註44〕石育良：〈車王府曲本與民眾的人生理想〉，《車王府曲本研究》（廣州：廣東人民出版社，2000），頁93、101、108。

〔註45〕胡健：〈清代情慾美學論略〉，《通化師範學院學報》第22卷第1期（2001年2月），頁81。

中充滿著笑謔的語調，諷刺的對象除了那些表裡不一的山人之外，便是那些出賣身體的妓女與變童；而清代的《白雪遺音》則帶有同情與批判的特質，是下位者對上位者的批判，諷刺的對象轉爲讀書人、父母與官吏。

一、對讀書人的嘲弄

　　宋明理學標舉「存理滅欲」，然而過高的道德標準形同虛設，高度理想化的道德標準與現實人性發生脫節，晚明經濟的繁榮，市民文化的興盛，王學末流的推波助瀾，促使道德逐漸異化，形成一股假道學的風氣。其實儒學與官學體系緊密結合後，儒學即面臨本身的異質化危機，「君子謀道不謀食」的儒學，事實上是在「利祿之途使然」的情況中發展起來的，儒學的超越流俗性格、理想色彩、學以爲己的態度，均已失落，不復存在，整個社會上對讀書的目的與意義，即是讀書，識字，作文章，以應科舉，然後任官，成爲位高祿厚之人。〔註46〕

　　在儒學道德異化的危機之下，假道學風氣盛行，而這股假道學的風氣也吹進了小曲之中，明馮夢龍輯評《掛枝兒》、《山歌》，也不忘把沽名釣譽的山人收錄其中：

> 問山人，並不在山中住。止無過老著臉，寫幾句歪詩，帶方巾稱治民到處去投刺。京中某老先。近有書到治民處。鄉中某老先。他與治民最相知。臨別有舍親一事干求也，只說爲公道沒銀子。（尾批：描盡山人伎倆，堪與張伯起先生山人歌並傳。余又聞一笑話云：「有謁選得獨民縣知縣者，一日，縣公出，獨民負之而行。至中途微雨，縣公吟曰：『命苦官卑沒奈何，紛紛細雨一人馱。』後二句未就，獨民請續之云：『口中喝道肩擡轎，手拖板子腳奔波。』縣公曰：『到也虧你。』獨民遽放縣公于地，對之打一恭而言曰：『不敢欺，其實本縣的山人也就是小的。』嗚呼！此詩眞堪做山人，山人只合擡知縣也。孔子嘆觚不觚，余悲夫山之不山，而人之不人，故識之如此。」）

〔註47〕

晚明士風浮靡，許多人以山人自居，將山人視爲當官的終南捷徑，但行爲卻

〔註46〕 龔鵬程：〈腐儒、白丁、酸秀才——市井笑談裡的讀書人〉，《人物類型與中國市井文化》（台北：台灣學生書局，1995），頁9～10。

〔註47〕 〔明〕馮夢龍：《掛枝兒·謔部九卷·山人》，魏同賢主編：《馮夢龍全集》（42），頁258～260。

與山人不一，所以許多通俗文學便以山人爲嘲諷對象。明沈德符（1578～1642）
《萬曆野獲編》亦對「山人」有所記載：

> （萬曆年間）恩詔內又一款，盡逐在京山人，尤爲快事。年來此輩
> 作奸，妖詭百出，如逐客鳴冤錄，僅其小者耳。昔年吳中有山人歌，
> 描寫最巧，今聞之未能得其十一。……山人之名本重，如李鄴侯僅
> 得此稱。不意數十年來出遊無籍輩，以詩卷遍贄達官，亦謂之山人。
> 始於嘉靖之初年，盛於今上之近歲，吳中友人遂有作山人歌曲者，
> 而情狀著矣。〔註48〕

如沈德符所描述萬曆年間山人橫行之際，馮夢龍亦透過輯評民歌小曲發名教
之僞，以絕假純眞的小曲，批評假道學的言行不一，而《掛枝兒》、《山歌》
各收一首的〈山人〉，即是馮夢龍眼中言行不一的僞君子。在晚明之際，「山
人」成爲求取功名的終南捷徑，眾多徒具山人名號，卻早已失去山人本質的
人，成爲時與小曲諷刺的對象。

　　傳統儒學諱言利，然而卻視讀書做官、爲仕求富，係爲士之當然，所以，
在此言行不一的情況下，假道學瀰漫成風。〔註49〕儒學在傳統標準與現實脫
節後，清儒尋求符合時代需求的新尺度，重新看待人欲，「凡事爲皆有於欲，
無欲則無爲矣！有欲而後有爲。」〔註50〕轉向重視現實世界與通情遂欲的合
理性。不同於晚明諷刺言行不一的假道學，清儒重視人欲，肯定自利，只要
「君子明於義利，當趨而趨，當避而避。其趨者，利也，即義也；其避者，
不利也，即不義也。」〔註51〕突破義利對立的模式，認爲求利須合於義，追
求義利合趨。

　　然而，在肯定人欲的價值觀下，清代小曲對儒教中人的諷刺對象，從言
行不一的山人轉到求利而害義的秀才。二首〈秀才嫖〉藉由秀才與妓女的問
答，表現出秀才恬不知恥的行徑：

> 進得門來把手捏，我是個秀才，你接也不接。接了我，錦繡文章與
> 你談風月，講知心，知疼知冷又知熱，要甚麼情書，立刻就寫。要

〔註48〕〔明〕沈德符：《萬曆野獲編・卷二十三・山人》，《元明史料筆記叢刊》（北京：中華書局，1997），頁584～585。
〔註49〕張麗珠：《清代新義理學——傳統與現代的交會》（台北：里仁書局，2005），頁245～255。
〔註50〕〔清〕戴震：《孟子字義疏證・卷上・權四》，頁13。
〔註51〕〔清〕劉寶楠：《論語正義》，《清人注疏十三經》（五）（北京：中華書局，1999），頁89。

銀錢，等我包攬著詞訟將你謝，要銀錢，等我包攬著鎗手把你謝。

佳人聽說抿嘴笑，既是個秀才不該來嫖，既來嫖，或是錢來或是鈔。風月中，誰人與你瞎胡鬧，講甚麼文章，論甚麼道學。奴不是，御筆親點的提學道，奴不是，御筆親點的提學道。（《白雪遺音・卷二・秀才嫖》，頁 108〜109）

曲中除了呈現出當時秀才不專心致力於學問，更顯現出文人只知作風月文章，不留心於家國政治，只知靠健訟、當鎗手獲利取財，其行為表現顯然「不合宜」、「不合義」，求名逐利勝過內在心性道德修養，充分表現出清代文士的墮落，而功名可藉由鎗手代為取得，亦呈現出政治的腐敗。沈德符《萬曆野獲編》：「國朝士風之敝，浸淫於正統，而靡潰於成化。」〔註52〕明代中後期，士風開始趨於敗壞，當時江南人士好打官司，每遇有糾紛，往往請讀書人出謀劃策，書寫狀紙，起訴應訴，通過公堂來解決，而「健訟」不僅反映了人民勇於透過法律解決糾紛，還反映出政治腐敗、規範失控，爭訟日益興盛，訟師顛倒黑白，讓流氓無賴通過刁告誣陷敲詐錢財。〔註 53〕而《白雪遺音》收錄此曲亦顯示，健訟的風氣已由晚明流行至清代；由南方擴散至北方。〈秀才嫖〉以秀才不合宜的行為，違背他的本分與社會期待形象，成為市井百姓們訕笑的對象，並在笑謔中予以諷刺。有趣的是，妓女的回答除了表現出妓院重財重利的現實外，更大大諷刺了文人，只會在秦樓楚館中與妓女談道論學，行徑卻與妓女無異。

市井文化對讀書人的偏見或定見，傳達了傳統社會對讀書人的「定型視野」（stireotype），而缺乏特徵與個性。〔註 54〕在小曲之中，讀書人成為市井流俗所嘲諷譏謔的對象，其偏見反映了部分的事實，同時也代表了儒學權力的失落。兩首〈秀才嫖〉呈現妓女對秀才的嘲弄，代表著名教的墮落；而以下所引小曲則透過讀書人對丫鬟、船娘、妻子的言行，刻畫出市井文化中「讀書人」的形象。〈戲婢〉一曲便是秀才與丫鬟的對答：

秀才燈下看春秋，裡面走出一個俏丫頭，十指尖尖把香茗送，柳葉

〔註52〕〔明〕沈德符：《萬曆野獲編・卷二十三・士人無賴》，《元明史料筆記叢刊》，頁 541。

〔註53〕陳江：《明代中後期的江南社會與社會生活》（上海：上海社會科學院出版社，2006），頁 342〜343。

〔註54〕龔鵬程：〈腐儒、白丁、酸秀才──市井笑談裡的讀書人〉，《人物類型與中國市井文化》，頁 17。

眉邊含帶羞。雖是含花多姣美，看他年輕甚風流。我是欲想與他成
美事，鴛鴦枕上兩綢繆。那書生，笑盈盈，將髻頭一把來扭住，摟
抱在懷兜。那髻頭，急吼吼，臉帶羞，叫一聲相公莫動手。相公啊！
你是個孔聖門下斯文客，因何少讀詩書禮不周。倘被你同輩文人來
知曉，說你品行實在邱。況且裡面娘娘多嚴禁，被他知道怎干休。
拷打我髻頭只算得平常事，相公難免一場羞。勸相公，守分勤把書
來讀，且把心猿意馬收，須想將來占鰲頭。（《白雪遺音·卷三·戲
婢》頁 166～167）

〈戲婢〉透過丫鬟之口，對讀書人的言行不一予以嘲諷：「相公啊！你是個孔
聖門下斯文客，因何少讀詩書禮不周。倘被你同輩文人來知曉，說你品行實
在邱。」延續晚明以來儒學本質的異化，名教開始墮落，文人的言行不一，
成為通俗文學極力嘲諷的對象。此首小曲不僅反映了奴婢私產化的情況，婢
女甚至可能成主人狎玩的對象，以及遭受女主人拷打的處境。例如《紅樓夢》
便描寫了鳳姐對於幫賈璉偷情把風的丫鬟的打罵：「揚手一掌打在臉上，打的
那小丫頭一栽；這邊臉上又一下，登時小丫頭子兩腮紫脹起來。」甚至「向
頭上拔下一根簪子來，向那丫頭嘴上亂戳」，〔註55〕缺乏自主權的奴婢，成為
舊社會中可以被欺凌的對象。

所謂「妻不如妾，妾不如婢，婢不如妓，妓不如偷，偷得著不如偷不著。」
家花總不比野花香，是以，偷情便成為情欲描寫中最引人窺探的主題之一。〈舟
遇佳期〉便是描寫書生偷情的經過：

小小舟船遇頂風，逆水行舟難扯蓬（篷）。梢公上岸忙拉縴，二八佳
人把舵躬。風爐內，炭煊紅，穿心吊子氣沖沖。大姐是，撮泡香茗
茶一盞，連忙打舵進艙中。書生正把文章看，忽聽得，嬌滴滴聲音
叫相公。即忙回轉頭來看，魂靈飛入九霄空。見他是，時樣金釵斜
插烏雲鬢，青絲挽就髻盤龍。眉似三春被放柳，臉如日月映芙蓉。
櫻桃一點生得好，低垂粉頸笑溶溶。耳上金圈光閃閃，鼻掛瓊瑤第
一峰。秋波一轉情無限，動人心處亂人胸。月白單衫元色領，琺瑯
扭（鈕）扣式蓮蓬。黑羅裙子低低束，三寸金蓮血染紅。玉手尖尖
如春筍，拿著白地青花好蓋盅。我絕色佳人見過多多少，國色天姿

〔註55〕〔清〕曹雪芹，馮其庸等校注：《紅樓夢·第四十四回》（台北：里仁書局，
2000），頁 677。

尚未逢。書生是，左手接茶盅，右手是，拍一拍香肩摸一摸胸。大
姐縮一縮，書生手，鬆一鬆，嘩啷啷茶杯打碎在船中。大姐嚇，打
碎你茶杯奉還你的價，願出花銀一大封。正所謂有緣千里來相會，
牛郎織女喜相逢。大姐聽，臉微紅，你枉讀詩書禮欠通。打碎茶碗
補甚麼價，誰要你花銀一大封。你雖有心來我無意，無緣對面不相
逢。打趣奴家也罷了，因何拉住奴的裙兒不放鬆。快快放手休羅㜘，
妄想巫山十二峯。大姐嚇！待我今日歸家轉，央媒通達你令尊翁。
娶你到家為次室，我妻房賢德量寬宏。不分大小稱姐妹，同歡同樂
妙無窮。相公嚇！你休得花言并巧語，奴家不是小孩童。哄奴一度
春風後，落花流水各西東。大姐嚇！小生若有半句言說謊，尸骸難
轉自家中。書生色胆如天大，雙手摟抱美嬌容。口中說，把裙帶鬆，
大姐是，半推半就臉通紅。金蓮起，縐眉峯，金簪插入玉芙蓉。大
姐是，露滴海棠初放蕊，平棋板上滴鮮紅。書生是，狂蜂不住把花
心採；大姐是，燕語喃喃叫相公。雲收雨散抽身起，大姐倒掛金圈
兩鬢蓬。急整衣裙嬌無力，那書生，氣喘吁吁汗透胸。〔水手唱山
歌〕命裡窮來只是窮，秦瓊賣馬當熟銅。劉志遠落難，來到馬明王
廟裡偷雞吃，呂蒙正投齋飯後鐘。的！來船扳搖一櫓，大姐聽的鬧
哄哄，急急忙忙出艙中。十指尖尖忙把舵，嚇！原來來了順風篷。
那書生，袖中取出香羅帕，平棋上面抹鮮紅。滿懷得意心中喜，蹲
倒身軀拾碗鋒，嘩啦啦，掠入水晶宮。(《白雪遺音‧卷三‧舟遇佳
期》頁174～175)

此首小曲除了滿足閱聽者對偷情的窺探欲，同時也諷刺了書生的言行，從「左
手接茶盅，右手是，拍一拍香肩摸一摸胸」以及「因何拉住奴的裙兒不放鬆」
的非禮舉動，到「大姐嚇！待我今日歸家轉，央媒通達你令尊翁。娶你到家
為次室，我妻房賢德量寬宏。不分大小稱姐妹，同歡同樂妙無窮。」的花言
巧語，到最後「那書生，袖中取出香羅帕，平棋上面抹鮮紅。滿懷得意心中
喜，蹲倒身軀拾碗鋒，嘩啦啦，掠入水晶宮。」看出書生為了與船娘春風一
度，刻意摔破茶杯，以及得逞之後滿懷得意的神色，顯然與「書生」的社會
期待落差極大，熟知詩書禮教的書生，其所言所行，無一不與禮相違。
　　市井文化對讀書人的嘲弄，除了透過社會階層較低的妓女、婢女之口，來
貶低讀書人的行徑外，也藉由妻子來嘲弄「酸秀才」，例如〈秀才假館〉便是：

> 秀才假館轉門閭，見娘娘打扮甚蹺蹊。青絲挽就時新髻，橫倚金釵
> 耀眼迷。芙蓉臉上輕使粉，櫻桃小口淡塗硃。月白單衫穿一件，俏
> **繡鸞**黃金鑲邊。元色綾裙低低束，露出弓鞋三寸餘。紫竹烟筒拿一
> 隻，桃羅煙包淡黃鬚。秀才一見忙啓齒，娘子吓！這般打扮不應的。
> 倘單人出外他方去，豈不被傍人心起疑。娘娘聽，頭便低。官人說
> 話太蹺蹊。世間閨閣千金女，難道多穿裙布衣。妾身幾件粗衣服，
> 還是當初陪嫁的。你不怨自己家貧窘，反道為妻打扮奇。秀才聽，
> 變面皮。難道卑人倒說錯了你。我從今再不把香房進，惱恨當初娶
> 什麼妻。我是用心勤把書來讀，自然有日步雲梯。倘能有日功名就，
> 另娶豪門賢德妻。那時懊悔也嫌遲。（《白雪遺音‧卷三‧秀才假館》
> 頁 171～172）

這首小曲透過秀才妻子之口，對秀才位卑俸薄，不足以持家進行嘲諷，更呈
現出讀書人的普遍夢想——高中、娶豪門女。讀書人缺乏生活技能，想要維
持生活，便只有擔任學官、坐館。而坐館實際上是仰人鼻息，在科舉無望，
學問文章又不甚好的情況下，教書僅是混口飯吃而已，若是失館，則可能淪
落市井，以醫卜命相為生。〔註 56〕是以，讀書人的無能與迂拙，成為市井嘲
笑的最佳題材，而在笑謔的背後，隱藏著讀書人的淒苦處境，與人生失落。

　　在市井文化之中，讀書人淪為妓女、船娘、婢女、妻子嘲諷的對象，透
過市井百姓之口，對讀書人的「求利害義」、「偷情」、「無能」進行一一的批
判，更顯現出儒學所面臨的困境，讀書人若未能考中功名，在沒有其他技能
的情況下，只能流落江湖，或為訟棍，或為學官、坐館，成為通俗文學所嘲
弄的對象。

二、倫理的壓迫

　　清廷推尊程朱理學，「一方面強調君臣大倫，而為維護封建君權的有力後
盾；另方面亦以修身之道、倫理名教，而為維護封建社會倫理秩序的有效規
範。」〔註 57〕然而隨著倫理名教的僵化，道德規範與民情漸行漸遠，社會規
範成為「以理殺人」的工具。面對社會上層出不窮的「以理殺人」事件，多

〔註56〕龔鵬程：〈腐儒、白丁、酸秀才——市井笑談裡的讀書人〉，《人物類型與中國
市井文化》，頁 11。

〔註57〕張麗珠：〈心性名教外一章：清代的義理學轉型與文學之呼應〉，《文學新鑰》
第二期（2004 年 7 月），頁 39。

少節婦烈女葬送在貞節牌坊之下，〔註58〕戴震有感於此，在肯定情欲的恕道觀下，提出「以我之情，絜人之情」，認為透過人情的立基推廣，以我之情衡量他人之情，則人同此心，己所不欲者，勿施於人，藉由人情的考量，減少道德的迫害。

　　崇高難以施行的絕對道德標準，成為一種階級壓迫，戴震的「以情絜情」便是針對時弊而發：「尊者以理責卑，長者以理責幼，貴者以理責賤，雖失，謂之順；卑者、幼者、賤者以理爭之，雖得，謂之逆。於是下之人，不能以天下之同情、天下所同欲，達之於上。」〔註59〕在傳統儒教的尊卑觀之下，倫理綱常成為尊長迫害卑幼的工具，一味的要求卑幼者順服尊長，而喪失了人情與情理。除了道德規範的壓迫外，在《大清律例》上，更保障了尊長的權力：

> 凡子孫告祖父母、父母，妻妾告夫及告夫之祖父母、父母者，雖得實亦杖一百，徒三年，祖父母等同自首者，免罪；但誣告者不必全誣，但一事誣，即絞。〔註60〕

在道德規範與法律的壓迫下，卑幼者成為僵化理法的犧牲品。無論尊長是否犯法，卑幼者告尊長均須受刑，但若為誣告便絞。形成卑幼者面對尊長的壓迫，無法透過法律途徑來解決。

　　清代由順治歷康熙間，明令廢除官妓，各省官妓次第廢除以後，〔註61〕清代的娼妓來源，俱來自私妓。明代官妓來自罪犯與俘虜，〔註62〕出自罪臣家眷的官妓，少長於官宦之家，故不乏琴棋書畫俱通者，且明末文人樂與妓女交遊，而為了迎合文士們的興趣，遂造就了一批多才多藝的妓女。與前代不同，清代明令廢除官妓，甚至實施「除賤為良」政策，然而，清代僅廢除形式上的官妓制度，未能替除籍為民的官妓另謀出路，致使他們因生計而重操舊業，清代進入私妓鼎盛的時代。廢除官妓以後，妓女來源主要都是因為家境清苦而被迫淪落風塵，因此，清代妓女甚少有像明代名妓般多才多藝，

〔註58〕董家遵：〈歷代節婦烈女的統計〉，明清節婦人數共 9482 人；明清烈女共 2841
　　　人，明清係歷代節婦、烈女人數最多的時代。載於《中國婦女史論集》，頁 111
　　　～117。

〔註59〕〔清〕戴震：《孟子字義疏證‧卷上‧理十》，頁 12。

〔註60〕《大清律例‧卷三十‧干名犯義》，《文淵閣四庫全書電子版》（香港：迪志文
　　　化出版，1999）。

〔註61〕王書奴：《中國娼妓史話》（2）（台北：大林書店，1971），頁 201～203。

〔註62〕王書奴：《中國娼妓史話》（2），頁 193～195。

她們是窮人家兒女，迫於生計只能用身體去換取金錢。

在家庭面臨經濟困難時，女兒成為父母換取金錢的生存工具，在詠唱被賣入妓院女子的妓女悲歌中，〈告爺娘〉則突顯出妓女對父母的憤怒：

> 手拿一張無情狀，淚流兩行。急急忙忙，跑入公堂，告俺的爹娘。愛銀錢，將奴賣在烟花巷，喪盡天良。到烟花，十三十四學彈唱，醜名外揚。今日姓李，明日姓張，夜夜換新郎。到晚來，思想起來恨斷腸，埋怨爹娘。久以後，奴的結果在誰身上，一心要從良。（《白雪遺音‧卷一‧告爺娘》，頁44）

曲中女子不滿父母將她賣入妓院，決心要告爹娘，這一類妓女悲嘆被父母賣入風塵的小曲，反應了清中葉的部分社會樣貌，家境貧苦的女子，在現實生活的逼迫下，往往成為犧牲品，淪落風塵，最後的希望只能寄託在從良。

淪落風塵的窮苦孩子，有時受盡妓院的凌虐，苦不堪言，只能夜夜以淚洗面，例如〈最苦烟花巷〉：

> 世界上最苦苦不過的烟花巷，終日裡佳期，不得個久長。埋怨爹合娘，生生賣在奴煙花巷。到烟花，又學彈來又學唱，苦殺了孩兒，叫了聲狠心的爹娘。偺不睄睄你的女，瘦的不像箇人模樣，受的這等樣的淒涼苦，倒不如把這口氣兒喪。（《白雪遺音‧卷二‧最苦烟花巷》，頁104。）

被父母賣到妓院，無從選擇的學彈學唱，甚至「一點不到，又被亡八鴇兒來打罵」，在這樣的人生境遇裡，她們除了埋怨父母外，便是悲嘆「不知前生裏，造下甚麼罪」，默默的接受命運，期盼「死後問閻王，查一查來生世」，下輩子不用再受烟花苦。

《白雪遺音》所呈現的倫理階級壓迫，除了父母外，還有公公，在〈養漢老婆〉一首小曲中，便可能是滿人公公對漢人媳婦的壓迫：

> 叫聲媳婦不要傲，俺十六七歲學會了嫖。俺也曾，南北二京都走到。多少的大婊子，也曾在俺懷中抱，他的人才比你更好。似你這土條子媳婦，竟敢望爺們來起調。難道說，不要錢白叫爺們鬧。（《白雪遺音‧卷二‧養漢老婆》，頁104。）

這首小曲透過公公對媳婦的調戲，顯現了人倫的失序，尊長者失去身為長者該有的行為，而處在以長者為尊的社會規範及法律下，遭受調戲的媳婦求助無門，僅能透過小曲暴露其處境。

與《掛枝兒》、《山歌》等只收嘲妓歌曲的小曲集不同，在《白雪遺音》中收錄了四首妓女遭父母賣入妓院的自傷之詞，〔註 63〕明顯表示出其社會關懷面，然而〈告爺娘〉的起而反抗尊長，〈養漢老婆〉的揭發公公無恥行徑，其中對五倫的顛覆（女告父母、公公戲媳）、嘲弄，訴說著當時百姓生活實境中，進退兩難的倫理矛盾。〔註 64〕在社會的默許之下，兒女成為父母的所有物，在面臨經濟困難時，典賣女兒成為改善家中經濟的方式，而遭父母賣入風塵的妓女們，大多也只能將希望寄託在尋花問柳的恩客上，盼望從良脫離風塵。

三、政治階級的剝削

詩歌可以傳情達意，〈詩序〉：「言之不足，故嗟歎之；嗟歎之不足，故永歌之。」所以民間歌謠可以表達人民的心聲，故〈詩序〉有「下以風刺上」〔註65〕之言，所以，當王道衰、禮義廢、政教失之際，人民便以歌謠表達心聲，諷刺上位者的惡行惡舉。不僅先秦詩歌具有美刺功用，在清中葉的小曲中，亦有刺上之作：

> 不認的糧船呵呵笑，誰家的棺材，在水面上飄。引魂幡，飄飄搖搖在空中吊。上寫著，欽命江西督糧道。孝子賢孫，手打著哀篙。送殯的人，個個都是蔴繩套。齊舉哀，不見那個把淚掉。（《白雪遺音·卷二·不認的糧船》，頁 105。）

趙景深認為曲中表達了「人民對於『欽命江西督糧道』刻骨的仇恨」，「棺材並不是指督糧道真地死了，而是把他的糧船比作『棺材在水面上飄』，把欽命的旗幟比作『引魂幡，飄飄搖搖在空中吊』，把一些拍馬屁的下屬官員比作『孝子賢孫，手打著哀篙』，而那些被鎖拿的欠了糧的老百姓比作『送殯的人』，卻又被『蔴繩套』著。」〔註 66〕清代多次為賑災而開捐，然而賑災的糧食、錢財，卻被貪官污吏從中私吞，而災民們卻依然過著無米可食的日子。另一首〈李毓昌案〉則描述了嘉慶十四年貪官私吞賑銀之事：

> 江蘇有個山陽縣，水災奏君前，當今聖主，賑濟塗炭，恩旨到江南。

〔註 63〕 分別為〈告爺娘〉、〈最苦烟花巷〉、〈妓女悲傷〉、〈歎五更〉。
〔註 64〕 張壽安：〈我欲立情教，教誨諸眾生——跨越時空論「達情」〉，《情欲明清——達情篇》（台北：麥田出版，2004），頁 15。
〔註 65〕 〔唐〕孔穎達，〔清〕阮元審定：《毛詩正義》，《十三經注疏》，頁 13、16。
〔註 66〕 趙景深：《白雪遺音·序》，《明清民歌時調集》（上海：上海古籍出版社，1999），頁 466。

督撫委員查戶口，遇著遇著贓官王伸漢，有心把賑瞞。好一個委員
李縣主，不肯依從，贓官定計，買囑三祥，暗使毒藥，遂把忠良陷，
一命染黃泉。委員李爺，死的可憐，令人心酸。上天念忠義，敕封
城隍在棲霞縣，顯聖到家園。路遇舊友敘苦情，因此破案，奏聞帝
王，龍顏大怒，拿問贓官，立正典刑。從人李祥，摘心活祭，追封
李爺，纔把冤枉辯，萬古把名傳。((《白雪遺音·卷一·李毓昌案》，
頁 51)

此首小曲極為詳實的記述了「李毓昌案」的發展始末，從貪官王伸漢，到僕
人三祥：包祥、李祥、顧祥，甚至將摘李祥心活祭李毓昌一事，載於小曲之
中，其事情始末可見於《清史稿·循吏傳三》：

（嘉慶）十四年，總督鐵保使勘山陽縣賑事，親行鄉曲，鉤稽戶口，
廉得山陽知縣王伸漢冒賑狀，具清冊，將上揭。伸漢患之，略以重
金，不為動，則謀竊其冊，使僕包祥與毓昌僕李祥、顧祥、馬連升
謀，不可得，遂設計死之。毓昌飲於伸漢所，夜歸而渴，李祥以藥
置湯中進。毓昌寢，苦腹痛而起，包祥從後持其頭，叱曰：『若何為？』
李祥曰：『僕等不能君矣。』馬連升解己所繫帶縊之，伸漢以毓昌自
縊聞。淮安知府王轂遣驗視之，報曰：『尸口有血。』轂怒，杖驗者，
遂以自縊狀。……仁宗震怒，斬包祥，寘顧祥、馬連升極刑，剖李
祥心祭毓昌墓。[註67]

小曲內容大致與事實相符，此首小曲表面上歌頌聖主「拿問贓官，立正典刑」，
然而重點卻是突顯百姓對貪官的忿恨，以及對循吏李毓昌的追念。

正因為當官可從中獲取不當暴利，是故作官成為積財富的代稱，人們希
望透過捐功名的方式，累積更多財富，《白雪遺音》中便有小曲表現出〈捐功
名〉的渴望：

一進門來說我有病，渾身發疼。你病你病只管病，何必對於奴告訟。
你在外邊合誰好，還叫誰來治你病。
〔唱〕屈情屈情，實實的屈情，並無那事情。真屈情，假屈情，這

〔註67〕夏孫桐修正：《清史稿·循吏傳三》（台北：華世出版社，1981），頁 3516。其
事亦見於黃鴻壽：《清史紀事本末·卷三十七》：「（嘉慶十四年）夏六月，棄
山陽知縣王伸漢於市。伸漢辦賑浮冒，委員李毓昌將稟揭之，伸漢毒斃之以
滅口，至是逮京訊實正法。知府王轂處絞，總督鐵保革職。」（台北：三民書
局，1959），頁 255。

些話兒不必明。昨日稍去那封信,見了就該早回程。

〔唱〕欲待回程,有事在京,躭擱不能行。你說不明道不明,不必撇清快著行。又不行商作買賣,你在京城何事情。

〔唱〕我在京城,打算功名,捐上個前程。捐功名,捐功名,這却到也是正經。化了銀子多合少?捐的府縣與州廳?

〔唱〕偏遇著停捐,我的時運不通,自恨命窮。你命窮,你命窮,這些閒話沒功夫聽。你就說的天花亂,奴家只當耳傍風。

〔唱〕聽說不聽,跪在流平,忙把禮行。跪流平,跪流平,奴家懶待把眼睜。跪到明年臘月盡,奴家全當過一冬。

〔唱〕這纏是,好嫖的臉兒不如腔,實實傷情。(《白雪遺音·卷一·捐功名》,頁48。)

清代自康熙開始,因軍需浩繁,以捐納事例充軍需之用,初創之際,納粟納駝,尚稱便利,有裨於國用而無傷於大體。然而,隨著國勢日弱,府庫空竭,遂恃捐納爲救貧之急,而因捐納得官者,專事搜括,唯利是圖,影響民生甚鉅。康熙初開捐時,士紳鑒於議論,納者極少,自雍乾以後,推而廣之,限年月、定銀數,是爲大捐,從此天下之人皆以捐納爲終南捷徑。〔註68〕乾隆年間一度停捐,僅留生童捐監一項,然而,隨著國勢日危,捐納制度遂成爲官員斂財工具。在〈清代文字獄檔〉中便記載有關生員議論捐納之事,最後以詆訐捐納定罪處死,在明白捐納之弊的乾隆時期,依然有捐納流弊,甚至反對捐納而加以議論者,最後經和珅等四十四位官員集議處死。〔註69〕捐納之弊人盡皆知,然而民間卻敢怒而不敢言,在當官等於積財的社會下,「遇著停捐,我的時運不通,自恨命窮」透露了政治的腐敗。

尊長者憑藉著人倫秩序所賦予的權力,迫害卑幼者的生命與自由,是因爲尊長者未能以同理心來看待,所以,女兒成爲父母的所有物,可以任意買賣其人身自由。隨著商業活動的繁盛,百姓日常生活已脫離不了利、欲,清儒面臨此一時代課題,從形上「天理」轉向經驗「物理」、「情理」,提出「理存乎欲」。在肯定人欲、追求實功之下,清儒面臨社會上官吏與民爭利的問題,提出「利」必須在「宜」的情況下,才能得到,〔註70〕故其重點在於去私而

〔註68〕 許大齡:《清代捐納制度》(台北:文海出版社,1984),頁13、21。

〔註69〕 許大齡:《清代捐納制度》,頁140~142。

〔註70〕 張麗珠:《清代義理學新貌》(台北:里仁書局,2002),頁218。

不在於去欲，因為「君子、小人趣向不同，公私之間而已矣！」〔註71〕上位者（君子）因擁有權勢，不應與民爭利、奪民之利，所以不可以言利，但百姓（小人）卻是「利而後可義」的。

　　傳統儒學呈現非功利傾向，在宋明理學中非功利取向更是達到高峰，然而，人生而有欲，難免有自利之心，卻恥言於利，遂造成假道學的虛偽之風。而且，理學過於著重理性思維，忽略了事功層面，清儒面臨此一儒學客觀化困境，建構與現實緊密聯繫的新義理學，所以顏元（1635～1704）在「義利之辨」上提出：「正其誼以謀其利，明其道而計其功」，〔註72〕明白標示人追求功利的價值觀，正因為「人未有知其不利而為之」。〔註73〕戴震：「凡事為皆出于有欲，無欲則無為矣！有欲而後有為。」〔註74〕進而肯定人欲，追求事功，導欲而向善。是故，只要在義利合的情況下，自利亦能兼及道義。清儒面對晚明以來情欲放縱的思潮，市民文學不斷歌頌的追求情欲事件中，焦循提出了「能推，則欲由欲寡」，透過「知己有所欲，人亦有所欲」的思想立基下，人非但不可奪乎人之情，同時還可以窒欲，節制不當的情欲。〔註75〕當面臨社會的困境及不公不義時，市井百姓透過傳唱、閱聽小曲，達到抒發胸中不滿情緒的效果，同時對權力階層進行批評與諷刺，以達到下以刺上的目的，整部《白雪遺音》呈現出肯定情欲、合於功利、人道關懷的怨刺社會觀，同時又帶著詩歌傳統的諷諫精神，表現出庶民階層對上位者的批判。

〔註71〕〔宋〕朱熹：《四書集註》（台南：東海出版社，1988），頁21。

〔註72〕〔清〕顏元：《四書正誤》，《顏元集》（上）（北京：中華書局，1987），頁47。

〔註73〕〔清〕劉寶楠：《論語正義》，頁89。

〔註74〕〔清〕戴震：《孟子字義疏證・卷下・權四》，頁13。

〔註75〕張麗珠：《清代新義理學──傳統與現代的交會》，頁212。

第五章　《白雪遺音》所反映的情欲

　　《白雪遺音》所收錄的曲調，一半以上爲〈馬頭調〉，而「馬頭」二字是「碼頭」二字的同音通假，狹義的馬頭，是指岸邊停船的地點，而廣義則是引申爲「商業都市」。所以，馬頭調泛指碼頭流行的多個曲調，而非專指一個曲調。〔註1〕而商業繁盛的地區，是商客游俠往來輻輳的地方，也是青樓歌妓討生活的好處所。〔註2〕《白雪遺音》所收的小曲多爲都市歌謠，多爲妓女、優童所傳唱，其所反映的情欲觀是反映都市生活的。也因爲傳唱者多爲妓女、優童，所以，小曲內容多服務於恩客，文詞多涉於色情，充滿符合恩客的諧謔性趣味需求，呈現出情欲與道德的衝突，卻又彼此消融。

第一節　情欲與道德的衝突與消融

　　宋明理學至明代達到高峰，在推崇程朱理學的統治階層裡，高道德標準的約束之下，何以色情文學卻廣爲流行？除了受社會經濟的影響外，更因爲著「禮不下庶民」的原故。統治階級不僅佔有物質生產工具，同時也控制了精神生產工具，統治者和國家機構的上層精英對統治階級的其他成員和行政官員行使意識形態霸權，但是對於被合法排除在話語（discours）〔註3〕領域之外的大多數人意義就可能大不相同了。比如說，缺乏書寫能力

〔註1〕　楊蔭瀏：《中國古代音樂史稿》（下）（台北：大鴻圖書，1997），頁 4～30。
〔註2〕　曾永義：《說俗文學》（台北：聯經出版，1980），頁 43。
〔註3〕　王德威：〈導讀一：淺論傅柯〉：「話語一詞指談話時，說話者（speaker）將其理念或訊息以一可以辨認而又組織完整的方式，傳送給一聽者（listener）的過程。但傅柯擴大其定義，泛指人類社會中，所有知識訊息之有形或無形的傳遞現象，皆爲話語。」米歇爾‧傅柯（Michel Foucault），王德威譯：《知識的考掘》（台北：麥田出版，2001），頁 29。本文所謂「話語」則偏重於有形

的人顯然就很難通過讀書的方式接受意識形態的灌輸，〔註4〕這樣，民間社會的話語活動就獲得了某種程度的自主性。擁有某種程度自主性的民間文學，正因為它置身於權力體制之外，才有可能站在統治階層的對立面，把社會總體規範視為一個異己的對立存在而加以嘲弄和質疑。〔註5〕然而，民間話語是否就與統治階層、主流文化衝突而不相容？民間文學是否必然對抗傳統禮教？其實不然，朱國華《文學與權力：文學合法性的批判性考察》一書認為：

> 民間話語在許多方面其實是與主流話語存在共享空間的，之所以仍可能具有反抗性，一則是因為統治階級的意識形態總是有限的，總是有許多層面是它所無法覆蓋或穿透的，也就是明顯缺乏解釋效力的，這就籲求著民間社會生產自己的知識系統或話語秩序；二則是因為主流話語總是將統治階層的利益最大化的，它必然會忽視草根階層的姿態趣味和文化訴求，因此它總是期待著能夠參與到表徵自身立場的文化實踐之中去；三則因為民間文學以其小道末技，必然不為作者讀者所重，亦即無法賴以獲得文化資本，因此也可以放棄合法的敘事面具，將被壓抑的利比多原欲賦予獨特的也就是被認為低俗的美學形式。〔註6〕

民間文化因為統治階級意識形態的有限、忽視，而帶有某種程度的自主、反抗，但不代表能全然脫離主流意識而存在，統治階層不僅「支配著物質生產資料的階級，同時也支配著精神生產資料，因此，那些沒有精神生產資料的

的知識傳遞。

〔註4〕〔英國〕安東尼‧紀登斯（Anthorny Giddens, 1938-），胡宗澤、趙力濤譯：《民族國家與暴力》：「馬克思在一段著名的文字中這樣寫道：『統治階級的思想』，『在任何一個時代都是統治思想』；他還進一步指出：『佔有物質生產工具的階級同時也控制著精神生產工具，因而，一般來說，那些不佔有精神生產工具的人的思想要臣服於統治者的思想。』……一個重要的現象是，統治階級能夠維護一個將大多數臣民排除在外在、政治思考和論辯的『話語領域』。就此而言，書寫至關重要，儘管它絕不是唯一的影響因素。……階級分化社會的體系整合為什麼基本上並不依賴於『意識形態的完全一致性』。其體系整合靠的是，統治者和國家機構的上層精英對統治階級的其他成員和行政官員行使意識形態霸權。」（台北：左岸文化，2005），頁124、129～130。

〔註5〕朱國華：《文學與權力：文學合法性的批判性考察》（上海：華東師範大學出版社，2006），頁115。

〔註6〕朱國華：《文學與權力：文學合法性的批判性考察》，頁116。

人的思想，一般地是隸屬於這個階級的。」〔註7〕統治階層的主流意識使民間話語臣服於自己，「一方面民間話語決不會直接蓄意觸犯官方話語的禁忌；另一方面，它自身也無法完全過濾掉正統觀念的成分，後來可能以種種形態留存下來，從而成為它自身結構的一部分。」〔註8〕這也就是為什麼在眾多的明清色情小說中，始終不脫道德教化、因果報應，而與其說它是為了證明其教誨的性質，不如說是重複和強調那根深柢固的大眾流行信念，從而喚起慣於用現成的簡單判斷來總結經驗教訓的快感。其實「性不僅被壓抑，而且被激活起來，不斷被生產和繁殖出來，這正是各種權力關係在性經驗的機制中運作的結果。」〔註9〕屬於愛慾能量的「利比多」（libido）〔註10〕不僅被道德法律所壓抑，同時也被生產，所以，在法律道德壓抑下的色情文學依然活躍；在上層意識形態的滲透下，色情文學總不離道德教化，呈現出「快感與權力既不相互取消，也不相互反對，而是相互追蹤、相互重疊和相互激發。」〔註11〕而那些試圖為通俗正名的文人則喜歡透過強調其教化作用，突出其中與經史傳統相通的方面，通過肯定作品的社會效益，從而爭取它的合法地位。〔註12〕所以因果報應等大眾基本信念的道德觀，在文人的推波助瀾之下，道德教化於是便成為通俗文學的基本特質之一。所以，在明清的文化思潮之中，「情」是倫理化的情，「理」是感性化的理，兩者達到和諧的統一。〔註13〕

一、色情商品化

從明代中葉至清代前期，中國封建社會的經濟結構逐漸瓦解，隨著社會生產力的提高，社會分工的擴大，手工業生產的迅速發展，工商業城鎮的興起，導致中國資本主義的萌芽。〔註14〕而為迎合新興的市民階層，符合市民

〔註7〕 朱國華：《文學與權力：文學合法性的批判性考察》，頁116。

〔註8〕 朱國華：《文學與權力：文學合法性的批判性考察》，頁121。

〔註9〕 余碧平：〈增訂本前言〉，《性經驗史》（上海：上海人民出版社，2005），頁2。

〔註10〕〔奧地利〕弗洛伊德（Sigmund Freud），汪鳳炎、郭本禹等譯：《精神分析新論》：「本我的需要引起的緊張背後存在著的力就是本能，本能體現著作用於心靈的肉體慾求。……兩種基本的本能：愛慾本能和破壞本能。……愛慾能量稱之為「利比多」。」（台北：米娜貝爾出版，2000），頁378～379。

〔註11〕〔法國〕米歇爾・傅柯（Michel Foucault），余碧平譯：《性經驗史》，頁33。

〔註12〕 康正果：《重審風月鑑》（台北：麥田出版，1998），頁214、324。

〔註13〕 黃清泉、蔣松源、譚邦和：《明清小說的藝術世界》（台北：洪葉文化，1995），頁194～195。

〔註14〕 劉永成：〈論中國資本主義萌芽的歷史前提〉，《明清資本主義萌芽研究論文集》（上）（台北：谷風出版社，1987），頁2、4、23。

趣味的市民文藝應運而生，小說、戲曲、民歌小曲、說唱詞話、笑話、傳奇志怪等〔註15〕通俗文學大量產生。

在眾多通俗文學之中，色情文學尤其衝擊著傳統道德，李明軍《禁忌與放縱──明清艷情小說文化研究》認為色情文學：

> 在明代中期之後的廣泛寫作、刊刻、傳播、閱讀，一方面與思想的變遷有關，另一方面受到商業社會發展和市民隊伍壯大的影響。性欲求是世俗享樂的重要組成部分，而在傳統禮教影響深刻，內在的欲望受到『理』的壓制的情況下，性欲求不僅無法禁錮，而且更增加了神秘氣息，窺探和嘗試的渴盼更為強烈。〔註16〕

清廷一再的禁毀淫詞小說，然而淫詞小說的傳播卻愈禁愈烈，而真正的關鍵便在於龐大的讀者群。正因為性欲求是世俗享樂的重要組成部分，在經濟條件許可之下，市民階層開始追求享樂，並透過色情文學滿足其性欲求，然而為何是透過色情文學滿足性欲求呢？因為「人類有喜歡窺探的習性，喜歡推入窺探的情景中去，並以此獲得性興奮。……特別是在社會習慣太鄙陋，平時對於性生活及裸體的情態過於禁錮的社會裡，這類現象較為多一些。」〔註17〕在傳統禁錮的社會中，色情文學成為人們性欲求的發洩管道之一。然而色情文學終究不同於嫖妓，為何人們不直接嫖妓以滿足性欲求？因為色情文學是「直接的、非含蓄的，但卻可以受你支配，你可以躲在暗處，以匿名的方式享有它，你感到了操縱他人的權力……這或多或少帶了些嫖妓的性質。」〔註18〕正因為色情文學的匿名性及可操控性，而且有類似於嫖妓的性質，促使色情文學成為暢銷商品。

色情文藝主要表現形式有：色情小說、春宮畫、詩歌、謎語、戲曲、秘戲物品等。而明清則是色情文藝的鼎盛時期，從創作與出版的量來看，色情文藝在晚明開始繁盛，而文人亦加入色情書籍的編輯、撰寫以及春宮圖冊的繪製與

〔註15〕方志遠：《明代城市與市民文學》將市民文學的主要品類分為白話小說、戲劇、民歌時調、說唱詞話、笑話、打油詩、嘲諷曲、民諺民謠、文言傳奇、志怪及其他市民文學。（北京：中華書局，2005），頁119～165。

〔註16〕李明軍：《禁忌與放縱──明清艷情小說文化研究》（濟南：齊魯書社，2005），頁137。

〔註17〕〔英國〕哈夫洛克・靄理士（Havelock Ellis，1859～1939），李光榮編譯：《性心理學》（重慶：重慶出版社，2006），頁55。

〔註18〕〔德國〕馬文・克拉達（Marvin Chlada）、格爾德・登博夫斯基（Gerd Dembowski）編，朱毅譯：《傅柯的迷宮》（北京：商務印書館，2005），頁85。

題詠，〔註19〕使得色情文藝在當時風靡一時。尤其在晚明一片「貴眞」與「尊情」的思潮之中，李贄的「童心說」、〔註20〕湯顯祖的「至情說」、〔註21〕袁宏道（1568～1610）稱小曲爲「眞詩」，〔註22〕馮夢龍直言民歌小曲爲「民間性情之響」、「情眞而不可廢也」，而正因社會瀰漫著非出自眞心的「假詩文」，所以，馮夢龍輯「眞民歌」，係因「山歌不與詩文爭名，故不屑假。苟其不屑假，而吾藉以存眞」，〔註23〕基於對復古主義的反動，〔註24〕馮氏並在《山歌‧敍》中直言其編輯理念：「借男女之眞情，發名教之僞藥。」〔註25〕隨後，馮夢龍在緊接著出版的《山歌》冠以「童癡二弄」之名，以序文統領馮夢龍的編輯觀，並更名《掛枝兒》爲《童癡一弄‧掛枝兒》，可知馮夢龍輯評民歌小曲係帶有強烈的商業色彩，才會有如此的系列出版刊物，其後馮夢龍所編輯的《三言》，更充分表現出系列出版的商業性，其編輯行爲究竟是爲藝術？抑或商業利潤？若爲掙錢謀生而將文化作品當成貨品在市場上販賣，作品就多多少少具有求取利潤的性質，〔註26〕可謂馮夢龍在追求文學的獨立自存價值之外，

〔註19〕 江曉原：《雲雨：性張力下的中國人》（上海：東方出版中心，2006），頁159、163～171。

〔註20〕 〔明〕李贄：《焚書》強調童心之重要：「夫童心者，眞心也。若以童心爲不可，是以眞心爲不可也。夫童心者，絕假純眞，最初一念之本心也。若失卻童心，便失卻眞心；失卻眞心，便失卻眞人。人而非眞，全不復有初矣。」，收於劉洪仁主編：《海外藏中國珍稀書系》（四）（北京：中國戲劇，2000），頁2370。

〔註21〕 〔明〕湯顯祖：《牡丹亭‧題詞》：「情不知所起，一往而深，生者可以死，死可以生。生而不可與死，死而不可復生者，皆非情之至也。」（台北：台灣商務印書館，1972），頁6。

〔註22〕 〔明〕袁宏道，錢伯城箋校：《袁宏道集箋校》：「當代無文字，閭巷有眞詩。」（上海：上海古籍，1981），頁81。

〔註23〕 〔明〕馮夢龍：《山歌‧敍山歌》，魏同賢主編：《馮夢龍全集》（42）（上海：上海古籍出版社，1993），頁3。

〔註24〕 傅承洲：《馮夢龍與通俗文學》：「馮夢龍的『性情說』是針對當時文壇的復古主義、形式主義的詩文理論提出來的。」（鄭州市：大象出版社，2000），頁36。又劉淑娟：〈論馮夢龍纂評之時調民歌審美意趣〉：「所謂之假詩文即指復古派之拾人牙慧、情感不眞之作品。」《文與哲》第五期（2004年12月），頁288。

〔註25〕 〔明〕馮夢龍：《山歌‧敍山歌》，魏同賢主編：《馮夢龍全集》（42），頁3。

〔註26〕 〔德國〕阿多諾（Theodor W. Adorno，1895 –1973），李紀舍譯：〈文化工業再探〉，杰夫瑞‧C‧亞歷山大（Jeffrey C. Alexander）、史蒂芬‧謝德門（Steven Seidman）主編：《文化與社會》（台北：立緒文化事業有限公司，2005），頁319。

間接地追求市場利潤。

在諸多色情文藝中，小曲堪稱明代一絕，羅錦堂〈明清兩代小曲之流變〉認為目前所知最早的小曲為明成化年間刊行，起於北方，後來由北而南，逐漸流行。〔註27〕馮夢龍的編輯、評點更使得小曲風靡一時，馮氏以文人之姿，輯評民歌小曲，於當時造成轟動，並使小曲自戲曲選集中的從屬位子，躍升為主角。馮氏身為暢銷書的作者，其評點、編輯、出版小曲的行為，對當時社會風氣影響頗大，不僅使浮薄子弟為之瘋狂，甚至引領文人、書商編輯、出版小曲集。進入清代以後，單獨成書的小曲集脫離了明代的配角角色，書商甚至不惜成本出版《萬花小曲》、《絲絃小曲》，而多達八百首小曲的《霓裳續譜》、《白雪遺音》的相繼出版，更昭示著小曲的流行與暢銷，並成為商品被廣泛的販售與流傳。

二、追求身體的愉悅

明中葉以後，隨著資本主義在中國的萌芽，「中國社會的生產力發展水平，尤其是商品經濟的發展進入了一個新的變化階段。社會生產力的提高，產品的相對豐富，人們消費能力的增強等，都有力地促進了社會商品經濟的發展。」〔註28〕市民的消費能力增強以後，在滿足基本需求之外，開始尋求一些物質上、精神上的享樂，而「享樂與真正的內心快樂毫無關係，它追求的是滿足和刺激，它本質上是一種把對象作為消費品去使用的活動。」〔註29〕而「身體」與「性」便成為市民所追求的滿足和刺激之一，身體和性，可以任意地被消費活動宰割，也可以成為消費社會中的象徵性交換和擬像遊戲所改造，成為被玩弄、銷售和消費的東西。肉體被當作資本，同時又是消費的對象，成為消費社會中最廉價的商品。〔註30〕

所以，當市民們花錢消費色情小說、春宮畫、淫詞時，他們便是透過了這些性論述追求性愉悅，而身體與性便成為書商、妓院的資本，成為市民們的消費對象，成為社會中的販售商品。正因為市民們本身的性欲望本能和愉

〔註27〕羅錦堂：〈明清兩代小曲之流變〉，《錦堂論曲》（台北：聯經出版，1979），頁579。

〔註28〕許敏：〈商業與社會變遷〉，《晚明社會變遷問題與研究》（北京：商務印書館，2005），頁129。

〔註29〕康正果：《重審風月鑑》，頁266。

〔註30〕高宣揚：《傅柯的生存美學》（北京：中國人民大學出版社，2005），頁248～249。

悅感，「在接受不同的性論述時，以自身的性欲望快感的追求標準，去理解和詮釋性論述中所表達的性欲望快感。因此，在社會中流行的各種性論述，就成為社會各個階層人士發泄和滿足其性欲望快感的渠道之一。」〔註31〕

　　在享樂主義主導之下，絕大多數的消費者為男性，色情文學為滿足男性的感官享受，敘事多以男性視角或服務男性為主，而女性的身體便成為隨手可得的廉價商品。多為妓女或優童所傳唱的小曲亦是如此，試看以下二曲便知：

　　　　玉美人兒生的俏，唇似櫻桃。十指尖尖，亞賽過銀條，楊柳細腰。小金蓮，咯噔咯噔咯噔噔的把樓梯超，步步登高。上樓來，四面八方都瞧到，快樂逍遙。叫了聲春香，喚了聲碧桃，快些來睄。你看那，滿園花兒開的俏，美景良宵。還有那，對對鳥兒在樹上哨，聲音瀟條。（《白雪遺音・卷一・玉美人》，頁34）

　　　　花容月貌天生就，形容體態是風流。喜孜孜，殷勤勸酒挽紅袖，露出了嵌金鐲，相襯一副蔥白肉。琵琶彈動，音韻溫柔，設蘭香，席前却把人薰透。移蓮步，風吹麝香把人薰透。（《白雪遺音・卷二・花容月貌》，頁98）

在艷曲中，女性軀體的描寫是制式的，它所發揮功能是吸引異性，它所飽含的是欲望的象徵，在男性的視角之下，只存在肉體而無精神，更無個性。這種概念化的身體是一種理想化的身體，同時也是片段的、不完整的身體，女性的身體在類似的描寫中，成為一張拼圖。它反映了中國傳統文化的價值觀，以男性為主導，在男性化的文化背景中，其審美指標，除了年輕稚嫩，皮肉吹彈可破外，其它都無法賦予正面意義，身體的外表形象是由共同文化標準所塑造，固定而清楚，但身體卻與自我認同缺乏聯繫。〔註32〕艷曲中的女性軀體是單調而千篇一律的，它是男性所建構的理想化審美標準：年輕貌美、雪白稚嫩、櫻桃小口、纖指細腰，以及一雙小腳，男性透過消費行為，消費淪為商品的肉體，透過理想化的性論述，追求並滿足自身的性愉悅。

〔註31〕高宣揚：《傅柯的生存美學》，頁232。

〔註32〕張克濟：〈子弟書的艷曲〉，《車王府曲本研究》（廣州：廣東人民出版社，2000），頁122～123。

三、道德的勸戒

　　深受統治階層的意識形態滲透的民間話語，即使在統治階層的忽視與能力有限下，道德教化依舊滲透進通俗文學之中，而文人為了突顯通俗文學與經史傳統相通，亦強調其教化作用。統治階層頒布律令，直接指導民間話語者，如明代所頒布的律令：

> 永樂九年七月初一日該刑科署都給事中曹潤等奏：乞敕下法司，
> 今後人民倡優裝扮雜劇，除依律神仙道扮，義夫節婦，孝子順孫，
> 勸人為善，及歡樂太平者不禁外，但有褻瀆帝王聖賢之詞曲、駕
> 頭雜劇，非律所該載者，敢有收藏傳誦、印賣，一時挐送法司究
> 治。〔註33〕

在政治因素、意識形態的滲透，與文人的推波助瀾之下，道德教化便逐漸滲透通俗文化，致使道德教化成為通俗文學的基本包裝。

　　在小曲之中，勸戒性質的小曲多為勸嫖客，世人眼中的妓女，多貪財慕利，例如〈勸嫖〉即是勸世俗男子莫與妓女相交的小曲：：

> 風月場中，勸君休把癡心想，切莫要稱強。那些人兒，嘴甜心苦，
> 你要仔細隄防，利害非常。他生就能為將人哄，蜜語甜言會裝腔，
> 學就的心腸。你不要上了他的鈎，枉化了銀錢無盡償，弄你個精光。
> 你若是沒了銀錢，他就改變了心腸，曬你個冰涼。你是英雄漢，貪
> 而不亂最為上，不必慌慌。千萬不要學了我，大瞪著兩眼明上當，
> 吃了些眼皮湯。(《白雪遺音·卷一·勸嫖》，頁43～44)

小女子愛財，鄙夫重色，遂形成妓女與恩客間的利害關係，正因如此，有錢財者即奉為上賓，無錢財者，棄之不顧。「想這窰子裏，無錢時節，誰許你再來」(頁44)，所以，世人眼中的妓女多「坑完了你，休想交歡」(頁44～45)，妓女的癡心，是「萬兩黃金，買出一點癡心」(頁49)所得，待到「化盡了銀錢」(頁56)時，癡心反倒成無情。與妓女談情，則「情字弄的我窮字快，窮字常在情字裏埋」(頁103)，是以，用情愈深，則窮得愈快。小曲中更揭發鴇兒訓練妓女如何掏空恩客的錢財：

> 鴇兒無事把姐兒叫，用心聽著。有客登門，仔細觀瞧，快把米湯熬。
> 灌迷了心，騙他的東西粧(裝)害燥，不要輕饒。他若是不疼錢，

〔註33〕〔明〕顧起元：《客座贅語·卷十》，《元明史料筆記叢刊》(北京：中華書局，1997)，頁347。

同飲酒來同歡笑，眉眼要風騷。他的力盡囊空，就與他絕交，後悔也遲了。倘若再有錢，把想他的話兒編一套，說的親熱著。客若悔前情，一行哭來一行笑，說的是老謠。（《白雪遺音‧卷一‧教妓》，頁44）

此曲道盡風月場的伎倆，而對於妓女的手段，馮夢龍在《掛枝兒‧闊》的尾批中則揭示風月女子的勢利與虛情假義：

青樓中有三字經曰：烘哄闊。又曰：烘如火，哄如蠱，闊如虎。金樽檀板，繡幄香衾，饒眼生波，熱腸欲沸，所謂烘也；粉陣迷魂，花妖醉魄，情濃若酒，盟重如山，哄人伎倆，茲百出矣；已而願奢未遂，誓重難酬，寡醋誰堪，閒槽易跳，百年之約，一闊而止。故曰：十分真只好當三分用，識得此意，大落便宜。〔註34〕

青樓透過烘、哄、闊來拐騙恩客，〈教妓〉一首即描繪出青樓「烘哄闊」的伎倆。而在勸嫖這一類的小曲中，除了揭露妓女的手段外，更有描寫因為積欠嫖帳，導致生活困頓欲尋短見的嫖客，「想當初又吃又喝又聽唱，快樂非常。到如今跑腿的登門來要賬……你若逼急了我，一條繩子把吊上，情願見閻王。」（頁45）欠帳恩客的下場竟然是賠上一命。

在妓女與恩客之間，琵琶別抱、去此適彼等司空見慣之事，徐珂《清稗類鈔》謂之「跳槽」：「跳槽頭，原指妓女而言，謂其琵琶別抱也，譬以馬之就飲食，移就別槽耳。後則以言狎客，謂其去此適彼。」〔註35〕正因為妓女與恩客間的感情易生變化，不只妓女貪財而有琵琶別抱之舉，恩客亦因好色圖鮮而常去此適彼，〔註36〕故除了勸世人莫嫖妓外，還有勸妓女從良的小曲：

我勸情人從良罷，花街柳巷，貪戀著甚麼。細想想，受了多少打合罵，這幾年，掙的銀錢何曾剩下。人過三十，如月退光華，老了來，

〔註34〕〔明〕馮夢龍：《掛枝兒‧隙部五卷‧闊》，魏同賢主編：《馮夢龍全集》（42）（上海：上海古籍出版社，1993），頁139。

〔註35〕徐珂：《清稗類鈔‧娼妓類‧跳槽》（北京：中華書局，2003），頁5152。

〔註36〕〔明〕馮夢龍：《掛枝兒‧隙部五卷》收有兩首〈跳槽〉埋怨情人跳槽的小曲：「你風流，我俊雅，和你同年少。兩情深，罰下愿，再不去跳槽。恨冤家瞞了我去偷情別調，一般滋味有什麼好，新相交難道便勝了舊相交。區攬兒的塌來也，只教你兩頭兒都脫了。」及「記當初發箇狠，不許冤家來到，姊妹們苦勸我，權饒你這遭。誰想你到如今又把槽跳，明知我愛你，故意來放刁。我與別人調來也，你心中惱不惱。」魏同賢主編：《馮夢龍全集》（42），頁124～125。

改變容顏想我的話。到那時，要想從良無人嫁。（《白雪遺音・卷二・勸從良》，頁 75）

這是一位恩客對妓女的勸告，勸告正當年華的妓女，早早隨他從良，不要貪戀眼前車水馬龍，看似風光的背後，繁華落盡，年華老去，只留下獨自一人的孤單，孤老終生。以財色維繫關係的恩客與妓女，妓院是恩客尋花問柳、消遣娛樂之處，在恩客財盡；妓女色衰之後，其財色的買賣關係便發生變化，妓女與恩客之間，出於真心相交者，畢竟是少數，大多還是以彼此利益為主，當妓女容色不再，恩客多避之唯恐不及。所以，除了有勸世間男子莫與妓女相善的小曲外，還有勸妓女早早從良的小曲。而妓女若沒從良，其最終的境遇更是淒涼，例如〈望鄉〉便是臆測妓女死後的悲慘遭遇：

> 初一十五廟門開，十殿閻羅走出來，判官小鬼分左右，牛頭馬面兩邊排。兩邊排，兩邊排，下面跪著一裙釵，那裙釵，哭哀哀，一一從頭訴上來。小婦人在生為妓女，穿紅著綠趁錢財。閻王聽，把言開，小鬼帶他到望鄉臺。望鄉臺上多苦楚，看見自己死尸骸，一牀草薦遮身體，只見抬來不見埋。左邊飛出烏鴉鵲，右邊走過黃犬來，烏鴉吃了奴的眼睛取了心肝去，黃犬前來咬骨拐。小奴奴，在生結交多少男兒漢，到而今，並無一個前來把黃犬烏鴉趕趕開，死的苦哀哉。（《白雪遺音・卷三・望鄉》，頁 168）

這首曲子帶有警世的味道存在，告戒妓女好色男子的無情，容色樣貌正青春之際，恩客圍繞，然而晚景淒涼，當生命一結束，身邊男子一個個遠離，最終落得屍骨暴露的慘境。

毒、色相伴，在勸嫖與勸從良的這類小曲外，還有勸戒鴉片煙的小曲：

> 鴉片烟兒真奇怪，土裏熬出來。吃烟的人兒，臉上掛著一個送命的招牌，丟又丟不開。引來了，鼻子眼淚往下蓋，叫人好難挨。沒奈何，把那心愛的東西，拿了去賣，忙把燈來開。過了一刻，他的身子爽快，又過這一災。想當初，那樣的精神今何在，身子瘦如柴。早知道這害人的東西，何必將他愛，實在頑不開。（《白雪遺音・卷一・鴉片烟》，頁 50）

這首小曲揭示了當時鴉片煙對人體的危害，以及為吃鴉片而散盡家財的情況，明顯地呈現出當時鴉片對世人的毒害，以及鴉片的氾濫。

在道德勸戒之中，對於偷情則反映出男性自相矛盾的心態：既幻想偷情，又怕自己的妻女被他人所偷，整個社會價值是以維護男人利益為出發，〔註37〕於是在通俗文學中便衍生出以果報觀念向男人說教的小曲，如：

> 春光明媚艷陽天，百草萌芽顏色鮮。知心朋友閒談論，賢弟吓！你聽愚兄勸一番。世間萬惡淫為首，古來百善孝為先。常言我不淫人婦，我的妻子誰敢姦。大兄吓！酒色財氣四個字，那個為人心不貪。一世光陰能有幾，人生不樂枉徒然。賢弟吓！紂王寵愛妲己女，敗壞商朝六百年。煬帝喜愛夐花色，社稷江山不保全。大兄吓！劉阮誤入天台路，白牡丹相遇洞賓仙。牛郎織女把銀河渡，愛色貪花武則天。賢弟吓！張有德為了玉節婦，李克成潛謀激怒天。董呂爭奪貂蟬女，雙雙性命不保全。大兄吓！張生佛殿把鶯鶯看，後來功名成就永圍圓。潘必正庵堂相遇妙常女，餞別秋江贈玉簪。賢弟吓！潘金蓮相好西門慶，武松殺死酒樓前。張文遠為愛閻婆惜，三更索命喪黃泉。這都是水性楊花女，可曾見，露水夫妻把後代傳。大兄吓！秦種獨占花魁女，鄭元和相好李亞仙。二人俱係青樓女，後來得結並頭蓮。無奈野花偏有味，家花怎比野花鮮。妙趣不可言。（《白雪遺音·卷四·勸友》，頁188）

這首小曲透過朋友二人的對答，呈現出人欲與果報觀，朋友之中年紀較長者，以勸戒的語氣，勸人莫要貪淫好色；而朋友之中年紀較輕者，則道出酒色財氣係人性欲望。曲中大兄勸人莫淫，是以「報」的觀念作為勸戒，認為「我不淫人婦，我的妻子誰敢姦。」在傳統的價值觀中，妻子成為男性的私有財產，成為因果報應下的懲戒物。淫亂者並非得到社會或法律的制裁，而是以「果報」為懲戒，透過迷信來約束人的思想、行為。〔註38〕但在百般勸阻下，年輕人猶執迷不悟，展現了青樓女子的強大吸引力。

第二節　情欲性的諧謔趣味

巴赫金在論〈諷刺〉中提及：「在諷刺中，形象性否定可以採用兩種形式。第一種形式——笑謔的：把否定的現象描繪成可笑的東西加以嘲諷。……屬

〔註37〕康正果：《重審風月鑑》，頁233～234。
〔註38〕王強：《遮蔽的文明——性觀念與古中國文化》（台北：文津出版社，2003），頁267。

于此類的有一切民間口頭文學的諷刺。」〔註 39〕笑是對嚴肅性的脫冕，在笑中，人們既可卸下未來的重負，又可擺脫過去的牽累，將過去納入當下的情境中，對它進行諷擬、戲罵和羞辱，在諷擬、戲罵和羞辱中，又對它親近、歡呼和迎接。而民間的精神取向，是觀察世界的底層視角或非官方視角，是笑謔的。雖然民間話語在官方話語的威壓之下，一時處於失語狀態，但在社會轉型時期，它們便會發出聲音。〔註 40〕在明清社會轉型之際，大量具有諧謔趣味的民間文學紛紛流行，它類似於狂歡節的詼諧，而巴赫金（Mikhail M. Bakhtin）認爲：

> 狂歡式的笑，第一，它是全民的，大家都笑，『大眾的』笑；第二，它是包羅萬象的，它針對一切事物和人，整個世界看起來都是可笑的，都可以從笑的角度，從它可笑的相對性來感受和理解；第三，即最後，這種笑是雙重性的：它既是歡樂的、興奮的，同時也是譏笑的、冷嘲熱諷的，它既否定又肯定，既埋葬又再生。〔註 41〕

而狂歡節的語言充溢著對占統治地位的眞理和權力的可笑的相對性的意識，其獨特的「逆向」、「相反」、「顛倒」邏輯，上下不斷易位的邏輯，各種形式的戲仿和滑稽改編、降格、褻瀆、打諢式的加冕和脫冕，〔註 42〕在笑聲之中，一切事物都暫時從官方欽定的確定性中回歸到其模稜兩可的相對狀態，一切的規範、道德、眞理、等級制度和現存制度都暫時失去了它的神聖性。〔註 43〕而這種狂歡式語言的特徵也充分表現在民間文學之中，小說、戲曲、民歌、笑話等，都帶有上下易位、顛倒邏輯、滑稽改編的諧謔性趣味，傳統的道德規範、權力制度在笑謔中被顛覆，呈現出一種貶低化、物質化的現象。〔註 44〕龔鵬程〈腐儒、白丁、酸秀才——市井笑談裡的讀書人〉也爲笑話做一定義：

〔註 39〕〔俄國〕巴赫金（Mikhail M. Bakhtin）著，白春仁、曉河、周啓超、潘月琴、黃玫等譯：《文本、對話與人文》（石家庄：河北教育出版社，1998），頁 42。
〔註 40〕王建剛：《狂歡詩學——巴赫金文學思想研究》（上海：學林出版社，2001），頁 95、363～365。
〔註 41〕〔俄國〕巴赫金（Mikhail M. Bakhtin）著，李兆林、夏忠憲等譯：《拉伯雷研究》（石家庄：河北教育出版社，1998），頁 14。
〔註 42〕〔俄國〕巴赫金（Mikhail M. Bakhtin）著，李兆林、夏忠憲等譯：《拉伯雷研究》，頁 13。
〔註 43〕朱國華：《文學與權力：文學合法性的批判性考察》，頁 117。
〔註 44〕〔俄國〕巴赫金（Mikhail M. Bakhtin）著，李兆林、夏忠憲等譯：《拉伯雷研究》：「詼諧就是貶低化和物質化。」頁 25。

笑話之所以令人覺得其所述之事確實可笑，有幾種原因，其一是人
物之行為違背了他自許以及社會所公認而應有之角色與形象……
另一種情形，則是暴露了真相，把社會上某些不可明言之事物、觀
念及心態等，用笑話巧妙地表達了出來，令人洞見其荒謬之本質。
〔註45〕

在本節中，擬從顛覆經典、窺視情欲、透過事物意淫、尼姑性渴望、嘲妓、
懼內等六方面呈現其諧謔性趣味，透過對經典、僧尼、丈夫的降格、褻瀆，
使其違背了社會期待形象，以達到笑的效果；對傳統道德規範的逆向操作，
將偷窺與意淫滑稽式的描繪，專注於微物對情欲的影響，將傳統社會不能
宣之以口的情欲，用笑謔式的表達出來。而關於嘲妓類的小曲則呈現出男
人的雙面性：既嫖妓又嘲妓，透過對妓女的譏笑、嘲弄，將之貶低化，以
獲取雙重性的笑：既是歡樂興奮，也是譏笑嘲諷。

一、顛覆經典的權威

《白雪遺音》與單純言情的《掛枝兒》、《山歌》不同，其中收錄有四首
為經典註解的小曲，然而，為經典註解重新再詮釋的小曲，顯然是後人對經
典原文的故意曲解。這類小曲可能是落第文人或下層文人對科舉、經典的不
滿，將其不得志的心態透過對經典的刻意曲解，呈現出對經典的降格改編趣
味，例如〈四書註〉便是：

湯之盤銘曰兒照，其命維新睡不著。盼才郎，邦畿千里來不到。他
那裏，宜兄宜弟同歡笑。其葉蓁蓁，甚是難熬。到如今，桃之夭夭
心內焦。恨將起，寤寐輾轉把蒼天叫。（《白雪遺音・卷二・四書註》，
頁69）

在朱熹（1130～1200）的《四書集註》中，將「其命維新」釋為「至於文王，
能新其德，以及於民，而始受天命也。」〔註46〕而「宜兄宜弟」、「桃之夭夭」
指的是家人、兄弟和睦，然後可以教導國人，齊家而後可以治國。四書係明清
科舉必考科目，然而，在這首曲中，顯然與治國齊家無甚關係，反而是女子閨
怨之辭，怨情人為朋友而冷落了自己，明顯的連齊家都做不到。在笑謔式的曲
解下，女性的自我情欲被突顯出來，利用對經典刻意的誤讀（misprision），呈

〔註45〕 龔鵬程：〈腐儒、白丁、酸秀才——市井笑談裡的讀書人〉，《人物類型與中國
市井文化》（台北：台灣學生書局，1995），頁5。
〔註46〕 〔宋〕朱熹：《四書集註・大學》（台南：東海出版社，1988），頁3。

現出詩人表達雙關含義的文字遊戲，〔註47〕對經典崇高的反動，以達到貶低和
否定傳統價值的目的。並且「把一首首具體的詩歌作品從歷史和傳統背景的框
架中游離出來，讓他們自在於歷時性的瓜葛和共時性的羈絆之外」，〔註48〕形
成一篇篇天馬行空式的獨立文本，重新再詮釋情感欲望。在另兩首〈四書註〉
的小曲中，〔註49〕一樣明顯的與原典不同，「有朋自遠方來到」不是爲同道學
習，而是爲了「手拉手兒入太廟」；而「絜矩之道」也從推己及人的恕道，演
繹成「宜兄宜弟入太廟」與「之子于歸，桃之夭夭」。其中「我與你，手拉手
兒入太廟」或許帶有刺男色之意，馮夢龍所輯小曲亦有〈姹童〉、〈風臀〉等刺
男色小曲，而在「道光以前，京師最重像姑」〔註50〕的清代，男風之盛不下於
晚明，故〈四書註〉一曲不僅顛覆了經典的權威，可能還帶有諷刺時風的作用，
使《論語》、〈大學〉中的齊家、恕道，在小曲中顯現時代重情欲的特色。而在
〈詩經註〉中，則是以補充說明的方式加以詮釋：

> 關關雎鳩今何在，在河之洲，各自分開。好一個，窈窕淑女人人愛。
> 只落的，君子好逑把相思害。輾轉反側，悠哉悠哉。好叫我，左右
> 流之無其奈。怎能彀，鐘鼓樂之把花堂拜。(《白雪遺音·卷二·詩
> 經註》，頁 69)

〈詩序〉：「〈關雎〉樂得淑女以配君子」，〔註51〕〈關雎〉爲男子思求淑女之
詩，而〈詩經註〉則將男子心中所思而未言者，直接訴諸於口，明白表達出
男子的「害相思」，以及欲與女子結爲夫婦的想望。朱熹謂「風者，民俗歌謠
之詩也」，〔註52〕而流行於明清的小曲，亦是民俗歌謠，人同此心，跨越了時

〔註47〕〔美國〕哈羅德·布魯姆（Harold Bloom），徐文博譯：〈再版前言：玷污的苦惱〉，《影響的焦慮——一種詩歌理論》（南京：江蘇教育出版社，2006），頁 3。

〔註48〕徐文博序：〈一本薄薄的書震動了所有人的神經〉，《影響的焦慮——一種詩歌理論》，頁 2～3。

〔註49〕另兩首〈四書註〉分別爲「須知有絜矩之道，使人昭昭。恭而有禮，富而無驕，惟善一爲寶。望家鄉，邦畿千里來不到，憂心悄悄。儻二人，宜兄宜弟入太廟，善與人交。之子于歸，桃之夭夭，莫不知其姣。且莫貪，宜其家人懷中抱，惡人之所好。禮之用，以和爲貴先王道，人不知囂囂。」（頁 11）以及「有朋自遠方到，久聞仁兄，善與人交。我與你，手拉手兒入太廟。每事問，周公之禮多領教，貧而無諂富而無驕。喜只喜，言而有信方爲妙。恨只恨，巧言令色休同道。」（頁 69）

〔註50〕徐珂：《清稗類鈔·娼妓類·京師之妓》，頁 5155。

〔註51〕〔唐〕孔穎達，〔清〕阮元審定：《毛詩正義》，《十三經注疏》（台北：新文豐出版，1977），頁 19。

〔註52〕〔宋〕朱熹：《詩集傳》（台北：藝文印書館，1974），頁 1。

空的局限，「窈窕淑女，君子好逑」的情感是一致的，呈現出人們大膽追求愛情的樣貌。

二、窺視情欲的私密性

　　人帶有窺探的本性，並且由此可獲得性興奮，「偷窺與偷聽的描寫很可以反映人們如何以聽覺與視覺來突破空間限制，參與、滲透他人的私領域而達到另類接觸。」〔註53〕在商品經濟之下，書商透過大量的出版色情文藝，獲取利益，致使色情商品化。而閱讀色情文學不妨可當作對手淫的替代，讀者通過窺視的眼睛參與了書中所描寫的性活動，始終站在窺視和偷聽的角度體驗，實際上並沒有介入活動。〔註54〕而在這些描述偷窺的情景，有第一人稱與第三人稱的敘事，第一人稱的敘事就是邀請讀者和聽眾「參與」其事，使讀者與聽眾感覺曲中人物在和自己對話，從而有更接近實際情境的錯覺，也可能因此引起更亢奮的情緒。而大多數的淫詞艷曲都是第三人稱的敘事，這會使讀者和聽眾甘於處於旁觀者的地位，〔註55〕窺視著曲中人物的一舉一動。由於中國古代建築的門窗以木料為主，以紙糊住，使得寢室與其他房間相比，私密性並沒有區別，所以室外的人很容易窺看室內情景，同時，房子的隔音效果幾乎為零，窗外的人可以聽見室內的各種響動，因此，當一對男女夫妻恩愛或男女偷情幽會之時，旁人也就很容易去偷看或偷聽。〔註56〕在《白雪遺音》中亦刻意呈現了古代寢房私密性的不足，例如〈閒來無事〉一曲便是：

> 閒來無事街上蹭，靠街的房子點著燈。走上前，舌尖舐破窗櫺洞。往裏睄，一男一女光著腚。口對著口兒，不住的哼哼。是怎麼，兩頭不動當中動。悶煞人，這可害的是甚麼病？（《白雪遺音・卷二・閒來無事》，頁102）

古代的房子為求透光性，一般在雕有鏤空花紋的窗門上，用紙糊住，而這也使得房子的私密性備受到考驗。寢室的不隱密性在曲中顯露無遺，走在路上的路人只要用手沾唾沫，便能將窗紙濕一個洞，窺視屋內的一景一物，而第

〔註53〕黃克武：〈暗通款曲：明清豔情小說中的情欲與空間〉，熊秉真主編：《欲掩彌彰：中國歷史文化中的「私」與「情」——私情篇》（台北：漢學研究中心，2003），頁253。

〔註54〕康正果：《重審風月鑑》，頁317。

〔註55〕張克濟：〈子弟書的艷曲〉，《車王府曲本研究》，頁128～129。

〔註56〕江曉原：《雲雨：性張力下的中國人》，頁37～39。

一人稱的敘事，使讀者與聽眾產生自我介入的親密感，〔註 57〕讀者與聽眾彷彿被「閒來無事」的人帶領著，透過他的眼睛窺視了情欲的私密性，並深入其中，成為那雙「閒來無事」的眼，而最後那句問話，既是曲中的「我」自問，又是唱曲的人自問，以及對讀者與聽眾的發問，形成文本與讀者有趣的對話關係，交織成一遍眾聲喧嘩。而這種只存在於閨房的私密行為，因為色情文學的出版傳播，由私密轉而公開，進而成為熱銷商品。

丫鬟在才子佳人的故事情節中是不可或缺的角色，〔註 58〕她除了適時地幫忙傳情達意外，有時也須幫忙把風，例如〈五更佳期〉中的紅娘便是：

> 聽譙樓，二鼓連，紅娘窗外悶懨懨。低聲就把張君瑞叫，你忘却我
> 紅娘在外邊。又叫一聲賢小姐，小姐吓！可曉得小婢是露重風寒頃
> 刻間。忙移步，近窗前，舌尖舐破紙窗觀。只見金鈎羅帳微微動，
> 唧唧噥噥難語言。又只見，小姐一對金蓮足，宛比紅菱在浪裡顛。
> 觀得紅娘春心動，慾火燄燄臉上添。雙手掰在要道所，小足金蓮地
> 上研，紅娘身軟癱。（《白雪遺音・卷三・五更佳期》節錄，頁 165）

紅娘除了幫忙把風外，也成為偷窺者，而讀者與聽眾則透過紅娘的眼，看見了鶯鶯及張生的偷情戲碼，並且看見了因為偷窺而春心盪漾的紅娘。巴赫金在〈審美活動中的作者與主人公〉一文中提出「當我觀察在我之外而與我相對的整個一個人的時候，我們兩人實際上所感受到的具體視野是不相吻合的。……我總能看到並了解到某種他從在我之外而與我相對的位置上所看不見的東西。」為了補足看者的視野，「必須由我的超視去補足被觀照他人的視野」，〔註 59〕因此，「『觀看』作為一種美學活動在於『看者』的『觀看盈餘』（the excess of seeing）把『被看者』提昇到完整的狀態。」〔註 60〕在小曲中

〔註 57〕 張克濟：〈子弟書的艷曲〉，《車王府曲本研究》，頁 129。

〔註 58〕 在《白雪遺音》中共有三首偷窺男女私情的小曲，而丫鬟則成為主要偷窺者，例如另一首〈又從今後〉：「從今後，鸞鳳交。切莫把燈來照，你就明白了。昨夜晚，小學鬟，他在窗戶外面睄，被他睄見了。今早起，對著我，指手畫腳的笑，鬼頭又鬼腦。他說姑爺會騎馬，姑娘把小腳翹，翹的那樣高。羞得我面通紅，又好氣來又好惱，罵了聲小浪騷。」偷窺者即是丫鬟，曲中小姐罵偷窺的丫鬟「小浪騷」，似乎也透過小曲罵與丫鬟一同偷窺的讀者與聽眾。

〔註 59〕 〔俄國〕巴赫金（Mikhail M. Bakhtin）著，曉河、賈澤林、張杰、樊錦鑫等譯：《哲學美學・審美活動中的作者與主人公》，《巴赫金全集》第一卷（石家庄市：河北教育出版社，1998），頁 119、121。

〔註 60〕 馬耀民：〈作者、正文、讀者——巴赫汀的《對話論》〉，收於呂正惠主編：《文學的後設思考：當代文學理論家》（台北：正中書局，1998），頁 57～58。

的紅娘帶領著讀者與聽眾窺見鶯鶯與張生的私情，同時也讓讀者、聽眾窺視了紅娘的情欲萌動。而在畫中，亦充分展現紅娘這一角色的重要性——窺視者，在《張深之先生正北西廂秘本》的插圖裡，〈窺簡〉一幅圖直接呈現出紅娘窺視鶯鶯讀簡的景象，〔註61〕而紅娘的這一舉動卻全落入讀者的眼中，讀者彷彿透過紅娘的眼窺視著鶯鶯，並窺視著紅娘偷窺鶯鶯。讀者與聽眾充分運用了「觀看盈餘」去補足紅娘的視角，不僅看見了紅娘所見的男女私情，更看見了紅娘的思春之貌，呈現出「被看者」完整視域的狀態。

　　其實，真正的偷窺者不是丫鬟，也不是閒來無事的人，亦不是唱曲人，而是透過曲中人物視角〔註62〕觀看的讀者與聽眾，讀者與聽眾透過曲中人物的眼聚焦於片斷的私密情欲，同時運用了「意識的眼睛」去填補劇情，以各自的經驗和想像去重建場景，這種過程是一種虛構，也是一種再創造，使旁觀者與旁聽者參與其中，而小曲的編者、讀者、聽眾之間的界線因此而逐漸模糊。〔註63〕對於具有窺視內容的小曲而言，它錯綜複雜地聯結著誰在看，看到何人何事何物，看者和被看者的態度如何，要給讀者何種「召喚視野」。〔註64〕其實這類窺視男女情欲的小曲，其重點不在誰在看，因為不論看者是丫鬟還是路人，其所呈現在於看者與被看者的態度，是處於一種偷窺與被偷窺的狀態，它所給讀者與聽眾的召喚視野，是結合了讀者與聽眾的「意識的眼睛」，有如身歷其境的窺視者一般，讓讀者與聽眾參與再創造，是一種男性對女性情欲的想像。

三、透過事、物喚起意淫

　　意淫係指停留在思想或意念中而未付諸肉體行動的性愛情景而言，即用思想和語言來進行性活動。〔註65〕然而，中國語言文字的多義性，運用其隱喻與象徵亦能起意淫作用，所以，就其廣義的界說，凡可以在閱讀的人身上間接喚起性愛情景或性活動，或供給性愛資料，皆可稱之為意淫。

〔註61〕裘沙：《陳洪綬研究》：「畫家還把『晚妝殘，烏雲嚲，折開封皮孜孜看，顚來倒去不害心煩』的鶯鶯，擠到畫面的一角，這相當擁擠的空間，充分烘托出這『窺』的心態。紅娘用手指向嘴唇上輕輕一點，這個劇本上沒有的小動作，被畫家安排得十分巧妙。」（北京：人民美術出版社，2004），頁48。

〔註62〕楊義：《中國敘事學》：「視角講的是誰在看，聚焦講的是什麼被看。」（北京：人民出版社，2004），頁245。

〔註63〕張克濟：〈子弟書的艷曲〉，《車王府曲本研究》，頁130。

〔註64〕楊義：《中國敘事學》，頁191。

〔註65〕江曉原：《雲雨：性張力下的中國人》，頁138～139。

在小曲中，可以喚起意淫的事物除了肉體與具體的性愛情景外，舉凡生活週遭的微小事物皆成為提供意淫的材料，馮夢龍所輯《掛枝兒》、《山歌》中，舉凡粽子、桃子、甘蔗、瓜子、橄欖……等食物，均成為私情的隱喻；扇子、兔毫、網巾、木梳、牙刷……等日常生活用品，都變成情人的化身。自晚明以來的個性論述中，表現出對不起眼事物的鍾愛，使生活中小事物成為閱讀焦點，小疵小癖反見大意，局部中見全體。〔註66〕而沿襲晚明以來的小曲特色，《白雪遺音》亦呈現出這種對不起眼小事物的鍾愛，將生活中不起眼的小事物轉成閱讀焦點，賦予傳情達意的重大任務，甚至透過微物的描寫，喚起讀者的意淫。《白雪遺音》雖然不像《掛枝兒》、《山歌》特立詠部一卷，但也蒐集了不少以日常生活事物為主的小曲，其中大略可分為食、物、夢三方面。

（一）食

《孟子·告子》：「食色，性也。」〔註67〕《禮記·禮運》：「飲食男女，人之大欲存焉。」〔註68〕自古以來，食與色關係密切，是人類存續的要素之一。在詠物小曲中，最被廣為歌詠的食物，莫過於瓜子：

> 瓜子磕了三十個。紅紙包好，藏在錦盒。叫丫鬟，送與我那情哥哥。對他說，個個都是奴家親口磕。紅的是胭脂，溼的是吐沫。都吃了，管保他的相思病兒全好却。都吃了，相思病兒全好却。（《白雪遺音·卷二·瓜子磕》，頁97）

> 瓜子仁，本不是稀奇之貨。紙兒包，汗巾裹，送與奴情哥。好的不用多，一顆敵十顆。一顆顆都在奴的舌尖上過。勸情哥吃下去，切莫望壞了我，切莫望壞了我。（《白雪遺音·卷二·瓜子仁》，頁110）

瓜子原本是極為平常的日常生活食品，但因為經過情人的唾沫，才顯得它的珍貴，其實，貴重的不是瓜子，而是饋贈者的心意。而這些沾過情人唾沫的瓜子，對情人而言，它已經不是單純的瓜子而已，它隱含了某種的色情意涵，唾沫的分享是極為親密的，而這種親密的分享動作，不僅讓情人透過想像達

〔註66〕楊玉成：〈閱讀邊緣：晚明竟陵派的文學閱讀〉「中研院文哲所專題演講」（2003年9月19日），頁49～50。

〔註67〕〔周〕孟軻，〔清〕阮元審定：《孟子·告子上》，《十三經注疏》（台北：新文豐出版，1977），頁193。

〔註68〕〔唐〕孔穎達，〔清〕阮元審定：《禮記正義·禮運》，《十三經注疏》（台北：新文豐出版，1977），頁431。

到意淫的作用，更透過出版與傳唱，對讀者與聽眾喚起意淫。

　　在《白雪遺音》中，除了透過食物的饋贈以達到意淫的效果外，最普遍的便是透過比喻的描寫：

> 情人好比鮮桃樣，長的實在強。進的門來，滿屋裡清香，饞的奴心慌。好菓子，偏偏長在高枝上，又在葉中藏。好叫奴，乾瞪著眼兒往上望，晝夜思量。終日聞香，摸不著嘗嘗，恨壞女紅粧。到多偺，抱著樹枝幌兩幌，別人休妄想。好菓子，誰肯輕易將人讓，不用商量。（《白雪遺音‧卷一‧情人好比》，頁 36）

〈情人好比〉此首小曲，張繼光先生認爲此小曲爲女子暗戀某一固定對象；〔註69〕鹿憶鹿先生則認爲是「典型娼院女子的大膽作風」；〔註70〕李孝悌先生以爲桃子是「引發她們情欲的象徵」。〔註71〕將情人比喻做鮮桃，深刻的描繪出女子對情人的激切的渴望，運用鮮桃的香，隱微的表現出情人的誘人，「饞」字巧妙的將食與色相聯，點出女子對情人的飢渴樣貌，而「抱著樹枝幌兩幌」則表現出女子的急切，「誰肯輕易將人讓」、「別人休妄想」、「不用商量」都顯現出女子的獨占欲。就此首小曲而言，女子透過桃子對情人意淫，而讀者與聽眾則透過女子的飢饞模樣，進而得到快感，引發眾多的情慾聯想。

（二）物

　　在小曲中，手帕、繡鞋等貼身物品，常常被賦予象徵意涵，正因爲它的貼身性，所以也常成爲意淫的對象。「在物戀者性愛的象徵例子裡，通常把別人認爲沒有多大性愛價值的事物，甚至是毫無價值的事物，都變成了極有價值的東西；把抽象的感情依戀用具體的『物』來加以表現。……人如果進入戀愛過程，往往對所愛的人身上或身外的事物，例如頭髮、手或鞋子之類特別感興趣，並把對愛人的『愛』凝聚在這些或這個『物』上，讓『物』具有象徵的意義。」〔註72〕在這些貼身物品中，身體髮膚乃受之於父母，而將頭髮贈予情人，顯然別具意義：

〔註69〕張繼光：《霓裳續譜研究》（台北：文津出版社，1989），頁 128。
〔註70〕鹿憶鹿：《白雪遺音‧導讀》，（台北：金楓出版，1987），頁 5。
〔註71〕李孝悌：〈十八世紀中國社會中的情欲與身體——禮教世界外的嘉年華會〉，《中央研究院歷史語言研究所集刊》第 72 卷第 3 期（2001 年 9 月），頁 558。
〔註72〕〔英國〕哈夫洛克‧靄理士（Havelock Ellis，1859～1939），李光榮編譯：《性心理學》，頁 108。

> 情人進門你坐下，袖兒裡掏出一籽（綹）子頭髮。淚汪汪，叫聲情
> 人你可全收下。我的爹合娘，今月打發我要出嫁。你若想起奴家，
> 看看我的頭髮。要相逢，除非等奴來走娘家。那時節，與奴再解香
> 羅帕。(《白雪遺音・卷二・送頭髮》，頁 100)

因為頭髮為人身體的一部分，使它成為盟約的信物，女子將對情人的愛凝聚
在頭髮上，讓女子的頭髮成為愛意的象徵，並透過頭髮的贈予，將身體的一
部分轉交給情人。所用之物越是與主體不可分割，則兩人就越受其感染而不
可分離，當個體的情感附著在具體物品上，並染有、灌注了個人的精氣，從
而成為作用於他人的一個媒介。〔註 73〕而最後的香羅帕，則使女子的情人以
及讀者、聽眾產生無限遐想，成為誘發意淫的材料。

　　對中國人來說，足與鞋顯然是別具意義的，女子最能引起男子情慾的地
方，並不是裸露在外的部分，而是掩藏的部分，而小腳便成為女生身體最隱
秘的一部分，最能代表女性，最有性魅力。〔註 74〕中國人不僅崇尚小腳，使
其成為女性的審美標準，更賦予它色情意涵：

> 紅繡鞋兒剛沾地，穿過一次送與情人。送一隻，無人之處解解悶。
> 到晚來，輕輕隱藏在紅綾被。手摸著胸膛，又摸了摸身子。你要想
> 起奴，看見那鞋兒樂一回。若相逢，除非鞋兒湊成對。(《白雪遺音・
> 卷二・紅繡鞋兒》，頁 97)

> 情人愛我的腳兒瘦，我愛情人典雅風流。初相交，就把奴家溫存透。
> 提羅裙，故意又把金蓮露。你恩我愛，是那般樣的溫柔。手兒拉著
> 手，哎喲！肩靠肩兒走。象牙床上，羅幃懸掛鉤。哎喲！俺二人，
> 今夜晚上早成就，舌尖嘟著口，哎喲！情人莫要丟，渾身上酥麻，
> 顧不的害羞。哎喲！是俺的，不由人的身子往上湊。湊上前，奴的
> 身子毅了心不毅。(《白雪遺音・卷二・情人愛我》，頁 92)

小腳成為男子日間欣賞，夜間把玩的物品，「瘦欲無形，越看越生憐惜，此用
之在日者也。柔若無骨，愈親愈耐撫摩，此用之在夜者也。」〔註 75〕而窄小、
柔若無骨的小腳則是男人眼中的極品。正因為腳的私秘性，致使裸露小腳成

〔註 73〕 王立、劉衛英《紅豆──女性情愛文學的文化心理透視》(北京：人民出版社，
　　　　 2002)，頁 103。
〔註 74〕 劉達臨、胡宏霞：《雲雨陰陽──中國性文化象徵》(成都：四川人民出版社，
　　　　 2005)，頁 124～129。
〔註 75〕 〔清〕李漁：《閒情偶寄・飲饌部》(台北：明文書局，2002)，頁 98。

爲一種性暗示，曲中女子透過小腳的裸露暗示男子，開始性交的第一步。小腳代表了極爲私密的身體的一部分，而包裹小腳的繡花鞋就令人充滿遐想，鞋子的饋贈則充滿了性暗示，並成爲情人意淫的物品。腳與鞋都是被極度理想化的對象，是一種性象徵，並帶有征服的情緒在其中，〔註 76〕男子透過對足、鞋的擁有，滿足其官能感受，並借此獲得性興奮。

除了透過所饋贈的貼身物品來傳達性暗示外，在表達相思之情中，早在陶淵明（365～427）便寫下了〈閒情賦〉，透過十願表達其相思之深，願與之長相左右，而在《白雪遺音》中亦有願化爲身畔之物的小曲：

> 變對蝴蝶在你的鞋尖上落，輕把鳳頭咬。變条（條）汗巾，纏著你的腰，滿滿圍一遭。變個竹夫人，常在你的懷中抱，肉兒貼著。變面鏡，常對你的面兒照，實在愛睄。變來變去，變上管笛簫，變的更蹊蹺。變笛簫，嘴對嘴來把情人叫，香膀蘭膏。再變個，繡花鴛鴦枕兒，與你腮邊靠，處處伴春嬌。（《白雪遺音·卷一·變對蝴蝶》，頁 41）

> 變一面，青銅鏡常對姐兒照。變一條汗巾兒，常繫姐姐兒腰。變一個竹夫人，常被姐兒抱。變一根紫竹簫，常對姐櫻桃。到晚來，品一曲，纔把相思了。纔把相思了。（《白雪遺音·卷二·變一面》，頁110）

〈變對蝴蝶〉透過六變；〈變一面〉透過四變，期望變成情人的隨身之物：鞋、汗巾、竹夫人、鏡、笛簫、枕，並透過這些身邊之物與情人有進一步的接觸。汗巾自古以來便是男女私情的定情物，鞋在中國更是充滿性暗示，笛簫則是與口唇親密接觸之物，枕隱含有與之同床共枕之意。不同陶淵明含蓄的情感表現，在小曲中則是大膽的情欲表達，直接以鞋、汗巾、笛簫、枕等充滿性暗示的物品，傳達欲與情人如膠似漆的渴望。

除了無生命的物品可作爲引起性興奮的媒介外，有生命的動物亦可以喚起意淫，例如生物間的性愛情景即是。在勾起情欲的性愛情景中，除了人外，還有動物的交配，在《霓裳續譜》中，引起女子情欲的是狸貓的交配，而《白雪遺音》則更能體現對微小事物的關注，因爲在《白雪遺音》中，引起女子情欲的動物交配情景，從狸貓轉爲蒼蠅與蝴蝶：

〔註76〕〔英國〕哈夫洛克·靄理士（Havelock Ellis，1859～1939），李光榮編譯：《性心理學》，頁 125。

夏日天長甚難熬，獨坐在房中寂寞無聊，我好心焦，哎喲！我好心焦。推開紗牕把生活做，十指尖尖把花樣描，針線仔細挑，哎喲！顏色配的嬌。〔南詞〕姐在房中繡荷包，只見一對蒼蠅鸞鳳交：雄的上面微微動，雌的輕輕擺柳腰。他兩個正在情濃處。苦殺哉！又被個蜘蛛兒驚散了。那裏去哉？啊喲！一個兒飛在梧桐樹，哪！一個飛在楊柳梢；一個兒害了相思病，一個兒得了乾血癆。哭壞了兩個小姣姣，從今只怕命難逃。〔正調〕姐兒惱恨怎消？拿住了蜘蛛兒，定打不饒。不知他往那裡去了？哎喲！尋他又尋不著。（《白雪遺音·卷三·夏日天長》，頁 128）

茶蘼架下成雙對，鴛鴦戲水。顛鸞倒鳳，連連幾回，甚是嬌美。猛抬頭，一對蝴蝶空中配，來來回回。玉針棒，輕輕插在金瓶內，不瘦不肥。揉碎了雞冠，溼透了紅梅，好似風雨催。露水珠，點點滴在花心內，花枝兒擅（顫）微微。回繡房，四肢酸軟如酒醉，懶去畫眉。（《白雪遺音·卷一·茶蘼架》，頁 32）

透過女子百無聊賴，對蝴蝶與蒼蠅的細微觀察，進而引起情欲，這種類似的小曲格套，不排除是妓女唱來取悅恩客的。〔註 77〕在這類小曲中，女子是被想像的，她們禁不起撩撥，彷彿一些日常生活的微小事物也能勾起情欲，惹得她們慾火中燒，而讀者與聽眾則透過這類小曲，獲得其諧謔性的情欲趣味。

（三）夢

夢是潛意識願望的滿足，〔註 78〕而夢意象與夢幻模式借助於人特有的心理體驗，為相思企慕提供了一種無意識的補償，能使主體在種種現實規定性面前無法實現的追求，得以超時空地活靈活現，彷彿主體的愉悅興奮是合理的。〔註 79〕而性夢則是青年男女的一種常態，也是性衝動活躍的一種無可避免的結果，「性愛的白日夢是任何人都可以做的，它不會受到任何道德風尚和

〔註77〕 李孝悌：〈十八世紀中國社會中的情欲與身體——禮教世界外的嘉年華會〉，《中央研究院歷史語言研究所集刊》第 72 卷第 3 期（2001 年 9 月），頁 558～559。

〔註78〕 〔奧地利〕弗洛伊德（Sigmund Freud），呂俊、高申春、侯向群譯：《夢的解析》（台北：米娜貝爾出版，2000），頁 617。

〔註79〕 王立：〈略論夢與中國古代文學〉，《貴州社會科學》第 160 期（1999 年第四期），頁 75。

法律律令的約束，除非做夢的人自己給自己布下某種藩籬。」〔註80〕睡夢裡的夢遺，一般都和色情有關，總覺得身邊有一個異性的人，帶著奇幻影象，進入恍惚意境，夢境越是活色生香，色情成分就越加濃厚，生理上的興奮就越是難以控制。在性夢中，大致可分為兩類：男性與女性的性夢。

在男性方面，當生理發育時，即可能會發生性夢，而性夢則有性愛的白日夢、性愛的睡夢之別。而在小曲中，男性的性夢表現模式多為夢得佳偶，例如〈男夢遺〉即是：

> 為想多嬌難啓言，相思常掛在胸前。夢內常思多情女，不思茶飯病懨懨。雖然朝暮常相見，相思如隔萬千年。偶遇多嬌欲談幾句知心話，又恐旁人知覺露機關。天將晚，轉回還，傷心免強進房間。恨只恨，半隻銀燭將人照，無心懶去讀文篇。恨只恨，一輪明月淒涼景，忘食廢寢像癡顛。恨只恨，簷前鐵馬敲腸斷，風吹紫竹更心酸。鼠耗穿樑我只道是鬼，慌忙前去把門關。忙移步，近床前，寬衣即便去共衾眠。老天吓！想世間，孤單男子千千萬，獨宿佳人有萬千。老天若肯行方便，何不兩處移來一處眠。朦朧睡，夢魂顛，夢見多嬌在枕邊。攜手相攙，叫聲寶貝心肝，我的恩姐姐。講不盡千言與萬言，被窗前犬吠來驚醒。醒來依舊獨孤眠，我是欲求老天再賜個團圓兆。惱恨金雞報曉天，姐姐吓！那怕你，鬢髮蒼白姐姐花容敗，總要了却今生鳳世緣。月缺再團圓。（《白雪遺音·卷三·男夢遺》，頁170～171）

「感夢得佳偶」模式的普遍性，在於從情感上繼承了集體無意識中的神女夢、抒情文學中的相思夢，它是從無意識的深處揭示人物的原動機及對現實真實態度的情緒。〔註81〕感夢得佳偶自神話、志怪小說便普遍流傳，成為男子渴望飛來艷福的普遍模式，而性夢的中斷，則是男子自夢境回歸現實的方式，在男子性夢中，中斷媒介通常是雞鳴。

男女的性夢的區別在於，女性容易把所做的夢境放在白天的現實生活中，而男性在這方面是極難得的。〔註82〕在小曲中，性夢多為女性所做，而

〔註80〕〔英國〕哈夫洛克·靄理士（Havelock Ellis，1859～1939），李光榮編譯：《性心理學》，頁81、83。

〔註81〕王立：〈略論夢與中國古代文學〉，頁79。

〔註82〕〔英國〕哈夫洛克·靄理士（Havelock Ellis，1859～1939），李光榮編譯：《性心理學》，頁86。

這極可能是爲了服務眾多的男性客戶所致，讓男性讀者或聽眾，透過讀曲、聽曲的方式窺視女子的性夢，並借此獲得性興奮。有別於男子性夢中斷多爲白天的到來，女子性夢的中斷媒介則多爲狸貓：

> 斜倚欄杆做一夢，夢見情人轉回了程。慌的奴，無限的慇懃將他迎。
> 敍離情，紅綾被內鴛交鳳。有一個大胆狸貓，抓倒玉瓶。當啷啷的
> 一聲響。驚醒奴家的南柯夢。一把手抓住了，花狸虎，虎狸花，那
> 尾巴尖上那第三十三根毛。不還我的情人，還我的夢，你若是不還
> 我的夢來要你的命。（《白雪遺音·卷二·鸞鳳夢》，頁 79）

透過貓來中斷性夢，引起了讀者、聽眾有趣的聯想——偷腥。在小曲中，貓不僅是女性性夢的中斷者，更暗示著曲中男女的非正當關係，而女子夢醒後的牽怒行爲，則爲讀者、聽眾帶來諧謔性的趣味。

四、尼姑的性渴望

元陶宗儀《南村輟耕錄》：「三姑者，尼姑、道姑、卦姑也。六婆者，牙婆、媒婆、師婆、虔婆、藥婆、穩婆也。蓋與三刑六害同也。人家有一於此，而不致姦盜者，幾希矣。若能謹而遠之，如避蛇蝎，庶乎淨宅之法。」〔註 83〕因爲尼姑的女性身分，可以直接穿堂入戶，與千金閨女打交道，而成爲防不勝防的淫盜之媒。〔註 84〕所以，陶宗儀將尼姑列入「三姑六婆」之中，比之三刑六害。而和尚則因爲可透過女子禮佛燒香與其名正言順的共處，而成爲世俗男子仇視的對象，在男人希望女人盡可以少去佛寺，害怕自己妻女與和尚單獨接觸的情況下，於是便把佛寺描繪得猶如陷阱。〔註 85〕例如《僧尼孽海》一書便全是僧尼破戒行淫之事，〔註 86〕因爲僧尼必須遵守戒律，不可觸犯情欲，社會期待形象清高，所以在通俗文學之中，則透過對僧尼形象地位的易位與顛覆，以達到大眾的諧謔性趣味。《白雪遺音》雖未收錄同情、嘲弄和尚的小曲，但收錄不少以「尼姑」爲主角的小曲，除了無情的嘲弄外，〈思凡〉這一主題的戲曲則呈現出諧謔之外的觀點。而明顯摘自戲曲的小

〔註 83〕〔元〕陶宗儀：《南村輟耕錄·卷十》，《元明史料筆記叢刊》（北京：中華書局，1997），頁 126。

〔註 84〕林保淳：〈中國古典小說中的「三姑六婆」〉，《人物類型與中國市井文化》，頁218。

〔註 85〕康正果：《重審風月鑑》，頁 246～247。

〔註 86〕〔明〕不著撰者：《僧尼孽海》，《明清善本小說叢刊初編》（台北：天一出版社，1985）。

曲，〔註87〕在「尼姑思凡」的這一主題，大多以較合乎人情的方式描述，兼具同情尼姑立場，而非一味地嘲弄與批評：

> 小尼僧，坐經堂，年方二八正青春，被師父削去了青絲髮。每日裏，見幾個子弟遊戲在山門下，無心念彌陀，懶去拜菩薩。倒不如，逃下山去，尋個俏寃家，尋個俏寃家。(《白雪遺音‧卷二‧思凡》，頁109)

> 小尼姑，擊木魚，纔把禪堂坐，金爐焚香火。念了一聲，多呾多囃，咖羅哦多，救苦救難，南無彌陀，阿彌陀佛。逐日裡送眞經，使的奴家舌尖破，血染法鉢。恨爹媽，不該送在俺火坑（炕）裡坐，錯了一著。恨將起來，脫去了袈裟，纏首裹腳，成一個村婆，還是個女姣娥。尋上一個有情郎，哎喲！終身將他托，三年五載，抱上個小阿哥，哎喲！那時節，怎不叫人心快樂。念的是甚麼佛，哎喲！送的是甚麼般羅，成佛作祖待做甚麼。陳妙常也曾還俗過，好夫妻，美滿光陰及時過，共枕同羅。細想想，作佛還得佛來作，誰能成正果。(《白雪遺音‧卷一‧小尼姑》，頁21～22)

在古代，孩子若從小體弱多病，父母多用出家的方式爲他們祈福保命。〈尼姑下山〉的一段曲詞便透露出這種民間習俗：「我爹媽好諗波囉，生下奴身疾病多，愈諗哆哪，捨入庵門保佑我。」〔註88〕但當他們漸漸長大以後，寺院裏的單調生活就可能顯得十分可厭，開始羨慕一般人的生活。把幼年子女送入空門，對人格未成的幼童來說卻是種相當不公平也不仁道的事情，「這首歌雖是一個笑話，但其中的血淚，毋寧說是一種悲劇更爲貼切。」〔註89〕思凡這一主題的小曲，寫出春情萌動到覺醒和作出選擇的過程，所有的細節都符合

〔註87〕〔清〕不著撰者：《勸善金科‧第五本卷上‧動凡心空門水月》：「〔山坡裏羊〕小尼姑年方十八，正青春被師父削去了頭髮。每日裏在佛殿上燒香換水，見幾箇子弟們遊戲在山門下。他把眼兒瞧著咱，咱把眼兒覰著他。他與咱，咱共他，兩下裏都牽掛。寃家！怎能彀成就姻緣？就死在閻王殿前，由他把碓來舂、鋸來解、磨來挨，放在油鍋裏煠。由他！則見那箇活人受罪，那曾見死鬼帶枷。由他！火燒眉毛，且顧眼下。火燒眉毛，且顧眼下。」《清宮大戲》（台北：天一出版社，1986），頁44。另錢德蒼輯《綴白裘‧孽海記‧思凡》亦收此曲，《續修四庫全書》第1780冊（上海：上海古籍出版社，2002），頁33。

〔註88〕〔明〕鄭之珍：《目蓮救母勸善戲文》，《全明傳奇》（台北：天一出版社，1983），頁43。

〔註89〕陳信元校注，張夢機主編：《相思千行：明清民歌賞析》（台北：成陽出版，2001），頁194。

人情的心理真實。〔註90〕《白雪遺音》中對弱勢族群與社會邊緣人物的關懷，不僅展現在妓女、窮人乞丐，甚至尼姑亦能從較為人性的一面論述，而非一味嘲弄。當然，不可否認「尼姑思凡」的小曲所帶有的笑謔性，透過僧尼不合宜的情欲萌動引發笑意，但卻也揭發社會習俗的缺陷，呈現出清代小曲注重人情、人欲的本質。

「通俗文學的非人道主義傾向正在於，它把各種社會邊緣人物都描寫成丑角，通過醜化他們的形象來製造惡俗的大眾趣味。」〔註91〕對於不管在什麼情況下都不應該有性行為的男女，如僧尼、道士、寡婦，通俗文學一律予以無情的嘲弄，專為迎合低級趣味而編造的性犯罪，幾乎全部派在此類人物的身上，所以，僧侶成為通俗文學中的低級丑角。當然，淫祠不僅只是為製造僧尼的低級形象而捏造，當時亦有不守清律的寺院，《客座贅語・卷二》便有淪為淫祠的尼庵之相關記載：

> 嘉靖間，霍文敏公為南大宗伯，檄毀城內外諸淫祠，一時尼菴之折毀者亡算。顧當時祇行汰除，而不計尼之亡所歸者，是以久而漸復營建，至今日而私刱者，閭閻間且比比矣。尼之富者，衣服綺羅，且盛飾香纓麝帶之屬，淫穢之聲，尤腥人耳，而祠祭之法獨亡以及之。〔註92〕

看了這條記載，寺院究竟是淨土還是淫窟？究竟是在禁欲還是宣淫？頗令人質疑。沈德符《萬曆野獲編》亦記載時人對於假尼行淫的處置：「吳中有假尼行淫一事，遂羅致諸尼，不笞不逐，但以權衡準其肥瘠，每觔照豕肉之價，官賣與鰥夫，真一時快心事。」〔註93〕時人只因假尼行淫，便遂波及眾尼姑，將之視同豬肉秤斤而賣，並且稱之為快事。在當時確有淫祠存在，並透過通俗文學的推波助瀾，加之時人的不友善態度，使尼姑成為「三姑六婆」之一，成為下層社會中令人深惡痛絕的某些典型女性，成為價值判斷下的產物以及奸盜淫媒的代名詞。〔註94〕在《白雪遺音》中，有數首尼姑思凡的小曲便呈現出世人對尼姑的嘲弄與質疑：

〔註90〕 康正果：《重審風月鑑》，頁249～250。

〔註91〕 康正果：《重審風月鑑》，頁243～245。

〔註92〕 〔明〕顧起元：《客座贅語・卷二》，《元明史料筆記叢刊》，頁68。

〔註93〕 〔明〕沈德符：《萬曆野獲編・卷二十七・女僧投水》（北京：中華書局，1997），頁681。

〔註94〕 林保淳：〈中國古典小說中的「三姑六婆」〉，《人物類型與中國市井文化》，頁221。

小小庵門八字開，尼姑堂內望夫來。大殿改作相思閣，鐘樓權作望夫臺。去年當家懷六甲，新來徒弟又種胎。幸虧後面有塊三寶地。不知埋了多少小嬰孩，早早另投胎。（《白雪遺音·卷三·思凡》，頁169）

小小尼姑才十六，還未剃頭。風流事兒，從來沒有，學著把情偷。叫情人，你可將就將就多將就，緊縐眉頭。你將就奴，年輕幼小身子瘦，不慣風流。你可輕輕的擱上，慢慢而揉，那話兒款款抽。雲雨後，身子有殼心無殼，得空再來遊。奴害羞銀牙咬定法衣袖，渾身戰抖搜（擻）。（《白雪遺音·卷一·小尼姑》，頁22）

尼姑庵成了淫窟，而一個個尼姑成為縱欲者與劊子手，尼姑庵後的空地成為縱欲結果的埋藏地，在〈思凡〉這首小曲中，尼姑被無情的嘲弄，她們不止犯了色戒，而且還犯了殺戒，扼殺了一條條縱欲後產生的無辜小生命。而在〈小尼姑〉這首小曲中，小尼姑被描繪成隨時情欲勃發的「餓虎」，〔註95〕尼姑在惡俗的諧謔趣味中，被想像成情欲一觸即發的狀態，她們「師傅面前，少不的免（勉）強，也要粧（裝）腔。真來是慾火燒身把心撞。」（頁21）她們容易與上香禮佛的遊客偷情，完全禁不起勾引挑逗。

五、嘲妓

在明清小曲之中，時見嘲妓之作，如馮夢龍所輯《黃鶯兒》四十首，〔註96〕《玉谷新簧》錄有二十一首時興各處譏妓〈耍孩兒歌〉，〔註97〕孫百川亦有嘲妓之作二十九首。〔註98〕余懷《板橋雜記·上卷》：「迨夫士也色荒，女兮情倦，

〔註95〕黃克武：〈暗通款曲：明清豔情小說中的情欲與空間〉，熊秉真主編：《欲掩彌彰：中國歷史文化中的「私」與「情」——私情篇》，頁252。
〔註96〕馮夢龍所輯四十首〈黃鶯兒〉分別為：〈舞妓〉、〈老妓〉、〈教妓〉、〈瘦妓〉、〈航妓〉、〈長妓〉、〈偷妓〉、〈秃妓〉、〈駝妓〉、〈肥妓〉、〈痴妓〉、〈富妓〉、〈饞妓〉、〈矮妓〉、〈盟妓〉、〈老妓〉、〈瘡妓〉、〈醜妓〉、〈瞽妓〉、〈優妓〉、〈售妓〉、〈病妓〉、〈貧妓〉、〈貪妓〉、〈醉妓〉、〈睡妓〉、〈黔妓〉、〈拙妓〉、〈毬妓〉、〈妬妓〉、〈逃妓〉、〈孕妓〉、〈麻妓〉、〈村妓〉、〈啞妓〉、〈拖妓〉、〈跛妓〉、〈眇妓〉、〈鑽妓〉、〈淫妓〉。見〔明〕馮夢龍輯：《墨憨齋歌》，《國立北京大學中國民俗學會民俗叢書》（台北：東方文化，1974），頁73～83。
〔註97〕《玉谷新簧》中層所收「時興各處譏妓耍孩兒歌」共有十六首譏各處之妓，五首譏優童。
〔註98〕孫百川所撰二十九首〈黃鶯兒〉分別為：〈醉妓〉、〈睡妓〉、〈月妓〉、〈孕妓〉、〈長妓〉、〈麻妓〉、〈眇妓〉、〈跛妓〉、〈斑妓〉、〈秃妓〉、〈佞妓〉、〈淫妓〉、〈者

忽衰敝而金盡，亦遂歡寡而愁般。雖設阱者之恆情，實冶遊者所深戒也，青樓薄倖，彼何人哉！」〔註99〕亦有青樓薄倖之語，再參之以《掛枝兒》、《山歌》所輯〈瘦妓〉、〈壯妓〉、〈大腳妓〉等嘲妓之曲，可知，當時社會確有嘲妓、認定娼妓無情之風。

　　嘲妓的小曲是一種極為矛盾的存在，因為小曲的主要傳播者是妓女與優童，是以，其矛盾便呈現在歌者是以何種心態唱嘲妓小曲？聽者是以何種心態聽嘲妓小曲？或許正如鹿憶鹿所言：「馮夢龍的《掛枝兒》曾引起大眾的攻訐，然而，資料未顯示他輯〈黃鶯兒〉受到非難。可見嘲諷妓女大概是司空見慣的事，正如當時朝野的狎妓、放蕩一樣自然。」〔註100〕嘲妓類的小曲既是市民所司空見慣，那麼，一般市民對於妓女的觀感，則可以透過小曲窺知一二：

> 麻衣神相長街賣，高掛起招牌。姐兒招呼你往這裡來，向你說明白。你相相我，多咱離了煙花寨，休要高抬。先生細端詳，說是奇怪奇怪真奇怪，聽說道來。〔白〕我相你，天庭飽滿，準頭不歪，唇紅齒白，杏眼桃腮。男逢此相，必是良才；女逢此相，必主粧臺。〔唱〕我那如神的先生慢要胡猜，我給你錢財。〔白〕先生說道，並非胡猜，我有四句斷語，聽我說來，你可莫怪。你好比美玉被塵埋，鮮花栽在牆兒外；日有三夫之禍，夜有風流之災。姐兒說道，俺們這出門子的人兒，只知棄舊迎新，送往迎來，知道甚麼叫三夫？先生冷笑一聲說道：非也！我說這三夫，並非三從四德之夫，乃車夫轎夫馬夫。一句話，說的姐兒面紅過耳，淚珠兒迎腮。〔唱〕只見他半晌無言，手拈著香羅帶，心中不自在。先生說道我去也，這是你前生造下的風流債。還滿自無災。（《白雪遺音・卷一・麻衣神相》，頁42）

《白雪遺音》中有二首〈麻衣神相〉，內容大致相同，曲中呈現出世人對妓女的某種宿命觀：前世欠風流債。〈麻衣神相〉透過妓女與算命先生的對答，由妓女

妓〉、〈偷妓〉、〈鑽妓〉、〈貪妓〉、〈頑妓〉、〈妒妓〉、〈拙妓〉、〈痴妓〉、〈泣妓〉、〈嚲妓〉、〈還妓〉、〈齋妓〉、〈航妓〉、〈肆妓〉、〈私妓〉、〈病妓〉、〈老妓〉。見〔明〕陳所聞輯：《新鐫古今大雅南宮詞紀》，《續修四庫全書》第1741冊（上海：上海古籍，2002），頁808～810。

〔註99〕〔清〕余懷：《板橋雜記・序》，《叢書集成初編》（北京：中華書局，1985），頁3。

〔註100〕鹿憶鹿：《馮夢龍所輯民歌研究》（台北：學海出版社，1986），頁104。

對「三夫」一詞的錯誤認知，由「三從四德之夫」與「車夫轎夫馬夫」的對比，對妓女冷嘲熱諷。另一首〈麻衣神相〉中妓女對「三夫」的誤解是：「先生你這就錯了，想我們烟花柳巷，豈止三夫？」（頁 43）明顯的對妓女進行再一次的嘲諷，並在四句斷語「休戀人間風月場，急早回頭覓才郎，從良只學陳三兩，莫學當年杜十娘。」（頁 43）表達出慎選從良才是妓女最佳的出路。

在閱聽嘲妓的小曲群眾中，除了一般市民外，還有妓院、歌樓的主要消費群，對於男性讀者、聽眾而言，他除了閱聽嘲妓小曲，可能還嫖過妓，例如〈久聞大名〉便是敘述一名嫖客的心聲：

> 久聞姑娘名頭大，見面也不差。捌（腳）大臉醜，賽過夜叉，渾身怪腌臢。桌面上，何曾懂的說句交情話，開口令人麻。若問他的床鋪兒，放屁咬牙說夢話，外代著爭開發。一張臭嘴，焦黃的頭髮，虱子滿身扒。唱曲兒，好似狼叫人人怕，又不會彈琵琶。要相好，除非倒貼兩吊大，玩你後庭花。（《白雪遺音·卷一·久聞大名》，頁 27）

美妓畢竟是少數，對曾嫖過妓的男性讀者、聽眾來說，尤其是有過不愉快嫖妓經驗的閱聽者，這首小曲可能喚起他們的共鳴，從而使他們在閱聽的過程中，透過曲詞對妓女的外表、才藝的批評，抒發舊經驗中的不滿，從而獲得快感。但是，對於外貌與才藝受批評的妓女而言，在演唱這首小曲的同時，在滿足聽眾的惡意趣味外，更多的是爲生活不得不承受的委屈。

六、懼　內

通俗文學的諧謔趣味除了表現在對經典、秀才、尼姑和尚的顛覆外，還表現在對丈夫地位的上下易位，以及男尊女卑的顛倒。明謝肇淛在《五雜俎》中便分析了三種懼內的丈夫類型：

> 懼內者有三：貧賤相守，艱難備嘗，一見天日，不復相制，一也；枕席恩深，山河盟重，轉愛成畏，積溺成迷，二也；齊大非偶，阿堵生威，太阿倒持，令非己出，三也。婦人欲干男子之政，必先收其利權，利權一入其手，則威福自由，僕婢帖服。男子一動一靜，彼必知之。大勢既成，即欲反之，不可得已。〔註101〕

懼內丈夫或爲貧賤夫妻，或因由愛生畏，或因娘家財勢盛大，而其關鍵在於「利權」，權力確定了其地位之尊卑、上下，丈夫之所以懼內出在於妻子掌握

〔註101〕〔明〕謝肇淛：《五雜俎·卷八·人部四》（瀋陽：遼寧教育出版社，2001），頁 153。

了權力，丈夫在家中的權位已然弱化，進而衝擊女主內、男主外的正統分界，使妻子得以控制丈夫在外面的活動。〔註102〕在小曲中，馮夢龍便輯錄了兩首〈懼內〉的小曲：

> 天生成怕老婆其實可笑，又不是爹又不是娘又不是強盜。見了他戰兢兢虛心兒聽教，吃酒的逢著人說天性不好飲；好色的逢著人說惱的是闌。略犯他些規矩也，動不動有幾夜吵。

> 天不怕，地不怕，連爹娘也不怕，怕只怕狠巴巴我那箇房下，我房下其實有些難說話。他是吃醋的眞太歲，淘氣的活羅剎，就是半句的話不投機也，老大的耳光兒就亂亂的打。〔註103〕

在「懼內」主題的小曲中，妻子被刻劃成一個潑婦形象，她嫉妒心重，而且動不動就對丈夫大發雷霆；同時，她是男人想像的一種產物，在男人想像中，她的精力、憤怒、欲望是無窮無盡的。〔註104〕而這種悍婦形象也出現在清代小曲之中，如《白雪遺音》便收有一首〈怕老婆〉：

> 天不怕來地不怕，怕只怕的小子他媽。一進門不是打來就是罵。無奈何！雙膝跪在床沿下，頭頂著尿盆；手執著家法。哀告小子他媽，哎喲！哀告老婆媽。從今再不敢犯你家法。哎喲！任憑你隨便打俺幾百下。從今後，你要怎麼便怎麼。(《白雪遺音・卷二・怕老婆》，頁99～100)

小曲透過妻子的妒與兇悍以引起讀者、聽眾的驚異與嘲笑，但在小說中，如《療妒緣》中生性酷妒，小時就吃醋拈酸的淑貞、〔註105〕《醋葫蘆》中要求丈夫限時刻焚香出去的都氏等，〔註106〕在作者刻意安排下，妒婦悍妻最後必需成爲「賢妻」，妥協於家庭，放棄其原本的妒與悍。

　　《白雪遺音》所反映出的情欲觀，是一種合於庶民道德觀的情欲，它不

〔註102〕〔美國〕馬克夢（Professor R. Keith McMahon）著，王維東、楊彩霞譯：《吝嗇鬼、潑婦、一夫多妻者：十八世紀中國小說中的性與男女關係》（北京：人民文學出版社，2001），頁58～59。

〔註103〕〔明〕馮夢龍：《掛枝兒・謔部九卷・懼內》，頁264。

〔註104〕〔美國〕馬克夢（Professor R. Keith McMahon）著，王維東、楊彩霞譯：《吝嗇鬼、潑婦、一夫多妻者：十八世紀中國小說中的性與男女關係》，頁58。

〔註105〕〔清〕不著撰者：《療妒緣》，《明清善本小說叢刊初編》（台北：天一出版社，1985）。

〔註106〕〔清〕伏雌教主：《醋葫蘆》，《明清善本小說叢刊初編》（台北：天一出版社，1985）。

直接與傳統道德規範相衝突，在滿足市井百姓的情欲快感的同時，又對市井百姓們進行道德勸戒，使人在閱聽情欲性類小曲時，以站在旁觀者的立場，既滿足於道德法律不允許的悖德快感，又因所閱聽的都是曲中人物所為，自己並沒有實質牴觸道德法律。在小曲的諧謔趣味上，讀者與聽眾透過閱聽小曲，將傳統權力、地位、形象的顛覆、貶低，從中獲得某種優越，獲得歡笑與譏笑的雙重快感，並透過「意識的眼睛」，想像自己參與其中，成為曲中人物之一，但卻又游離於道德責任之外，在匿名的狀態下享受情欲快感。《白雪遺音》的情欲觀是不牴觸道德，是充滿狂歡式的笑，是百姓對權力的諷刺，是充滿人情百態的寫照。

第六章　結　論

　　小曲是明清時期廣爲流行的時調，源起於北方里巷歌謠，後來由北而南
風靡全國，堪稱明代一絕。小曲之所以爲明清時期的百姓所喜聞樂見，正因
爲其通俗的特性，小曲跨越了地域的限制，由北而南，再由南而北，廣爲流
行；同時，小曲不僅風靡百姓，也征服了文人，正因爲小曲的眞，使得諸多
文人爲之讚賞。在李開先、袁宏道等人將小曲尊爲眞聲之後，馮夢龍先後輯
評《掛枝兒》、《山歌》，風行各階層，呈現出小曲跨階級、跨文化的特性。

　　小曲是流行於明清的市井文學，是市井百姓集體創作的口傳文學，是最
能傳遞市井人民心聲，表達出人民所求、所願、所好、所惡的，故小曲最能
表現市井文化。又小曲傳唱者多爲妓女、優童，在商品經濟發達的明清時期，
閱聽小曲被作爲商品消費，而妓女、優童爲迎合大眾喜好，故言辭多涉情色、
欲望，所以小曲的內容遂呈現出一個明清時代的情欲世界。

　　在官方禁止官吏狎妓、廢除官妓、禁淫詞小說等諸多法令，以及大力推
崇貞節牌坊和諸多女性閨訓書籍的出版，呈現出一個極度禁欲的社會。但在
通俗文學的世界中，男女相思、偷情的作品不斷的被吟詠，窺視與情色不斷
的被描寫，刻畫出一個縱欲的世界。在官方禁令、社會規範與通俗文學之間，
形成禁欲與縱欲的衝突、矛盾，在上行法令、規範與百姓生活脫節時，社會
陷入一個極度弔詭的情況，「禮教殺人」的事層出不窮，言行不一、表裏不一
致的人充斥社會，連情色書籍也不忘在序、跋加入道德勸戒與果報觀念，顯
現出既誡淫又誨淫的現象。面對這樣的情欲社會，清儒企圖居中調和，以「以
情絜情」、「達情遂欲」肯定人欲，以「欲由欲寡」節制不當的欲望。

　　嘉、道年間蒐集出版的《白雪遺音》，其內容呈現出清中葉的情欲社會，

在其所反映的社會觀，是一種同情弱勢、肯定人欲、追求名利的社會；是面對社會既得權力者予以批判的真情表現。小曲係為市井娛樂文學，在傳統道德滲透之下，顯現出道德與情欲的衝突與消融，在追求商業利潤之下，情色、嘲弄是小曲的主調；但在道德教化與果報觀念的滲透下，道德勸誡成為小曲的基本包裝，道德與情欲並存於小曲之中。嬉笑怒罵、插科打諢是通俗文化的特色，小曲的趣味便表現在對權力、地位的顛覆與色情想像之中，將儒家經典、丈夫在家庭中地位等加以翻轉，將私情、意淫加以公開。同時，透過妓女唱嘲妓小曲達到妓女自我貶抑，並由此抒發舊經驗不滿，以獲得快感。小曲的諧謔趣味在於其顛覆性，經由權力、地位、公私領域、自我貶抑的顛覆，致使閱聽者從中獲得趣味。

由清代政治、社會、經濟、思想背景對小曲的影響看來，總結各章所述，《白雪遺音》其所反映的社會情欲文化，大致可從三方面來看：

其一，商品化。自明中葉以來的資本主義萌芽現象，社會逐漸趨向商品經濟及貨幣經濟，大宗貨品的運銷，以及賦役貨幣化的傾向，加速社會經濟的發展，以及文化產物商品化的現象。所以，文人成為訟棍，愛情被有價計算，情欲可以被消費、買賣。

其二，人情化。傳統四民階層開始鬆動，商人階級的興起，促使人民正視物質需求，在高道德標準與民生需求相衝突之下，人情不再被道德所淹沒，弱勢群體被人們關注、同情，思想界調和人情與道德，提出符合人情的觀點。

其三，趣味化。傳統詩歌具有其諷喻精神；然而，在小曲之中，又兼有趣味，《白雪遺音》具有通俗文化的「狂歡」特質，它透過降格、上下顛覆易位達到笑的效果，娛樂大眾。

《白雪遺音》所反映的是一種商品化、人情化、趣味化的文化，它以牟利為主，不真正違反道德，卻又游離於規範之外；它的主要功用是娛樂，嘲弄社會的同時，卻又同情弱勢，反映出明清時期禁欲與縱欲並行，既衝突又彼此融合的民間文化。雖然，小曲被稱為「淫詞艷曲」，甚至直到民初，鄭振鐸依然沒有勇氣全印，僅以《白雪遺音選》出版，但不可否認的，《白雪遺音》反映了當時禁欲與縱欲、誡淫與宣淫、道德與情欲並行的民間文化，突顯出明清時代社會文化的轉型，以及小曲情欲書寫的特質。

附　錄

華廣生年譜簡表（17??～18??）

時　　間	生　　平
乾隆年間 （17??）	出生。山東歷城人。
嘉慶二年至三年 （1797～1798）	《白雪遺音》大略蒐集完成。
嘉慶四年三月 （1799）	高文德爲《白雪遺音》作序。
嘉慶六年春 （1801）	陳燕至山東歷山。
嘉慶九年十月 （1804）	華廣生爲《白雪遺音》自序。
嘉慶十一年 （1806）	華廣生與陳燕相識，陳燕爲《白雪遺音》作序。
嘉慶十四年 （1809）	發生李毓昌案，其事被編入小曲，廣爲流傳，爲華廣生輯入書中。
道光八年 （1828）	《白雪遺音》在玉慶堂出版。
道光九年冬 （1829）	華廣生郵寄《白雪遺音》予吳淳，吳淳爲《白雪遺音》作序。
道光九年以後 （1829～）	《白雪遺音》再次刊行，加入吳淳序文。華廣生卒。

徵引書目

（依作者／編者筆劃排列）

一、古籍資料

【四劃】

1. 不著撰者：《京本通俗小說》，長沙：商務印書館，1939。

2. 不著撰者：《僧尼孽海》，《明清善本小說叢刊初編》，台北：天一出版社，1985。

3. 不著撰者：《療妒緣》，《明清善本小說叢刊初編》，台北：天一出版社，1985。

4. 不著撰者：《勸善金科》，《清宮大戲》，台北：天一出版社，1986。

5. 不著撰者：《十二寡婦征西》，《明清善本小說叢刊續編》，台北：天一出版社，1990。

6. 王守仁：《王陽明全集》，上海：上海古籍出版社，1992。

7. 王先謙：《荀子集解》，台北：廣文書局，1972。

8. 王實甫，金聖嘆批點，張建一校注：《第六才子書西廂記》，台北：三民書局，2005。

9. 王曉傳：《元明清三代禁毀小說戲曲史料》，北京：作家出版社，1958。

10. 王驥德：《曲律》，《歷代詩史長編二輯》，台北：鼎文書局，1974。

11. 孔穎達著，阮元審定：《禮記正義》，《十三經注疏》，台北：新文豐出版，1977。

12. 孔穎達著，阮元審定：《毛詩正義》，《十三經注疏》，台北：新文豐出版，1977。

13. 仁孝文皇后：《內訓》，《百部叢書集成》，北京：中華書局，1991。

【五劃】

1. 石玉昆：《三俠五義》，台北：世界書局，1979。

2. 申時行等:《明會典》,《欽定四庫全書》電子版,香港:迪志文化出版,1999。

3. 司馬遷:《史記》,《二十五史》,台北:鼎文書局,1987。

【六劃】

1. 朱熹:《詩集傳》,台北:藝文印書館,1974。

2. 朱熹:《四書集註》,台南:東海出版社,1975。

3. 朱熹、呂祖謙撰,江永集注:《近思錄集注》,台北:台灣中華書局,1980。

4. 朱熹:《朱子文集》,《叢書集成初編》,北京:中華書局,1985。

5. 朱熹編:《二程遺書》,《景印文淵閣四庫全書》,台北:台灣商務,1985。

6. 伏雌教主:《醋葫蘆》,《明清善本小說叢刊初編》,台北:天一出版社,1985。

【七劃】

1. 李斗:《揚州畫舫錄》,《清代史料筆記叢刊》,北京:中華書局,1997。

2. 李昉:《太平御覽》,《景印文淵閣四庫全書》,台北:台灣商務,1983。

3. 李開先:《李開先集》,北京:中華書局,1959。

4. 李漁:《閒情偶寄》,台北:明文書局,2002。

5. 李夢陽:《空同集》,《景印文淵閣四庫全書》,台北:台灣商務印書館,1985。

6. 李維楨:《大泌山房集》,《四庫全書存目叢書》,台南:莊嚴文化,1997。

7. 李贄:《焚書》,《海外藏中國珍稀書系》,北京:中國戲劇,2000。

8. 李瀚章:《大清律例彙輯便覽》,台北:成文出版,1975。

9. 何心隱:《何心隱集》,北京:中華書局,1981。

10. 何良俊:《四友齋叢說》,《續修四庫全書》,上海:上海古籍出版社,2002。

11. 余治:《得一錄》,台北:華文書局,1969。

12. 余懷:《板橋雜記》,《叢書集成初編》,北京:中華書局,1985。

13. 沈垚:《落帆樓文集》,《續修四庫全書》,上海:上海古籍,2002。

14. 沈德符:《萬曆野獲編》,《元明史料筆記叢刊》,北京:中華書局,1997。

15. 汪啓淑:《水曹清暇錄》,《續修四庫全書》,上海:上海古籍出版社,2002。

16. 汪道昆:《太函集》,合肥:黃山書社,2004。

17. 杜文瀾:《古謠諺》,《續修四庫全書》,上海:上海古籍出版社,2002。

18. 伊桑阿等:《康熙會典》,台北:文海出版社,1992。

19. 吳敬梓:《儒林外史》,台北:桂冠圖書,1990。

【八劃】

1. 周德清,任中敏疏證:《中原音韻作詞十法疏證》,台北:西南書局,1972。

2. 阿克當阿等修，姚文田等纂：《江蘇省揚州府志》，《中國方志叢書》，台北：成文出版社，1974。

3. 法式善：《陶廬雜錄》，《清代史料筆記叢刊》，北京：中華書局，1997。

【九劃】

1. 紀昀等：《欽定四庫全書》電子版，香港：迪志文化，1999。

2. 紀振倫：《楊家將演義》，台北：三民書局，2002。

3. 范濂：《雲間據目鈔》，《筆記小說大觀》，台北：新興書局，1988。

4. 胡應麟：《少室山房筆叢》，北京：中華書局，1958。

【十劃】

1. 袁宏道：《袁中郎全集》，台北：清流出版社，1976。

2. 袁宏道著，錢伯城箋校：《袁宏道集箋校》，上海：上海古籍，1981。

3. 徐再思，俞忠鑫校注：《甜齋樂府》，上海：上海古籍出版社，1991。

4. 班固：《漢書》，《二十五史》，台北：鼎文書局，1987。

5. 徐珂：《清稗類鈔》，北京：中華書局，2003。

6. 笑笑生：《金瓶梅詞話》，東京：大安株式會社，1963。

7. 馬瑞辰：《毛詩傳箋通釋》，台北：廣文書局，1980。

8. 凌濛初：《二刻拍案驚奇》，台北：世界書局，1975。

【十一劃】

1. 陳弘緒：《寒夜錄》，《續修四庫全書》，上海：上海古籍，2002。

2. 陳所聞輯：《新鐫古今大雅南宮詞紀》，《續修四庫全書》，上海：上海古籍，2002。

3. 陳耆卿：《浙江省嘉定赤城志》，《中國方志叢書》，台北：成文出版社，1983。

4. 陳鼎：《三風十愆記》，《筆記小說大觀》，台北：新興書局，1974。

5. 陳確：《陳確集》，台北：漢京文化，1984。

6. 《清實錄·聖祖實錄》、《清實錄·世宗實錄》、《清實錄·高宗實錄》，北京：中華書局，1985～1986。

7. 陸九淵：《象山語錄》，《欽定四庫全書》電子版，香港：迪志文化，1999。

8. 陸楫：《蒹葭堂稿》，《續修四庫全書》，上海：上海古籍，2002。

9. 張岱《陶庵夢憶》，《零玉碎金集刊》，台北：新文豐出版，1982。

10. 陶宗儀：《南村輟耕錄》，《元明史料筆記叢刊》，北京：中華書局，1997。

11. 郭茂倩：《樂府詩集》，北京：中華書局，1979。

12. 梁紹壬：《兩般秋雨盦隨筆》，台北：新興書局，1956。

13. 曹雪芹，馮其庸等校注：《紅樓夢》，台北：里仁書局，2000。

14. 章學誠：《婦學》，《叢書集成初編》，北京：中華書局，1985。

【十二劃】

1. 馮夢龍輯：《墨憨齋歌》，《國立北京大學中國民俗學會民俗叢書》，台北：東方文化，1974。

2. 馮夢龍：《醒世恆言》、《警世通言》、《喻世明言》，台北：弘毅出版，1982。

3. 馮夢龍：《山歌》，《馮夢龍全集》，上海：上海古籍出版社，1993。

4. 馮夢龍：《掛枝兒》，《馮夢龍全集》，上海：上海古籍出版社，1993。

5. 馮夢龍：《情史》，《馮夢龍全集》，南京：江蘇古籍出版社，1993。

6. 馮夢龍、王廷紹、華廣生等：《明清民歌時調集》，上海：上海古籍出版社，1999。

7. 馮應京：《月令廣義》，《四庫全書存目叢書》，台南：莊嚴文化，1996。

8. 黃宗羲：《明儒學案》，台北：河洛圖書出版社，1974。

9. 黃宗羲：《明夷待訪錄》，台北：廣文書局，1981。

10. 黃健彰編：《明代律例彙編》，台北：中央研究院歷史語言研究所，1979。

11. 焦循：《雕菰集》，台北：鼎文書局，1977。

12. 焦循：《孟子正義》，北京：中華書局，1998。

13. 傅以漸等：《內則衍義》，《欽定四庫全書》電子版，香港：迪志文化，1999。

14. 鈕琇：《觚賸續編》，《四庫全書存目叢書》，台南：莊嚴文化，1995。

15. 嵇璜等：《皇朝文獻通考》，《欽定四庫全書》電子版，香港：迪志文化，1999。

16. 湯顯祖：《牡丹亭》，台北：台灣商務印書館，1972。

【十三劃】

1. 葉盛：《水東日記》，《元明史料筆記叢刊》，北京：中華書局，1997。

2. 葉夢珠：《閱世編》，《筆記小說大觀》，台北：新興書局，1983。

3. 楊掌生：《夢華瑣簿》，《筆記小說大觀》，台北：新興書局，1974。

【十四劃】

1. 趙南星：《味檗齋文集》，上海：台灣商務，1939。

2. 趙爾巽主編：《清史稿》，台北：華世出版社，1981。

【十五劃】

1. 劉辰：《國初事蹟》，《四庫全書存目叢書》，台南：莊嚴文化，1996。

2. 劉廷璣：《在園雜志》，《續修四庫全書》，上海：上海古籍出版社，2002。

3. 劉寶楠：《論語正義》，北京：中華書局，1999。

4. 鄭之珍：《目蓮救母勸善戲文》，《全明傳奇》，台北：天一出版社，1983。

5. 歐陽修、宋祁等：《新唐書》，北京：中華書局，1975。

6. 黎靖德編：《朱子語類》，台北：華世出版社，1987。

【十六劃】

1. 錢泳：《履園叢話》，《清代史料筆記叢刊》，北京：中華書局，2006。

2. 錢德蒼輯：《綴白裘》，《續修四庫全書》，上海：上海古籍出版社，2002。

【十七劃】

1. 謝肇淛：《五雜俎》，沈陽：遼寧教育出版社，2001。

2. 戴震：《孟子字義疏證》，台北：廣文書局，1978。

【十八劃】

1. 顏元：《四書正誤》，北京：中華書局，1987。

【二十劃】

1. 竇儀等：《宋刑統》，台北：文海出版社，1974。

【二十一劃】

1. 顧炎武，黃汝成集釋：《日知錄集釋》，長沙：岳麓書社，1994。

2. 顧起元：《客座贅語》，《元明史料筆記叢刊》，北京：中華書局，1997。

3. 顧祿：《清嘉錄》，《國立北京大學中國民俗學會民俗叢書》，台北：東方文化，1974。

二、理論及研究著作

（一）國內學者

【三劃】

1. 上海藝術研究所、中國戲劇家協會上海分會編：《中國戲曲曲藝詞典》，上海：上海辭書出版社，1981。

【四劃】

1. 王書奴：《中國娼妓史話》，台北：大林書店，1971。

2. 王書奴：《娼妓史》，台北：代表作國際圖書，2006。

3. 王立、劉衛英《紅豆——女性情愛文學的文化心理透視》，北京：人民出版社，2002。

4. 王邦雄、岑溢成、楊祖漢、高柏園：《中國哲學史》，台北：國立空中大學，2003。

5. 王強：《遮蔽的文明——性觀念與古中國文化》，台北：文津出版社，2003。

6. 王建剛：《狂歡詩學——巴赫金文學思想研究》，上海：學林出版社，2001。

7. 王爾敏：《明清時代庶民文化生活》，台北：中央研究院近代史研究所，1996。

8. 王躍生：《十八世紀中國婚姻家庭研究》，北京：法律出版社，2000。

9. 方志遠：《明代城市與市民文學》，北京：中華書局，2005。

10. 中國大百科全書總編輯委員會：《中國大百科全書·音樂舞蹈卷》，北京：中國大百科全書出版社，1981。

【六劃】

1. 朱介凡、婁子匡：《五十年來的中國俗文學》，台北：正中書局，1962。

2. 朱介凡：《中國歌謠論》，台北：中華書局，1984。

3. 朱自清：《中國歌謠》，上海：復旦大學出版社，2005。

4. 朱國華：《文學與權力：文學合法性的批判性考察》，上海：華東師範大學出版社，2006。

5. 全漢昇：《中國經濟史論叢》，香港：新亞書院，1972。

6. 江曉原：《雲雨：性張力下的中國人》，上海：東方出版中心，2006。

【七劃】

1. 李明軍：《禁忌與放縱——明清艷情小說文化研究》，濟南：齊魯書社，2005。

2. 李家瑞：《北平俗曲略》，台北：文史哲出版社，1974。

3. 巫仁恕：《奢侈的女人——明清時期江南婦女的消費文化》，台北：三民書局，2005。

4. 呂正惠主編：《文學的後設思考：當代文學理論家》，台北：正中書局，1998。

5. 吳存存：《明清社會性愛風氣》，北京：人民文學出版社，2000。

6. 谷風出版社編輯部：《明清資本主義萌芽研究論文集》（上），台北：谷風出版社，1987。

7. 余英時《儒家倫理與商人精神》，桂林：廣西師範大學出版社，2004。

【八劃】

1. 林純如：《總體經濟學》，台北：中華電視，2003。

2. 周時奮：《市井》，濟南：山東畫報出版社，2003。

【九劃】

1. 胡適：《戴東原的哲學》，台北：台灣商務印書館，1967。

【十劃】

1. 高王凌：《活著的傳統——十八世紀中國的經濟發展和政府政策》，北京：北京大學出版社，2005。

2. 高宣揚：《福柯的生存美學》，北京：中國人民大學出版社，2005。

3. 徐君、楊海：《妓女史》，台北：華成圖書，2004。

【十一劃】

1. 張麗珠：《清代義理學新貌》，台北：里仁書局，2002。

2. 張麗珠：《清代新義理學——傳統與現代的交會》，台北：里仁書局，2005。

3. 張秀民：《中國印刷史》，上海：人民出版社，1989。

4. 張紹勛：《中國印刷史話》，台北：台灣商務印書館，1994。

5. 張清溪、許嘉棟、劉鶯釧、吳聰敏：《經濟學——理論與實際》，台北：翰蘆圖書，1995。

6. 張繼光：《霓裳續譜研究》，台北：文津出版社，1989。

7. 陳江：《明代中後期的江南社會與社會生活》，上海：上海社會科學院出版社，2006。

8. 陳東原：《中國婦女生活史》，台北：台灣商務，1977。

9. 陳信元校注，張夢機主編：《相思千行：明清民歌賞析》，台北：成陽出版，2001。

10. 鹿憶鹿：《馮夢龍所輯民歌研究》，台北：學海出版社，1986。

11. 鹿憶鹿導讀：《白雪遺音》，台北：金楓出版，1987。

12. 許大齡：《清代捐納制度》，台北：文海出版社，1984。

13. 康正果：《重審風月鑑》，台北：麥田出版，1998。

14. 淡江大學中文系編：《人物類型與中國市井文化》，台北：台灣學生書局，1995。

【十二劃】

1. 黃仁宇，阿風、許文繼、倪玉平、徐衛東譯：《十六世紀明代中國之財政與稅收》，台北：聯經出版，2001。

2. 黃清泉、蔣松源、譚邦和：《明清小說的藝術世界》，台北：洪葉文化，1995。

3. 黃鎮偉：《坊刻本》，南京：江蘇古籍出版社，2002。

4. 曾永義：《說俗文學》，台北：聯經出版，1980。

5. 傅承洲：《馮夢龍與通俗文學》，鄭州市：大象出版社，2000。

【十三劃】

1. 楊民康：《中國民歌與鄉土社會》，長春：吉林教育出版社，1992。

2. 楊義：《中國敘事學》，北京：人民出版社，2004。

3. 楊蔭深：《中國俗文學概論》，台北：世界書局，1974。

4. 楊蔭瀏：《中國古代音樂史稿》，台北：大鴻圖書，1997。

5. 裘沙：《陳洪綬研究》，北京：人民美術出版社，2004。

6. 萬明編：《晚明社會變遷問題與研究》，北京：商務印書館，2005。

【十四劃】

1. 熊秉眞主編：《欲掩彌彰：中國歷史文化中的「私」與「情」──私情篇》，台北：漢學研究中心，2003。

2. 熊秉眞、張壽安編：《情欲明清──達情篇》，台北：麥田出版，2004。

【十五劃】

1. 劉烈茂、郭精銳等：《車王府曲本研究》，廣州：廣東人民出版社，2000。

2. 劉復、李家瑞等編：《中國俗曲總目稿》，台北：中央研究院歷史語言研究所，1932。

3. 劉達臨、胡宏霞：《雲雨陰陽──中國性文化象徵》，成都：四川人民出版社，2005。

4. 鄭振鐸：《鄭振鐸全集》，石家庄市：花山文藝出版社，1998。

5. 鄭振鐸：《中國俗文學史》，台北：台灣商務印書館，1999。

6. 蔡仁厚：《宋明理學·北宋篇》，台北：台灣學生書局，2002。

7. 蔣兆成：《明清杭嘉湖社會經濟研究》，杭州：浙江大學出版社，2003。

【十六劃】

1. 鮑家麟編：《中國婦女史論集》，台北：稻鄉出版，1988。

2. 蕭國亮：《中國娼妓史》，台北：文津出版社，1996。

【十七劃】

1. 謝國禎選編，牛建強等校勘：《明代社會經濟史料選編》，福州市：福建人民出版社，2005。

2. 韓結根：《明代徽州文學研究》，上海：復旦大學出版社，2006。

【十八劃】

1. 聶付生：《馮夢龍研究》，上海：學林出版社，2002。

【十九劃】

1. 羅錦堂：《錦堂論曲》，台北：聯經出版，1979。

（二）國外學者（按字母順序排列）

1. 安德烈·貢德·弗蘭克（Andre Gunder Frank），劉北成譯：《白銀資本》（北京：中英編譯出版社，2000）。

2. 安東尼・紀登斯（Anthorny Giddens，1938～），胡宗澤、趙力濤譯：《民族國家與暴力》（台北：左岸文化，2005）。

3. 哈羅德・布魯姆（Harold Bloom），徐文博譯：《影響的焦慮──一種詩歌理論》（南京：江蘇教育出版社，2006）。

4. 哈夫洛克・靄理士（Havelock Ellis），李光榮編譯：《性心理學》（重慶：重慶出版社，2006）。

5. 杰夫瑞・C・亞歷山大（Jeffrey C. Alexander）、史蒂芬・謝德門（Steven Seidman）主編：《文化與社會》（台北：立緒文化事業有限公司，2005）。

6. 彭慕蘭（Kenneth Pomeranz），史建云譯：《大分流：歐洲、中國及現代世界經濟的發展》（南京：江蘇人民出版社，2006）。

7. 巴赫金（Mikhail M. Bakhtin）著，白春仁、曉河、周啓超、潘月琴、黃玫等譯：《文本、對話與人文》（石家庄：河北教育出版社，1998）。

8. 巴赫金（Mikhail M. Bakhtin）著，李兆林、夏忠憲等譯：《拉伯雷研究》（石家庄：河北教育出版社，1998）。

9. 巴赫金（Mikhail M. Bakhtin）著，曉河、賈澤林、張杰、樊錦鑫等譯：《哲學美學》（石家庄市：河北教育出版社，1998）。

10. 馬文・克拉達（Marvin Chlada）、格爾德・登博夫斯基（Gerd Dembowski）編，朱毅譯：《福柯的迷宮》（北京：商務印書館，2005）。

11. 艾梅蘭（Maram Epxtein），羅琳譯：《競爭的話語──明清小說中的正統性、本真性及所生成之意義》（南京：江蘇人民出版社，2005）。

12. 米歇・傅科（Michel Foucault），王德威譯：《知識的考掘》（台北：麥田出版，2001）。

13. 馬克夢（Professor R. Keith McMahon）著，王維東、楊彩霞譯：《吝嗇鬼、潑婦、一夫多妻者：十八世紀中國小說中的性與男女關係》（北京：人民文學出版社，2001）。

14. 弗洛伊德（Sigmund Freud），汪鳳炎、郭本禹等譯：《精神分析新論》（台北：米娜貝爾出版，2000）。

15. 弗洛伊德（Sigmund Freud），呂俊、高申春、侯向群譯：《夢的解析》（台北：米娜貝爾出版，2000）。

16. 曼素恩（Susan Mann），定宜庄、顏宜葳譯：《綴珍錄──十八世紀及其前後的中國婦女》（南京：江蘇人民出版社，2005）。

（三）學位論文

1. 周玉波：《明代民歌研究》（南京：南京師範大學博士論文，2004）。

2. 洪佩榕：《明清詠歷史人物之小曲研究》（嘉義：中正大學中國文學研究所碩士論文，2004）。

3. 陳怡伶《清代小曲研究》（台北：中國文化大學中國文學研究所碩士論文，2005）。

4. 張繼光：《明清小曲研究》（台北：中國文化大學中國文學研究所博士論文，1993）。

5. 黃志良：《白雪遺音研究》（台北：東吳大學中國文學研究所碩士論文，1991）。

6. 劉淑娟：《馮夢龍纂評時調民歌美學研究》（台北：台灣師範大學國文研究所碩士論文，2003）。

7. 鄭義雨：《明清民歌研究》（台北：台灣師範大學國文研究所碩士論文，2000）。

8. 賴慧眞：《馮夢龍所輯民歌之風俗研究》（台北：東吳大學中國文學研究所碩士論文，1999）。

（四）期刊論文

1. 王立：〈略論夢與中國古代文學〉，《貴州社會科學》第 160 期（1999 年第四期）。

2. 李孝悌：〈十八世紀中國社會中的情慾與身體——禮教世界外的嘉年華會〉，《中央研究院歷史語言研究所集刊》第 72 卷第 3 期（2001 年 9 月）。

3. 胡健：〈清代情慾美學論略〉，《通化師範學院學報》第 22 卷第 1 期（2001 年 2 月）。

4. 張麗珠：〈心性名教外一章：清代的義理學轉型與文學之呼應〉，《文學新鑰》第二期（2004 年 7 月）。

5. 張繼光：〈明清小曲曲文傳衍之類型及原因析探〉，《興大人文學報》第 37 期（2006 年 9 月）。

6. 楊玉成：〈小眾讀者：康熙時期的文學傳播與文學批評〉，《中國文哲研究集刊》第 19 期（2001 年 9 月）。

7. 楊玉成：〈閱讀邊緣：晚明竟陵派的文學閱讀〉「中研院文哲所專題演講」（2003 年 9 月 19 日）。

8. 劉奇俊：〈清初開放海禁考略〉，《福建師範大學學報·哲學社會科學版》1994 年第 3 期。

9. 劉淑娟：〈論馮夢龍纂評之時調民歌審美意趣〉，《文與哲》第五期（2004 年 12 月）。

10. 樊樹志：〈明清江南市鎮的早「早期工業化」〉，《復旦學報·社會科學版》2005 年第 4 期。

11. 羅肇前：〈全國統一市場形成于 19 世紀初〉，《東南學術》2002 年第 3 期。